Ernst K. Jungk

Hurra, es gibt uns noch!

D1703182

Autobiografisches und was den Mittelstand bewegt

2013

Impressum:

Herausgeber u. Copyright:	© 2013 JUWÖ Poroton-Werke Ernst Jungk & Sohn GmbH 55597 Wöllstein
Verantwortlich für Inhalt und Gestaltung:	Ernst K. Jungk
Textverarbeitung und Layout:	Bärbel Stemmler-Langguth
Herstellung und Verlag: ISBN:	BoD - Books on Demand, Norderstedt 978-3-8482-6643-2
Auflage:	1.000
Bildquellen/Archive:	JUWÖ Poroton-Werke Ernst Jungk & Sohn GmbH Ernst K. Jungk Krupp Presse
Einbandgrafik:	Schroeder Publicity, Heidelberg

Für meine Frau Helgard, die seit 1967 immer mit großem Optimismus und Engagement an meiner Seite steht.

Inhaltsverzeichnis

Vorwort

„Hurra, wir leben noch!"

Dieser gleichnamige Titel des Romans von Johannes Mario Simmel, in dem es um Aufstieg und Fall eines Kriegsteilnehmers im 1. Weltkrieg geht, ging mir zum Jahreswechsel 2012/2013 durch den Kopf, als ich an die zurückliegenden 10 Jahre dachte. 10 Jahre in denen meine Familie alle Kräfte gebündelt hat, den – im Jahr 2012 – 150 Jahre alt gewordenen Familienbetrieb am Leben zu erhalten und die Arbeitsplätze von 80 Mitarbeitern zu sichern.

Situationen mussten gemeistert werden, die ein Außenstehender nur begreifen kann, wenn er sich in die Situation von geschäftsführenden Familienunternehmern hineindenken kann. Das ist fast nicht möglich, weil Sozialismus und Kapitalismus (soziale Marktwirtschaft) unterschiedliche Denkweisen und Weltbilder haben. Das Weltbild, die Denkart eines Familienunternehmers, möchte ich in diesem Buch beschreiben. Durch Erziehung über Generationen hinweg, unsere Bodenständigkeit und unsere soziale Verantwortung für die Mitmenschen, sichern wir den Fortbestand unserer freiheitlichen Demokratie.

Mit Umverteilungsideen und höheren Steuern wurde ein Land nie weiter gebracht, sondern nur mit Fleiß, Engagement und Leistung, was auch honoriert werden muss. Wenn der Staat mich versorgt, brauche ich mich nicht mehr anzustrengen. Wenn der Staat Vermögen wegsteuert und die Erbschaftsteuer unerträglich hoch ansetzt, habe ich keinen Ehrgeiz meinen Erben etwas zu überlassen. Am Ende gibt es nur noch Gleiche unter Gleichen und eine Gesellschaft kommt zum Erliegen.

Dies zu verhindern, meinen Mitmenschen zu erklären, welche Funktion der Mittelstand in Deutschland hat – das zeichnet uns (noch) in der ganzen Welt aus – dient dieser zweite Teil meines 1995 herausgegebenen Buches „Erde, Wasser, Luft und Feuer" einer Autobiografie und Chronik der Zieglerfamilie Jungk.

Zur Entstehung dieses Buches

Dieses Buch habe ich in meinem 74. Lebensjahr verfasst und möchte meine niedergeschriebenen Gedanken anlässlich meines 75. Geburtstages der Öffentlichkeit vorstellen. Ich „oute" mich, wie es auf Neudeutsch heißt und hoffe, dass der Leser die Authentizität spürt.

Die 7 Jahrzehnte, die ich nun erleben durfte, sind wie ein schillerndes Kaleidoskop vorüber gegangen. Ich habe viel Glück und gute Chancen gehabt, habe viel erlebt und auch viel daraus gemacht. Vieles davon war erfolgreich, aber manches ist auch nicht gelungen.

Angetrieben haben mich verschiedene „Leidenschaften", die auch den Inhalt dieses Buches vorgeben:

1. Das 150 Jahre alte Familienunternehmen JUWÖ.
2. Freies Unternehmertum.
3. Politische und gesellschaftliche Entwicklungen, insbesondere die „Energiewende".
4. Meine Familie.
5. Das Arboretum JUWÖ.

All diese „Leidenschaften" haben mich begleitet und herausgefordert. Wie und in welcher Form, das lesen Sie in diesem Buch, ergänzt durch Meinungen und Anregungen von Personen mit deren Gedanken ich mich voll identifiziere.

In meinen mehr als 50 Berufsjahren habe ich so viel Unkenntnis über den Unternehmer, über die Unternehmungen, insbesondere familiengeführte Unternehmen, mitbekommen, dass ich mit diesem Buch Außenstehenden Einblick gewähren möchte in die tägliche Praxis, die Gefühle von Freud und Leid und die große Verantwortung, die der Unternehmer zu tragen hat.

Es erschüttert mich, was viele Menschen über Mittelständler – meistens aus Unkenntnis – denken: z. B. dass Sie 20 - 50 % Gewinn vom Umsatz machen (Anmerkung: tatsächlich sind es 3 – 5 %), dass Abschreibungen (AfA) Steuergeschenke des Staates seien und dass „Hire and Fire" zur Tagesordnung gehört.

Ich möchte darüber aufklären, dass Familienunternehmer letztendlich ihre persönlichen Ersparnisse in die Firma einbringen, wenn diese in Schwierigkeiten steckt, insbesondere wenn das Unternehmen auf eine lange Tradition zurückblicken kann und loyale Mitarbeiter hat und dass sie letztendlich immer mit „dem letzten Hemd" haften müssen.

Ich möchte die klaren Worte von Winston Churchill zum Unternehmertum begreiflicher machen. Er sagte:

„Es gibt Leute, die halten den Unternehmer für einen räudigen Wolf, den man totschlagen müsse.

Andere meinen, der Unternehmer sei eine Kuh, die man ununterbrochen melken könne.

Nur die wenigsten sehen in ihm das Pferd, das den Karren zieht."

Fortsetzung meiner Autobiografie 1995 – 2013

Baukrise

Seit ich im Sommer 1995 mein erstes Buch vorgestellt habe, hat sich der Baumarkt permanent nach unten entwickelt. „Deutschland sei gebaut", war das Postulat der Politiker.

Der Höhepunkt bei den Baufertigstellungen war im Jahr 1995 mit 610.000 Wohnungen.

Quelle: Statistisches Bundesamt

2010 war das niedrigste Ergebnis mit nur noch 160.000 Wohnungen, das sind nur noch 26,2 % gegenüber 1995. Der Leser kann sich daraus ein Bild machen, welche dramatische Entwicklung die Baustoffindustrie und das Baugewerbe durchstehen musste, d. h. von ursprünglich 230 Ziegeleien waren 2012 nur noch 120 übrig.

Der extreme Rückgang der Baufertigstellungen hatte nicht nur dramatische Folgen für die Baustoffindustrie und das Handwerk, sondern auch für die deutschen Anlagenbauer der Ziegelindustrie. Traditionsreiche, teilweise über 100 Jahre existierende Firmen – meist als inhabergeführte Familienunternehmen – haben Insolvenz anmelden müssen oder sich mit anderen Firmen zu neuen Unternehmen mit einem Bruchteil der Belegschaften zusammengeschlossen.

Die einst führende deutsche Technologie in der Keramik kann im Wettbewerb nicht mehr bestehen, weil Italiener, Türken und Griechen auf den Markt drängen. Sogar die Chinesen sind heute in der Lage, komplett neue Ziegelwerke zu errichten, vor allem im osteuropäischen Ausland. Jetzt, wo es der Baubranche wieder besser geht und man die seit einem Jahrzehnt unterlassenen Investitionen nachholen muss, fehlen die Kapazitäten im Anlagenbau oder die Preise sind so in die Höhe geschnellt, dass sich Ersatz- oder Modernisierungsinvestitionen nicht mehr lohnen.

Die Einsparungen bei Lohn- und Gehaltskosten sind ausgereizt, es geht jetzt nur noch um Energieeinsparung, doch da gibt es physikalische Grenzen. Zum Austrocknen von 1 Ltr. Wasser aus den Ziegeln braucht man eben 540 kcal zzgl. Wirkungsgrad. Nur den kann man noch verbessern.

Der Planziegel und sein Erfolg

Trotz dieses permanenten Rückgangs hat JUWÖ aber in den Jahren 1995 bis 2000 dank des neuen Planziegels, der sehr gut von der Bauwirtschaft aufgenommen wurde, zugelegt. Die Planziegel wurden in einer extra eingerichteten Halle produziert, d. h. die gebrannten Ziegelpakete wurden automatisch entladen, vereinzelt, geschliffen, wieder zu Transport gerechten Paketen zusammengesetzt, geschrumpft und verladen bzw. aufs Lager gesetzt. Dieser Betrieb (PZA) wurde am Schluss dreischichtig betrieben und trotzdem konnten wir die Nachfrage nicht befriedigen.

Der Poroton-Verband hat sich ursprünglich sehr reserviert gegenüber Planziegeln verhalten, so dass die Wienerberger Ziegelindustrie AG, die das Verfahren durch den Konkurs der Firma Oltmanns in ihren Besitz bekam versuchte, auf eigene Faust Mitstreiter zu gewinnen, um den Planziegel herzustellen und dafür auch Werbung zu machen.

Einer dieser Kollegen war die Fa. Rimmele in Ehingen, der in der Branche als sehr innovativ galt. Dort haben wir mit unserer ganzen kaufmännischen und technischen Mannschaft eine Besichtigung gemacht und einen Vortrag angehört, wie der Planziegel den Bauunternehmen angeboten wurde.

Von Stund an waren wir von diesem Produkt begeistert und haben uns vorgenommen, dieses auch bei uns einzuführen. Der Vorteil des Planziegels liegt darin, dass durch das präzise Schleifen des Ziegels auf eine millimetergenaue Höhe kein Mörtel mehr verwendet wird. Zwingend erforderlich ist, dass die erste Schicht am Bau mit bereit gestellten Messgeräten absolut waagerecht angelegt wird und darauf die anderen Ziegel nur noch aufgesetzt werden. Die Verbindung erfolgt mit einem Zementkleber, d. h. der Ziegel wird getaucht oder der Kleber wird mittels einer Rolle auf die jeweilige Schicht aufgetragen.

Durch dieses Verfahren spart der Bauunternehmer pro Kubikmeter Mauerwerk etwa 1,5 Arbeitsstunden, was etwa 100 EUR entspricht. Die Mehrkosten bei der Produktion des Ziegels betragen ca. 40 EUR, so dass der Bauunternehmer ein Planziegelmauerwerk um 60 EUR preiswerter anbieten kann als ein normal erstelltes Mauerwerk. Dabei wird erreicht, dass Kältebrücken durch eine sonst übliche 12 mm dicke Fuge entfallen.

Dieses Verfahren hat dazu beigetragen, dass sich Lambda-Werte aus 1995 von 0,14 W/(mK) auf heute $0,07^5$ W/(mK) verringert haben. Mit einem solchen monolithischen Ziegel, den JUWÖ im Jahre 2012 auf den Markt gebracht hat, haben wir einen Weltrekord (!!!) mit einem ungefüllten (Glas-, Steinwolle oder Perlite) Ziegel erreicht.

Werksneubau III

Das war der Grund, dass wir mit der Planung eines komplett neuen Werkes (Werk III) begannen, in dem wir neueste Technik verwenden wollten. Konzipiert als Durchlaufbetrieb, d. h. mit 3 Schichten pro Tag an 7 Tagen in der Woche wurde das Ergebnis der Diplomarbeit meines Sohnes Stefan (Universität Würzburg) verwirklicht, der herausfand, dass dieser Durchlaufbetrieb die betriebswirtschaftlich günstigere Variante zu den üblichen Zwei-Schicht-Betrieben mit Wochenendpause ist.

Da wir schon zwei Werke betrieben, wollten wir uns bei diesem Werk nur auf einige Produkte beschränken, die dafür aber höchst rationell hergestellt werden sollten. 100 % der Produktion sollte geschliffen werden.

Höhepunkt dieser Anlage war ein von der Firma Lingl konzipierter Schnelltrockner. Die in spezielle Palettenwagen gesetzten Ziegel werden in einer mäandernden Luftbewegung gezielt durch die Löcher getrocknet. Die Trockenzeiten haben sich von ursprünglich 72 Stunden in sogenannten Großraumtrocknern auf nur 2 Stunden! verkürzt. Das war eine Sensation! Anfängliche Schwierigkeiten durch das Trocknen der Ziegel auf der Schnittfläche konnten wir beheben, sowie auch die Maßtoleranzen im Tunnelofen reduzieren. Dieser seitenbefeuerte Ofen reduzierte die Brennzeit von 24 Stunden auf nur noch 15 Stunden. Durch die Verringerung der Fertigung auf nur wenige Produkte und einen „Durchlaufbetrieb", konnte die Investitionssumme stark reduziert werden, so dass ein Faktor von 1,5 d. h. Investitionssumme geteilt durch Umsatz herauskam, was in der Branche einen einmaligen Wert bedeutete.

Das Planziegelwerk ging 1997 in Betrieb.

Bundesverdienstkreuz

Eine sehr große Ehre war es für mich, als ich für das Verdienstkreuz am Bande des Verdienstordens der Bundesrepublik Deutschland nominiert wurde. Es wurde mir am 29. Oktober 1997 in Neustadt/Weinstraße vom Regierungspräsidenten Rainer Rund im Namen des Bundespräsidenten Roman Herzog verliehen. Diese öffentliche Anerkennung habe ich nicht nur für meine unternehmerische und innovative Leistung erhalten, sondern auch für die vielen Ehrenämter (siehe meine Vita im Anhang des Buches), die ich mit großem Engagement und innerer Überzeugung bekleidet habe.

14

Anlässlich dieser Ehrung hat ein angeheirateter Cousin, Prof. Dr. Kuno Schuhmann folgendes lustige Gedicht verfasst:

Lob Ehr und Preis
Mit Recht ist heut ein Orden
Ernst Jungk verliehen worden.
Nicht nur im deutschen Westen
zählt er zu den Besten.
Aus manchem Haus schallt lange schon
warm und hell ein Poro-Ton –
lebenslanger Mühe Lohn.

So konnte es gelingen,
Verdienste zu erringen.
Die sind nun amtlich anerkannt
vom ganzen deutschen Vaterland.

Doch liegt in dieser Ehre
auch wieder eine Lehre.
Du wirst von nun an ohne Klagen,
platzt Dir einmal der Kragen,
auch dieses Kreuz mit Würde tragen.

Zur festlichen Verleihung in Neustadt a. d. Weinstraße war es eine große Überraschung für mich, dass der Landrat des Kreises Alzey-Worms, Herr Schrader, Herr Verbandsbürgermeister Lenges und Herr Ortsbürgermeister Fronhöfer mit anwesend waren. Bei einem kleinen Essen im „Deidesheimer Hof", dem Stammlokal von Helmut Kohl in Deidesheim/Pfalz (Spezialität Pfälzer Saumagen) konnten wir dann gemeinsam mit meiner Familie die Ordensverleihung feiern.

Bundesverdienstkreuz

Poroton-Verband

Die Einführung des Planziegels, ein auf +/- 0,2 mm planparallel geschliffe-ner Ziegel, wurde in unserem Haus ein großer Erfolg.

Ursprünglich wurde der Planziegel bei der Firma Oltmanns in Jeddeloh entwickelt. Als Vorbild standen die Ytong-Gasbeton-Blöcke (geschliffene Porenbeton-Blöcke), die im Marktgebiet von Oltmanns dem Ziegel große Konkurrenz machten. Ich kann mich noch gut an eine Poroton-Tagung in Bad Zwischenahn erinnern, wo wir die Produktionsstätte (noch als hän-dischen Betrieb) bei Herrn Oltmanns besuchten. Der hohe Anteil an Zie-gelbruch und die Vorstellung, keinen Mörtel mehr zu verwenden, machte damals das Verfahren für mich uninteressant. Leider ging die Fa. Oltmanns – der zweitgrößte Poroton-Produzent – schon 1986 in Insolvenz, weil sich Herr Oltmanns mit einem neuen Klinkerwerk in Neustadt am Rübenberge (bei Hannover) völlig übernommen hatte. Grund waren die hohen Um-weltauflagen, eine gigantisch hohe Produktion und Brennprobleme, die unterschiedlichste Farben hervorbrachten.

Die Wienerberger Ziegelindustrie AG aus Wien nutzte die Chance und übernahm die Firma Oltmanns mit mehreren Betrieben incl. der Kunst-stoffwerke. Wienerberger war damals ein relativ kleines Ziegeleiunter-nehmen in Österreich aber sehr wohlhabend aufgrund des Grundbesitzes, der in Büro- und Parkhäusern angelegt war. Mit der Übernahme der Firma Oltmanns war auch der Grundstock für den Einstieg in den erfolgreichen Poroton-Markt in Deutschland gelegt. Die Firma Oltmanns war – zusam-men mit einem außerordentlich tüchtigen Geschäftsführer der Wiener-berger AG, Herrn Peter Hoppe – die Keimzelle für das rasch expandierende Unternehmen Wienerberger, das heute weltweit tätig ist und ca. 250 Zie-geleien betreibt. Sie haben peu à peu in der Krise gestrauchelte Ziegel-werke und auch Ziegelgruppen, wie BTS oder Megalith, die besonders aktiv in Ostdeutschland waren, aufgekauft.

Poroton ist ein geschütztes Warenzeichen der Firma Oltmanns. Herr Olt-manns hat dieses Warenzeichen aber dem schwedischen Erfinder des mit Styropor porosierten Ziegels, Herrn Sven Fernoff zur Verfügung gestellt zur

Vermarktung in einer 1968 gebildeten Interessengemeinschaft POROTON (später Deutsche Poroton GmbH), deren Gründungsmitglied ich war und auch bei der Gründungsversammlung zum Präsidenten gewählt wurde. Dieses Amt habe ich bis 2004, d. h. 36 Jahre innegehabt.

Durch die vielen Übernahmen der Wienerberger AG ist der Poroton-Verband auf nur wenige Mitglieder zusammengeschmolzen. Da aber heute der Name „POROTON" dem Verband gehört, haben die noch verbliebenen Werke wie Röben in Reetz, die Fa. Hart in der Oberpfalz und die Fa. Schlagmann in Nieder-Bayern das Recht, das Warenzeichen „POROTON" für ihre Ziegel zu verwenden. Weil nach Warenzeichenverträgen, das Warenzeichen POROTON wieder an Oltmanns bzw. dessen Rechtsnachfolger zurückfallen würde, kann der Verband nicht aufgelöst werden.

Poroton-Wettbewerb

In meinem ersten Buch habe ich über die Erfolgsstory von Poroton ausführlich berichtet. Erfolg macht natürlich neidisch und so haben unsere Mitwettbewerber, wie z. B. die Unipor-Gruppe besonders hervorgehoben, dass sie mit Sägemehl porosieren, während wir Porotoner mit Polystyrol porosieren. Man wollte damit signalisieren, dass in ihrem Naturprodukt Ziegel nur natürliches Holz eingesetzt sei, während wir Styropor verwendeten.

Das Ganze ist großer Quatsch, denn beides sind organische Stoffe, die beim Brand von ca. 900 – 1000° C rückstandsfrei verschwinden. Da die Rauchgase in aufwändigen Nachverbrennungsanlagen nochmals nachverbrannt werden, ist das Abgas, das in die Atmosphäre entschwindet, sauber.

Mancher Bauherr ist aber durch diese Werbestrategie sensibilisiert worden und wollte von uns den Nachweis haben, dass in unseren Ziegeln kein Styrol, Benzol oder Polystyrol enthalten ist. In vielen früheren Untersuchungen wurde das nachgewiesen, aber ein Kunde hat auf eine aktuelle Untersuchung Wert gelegt. Wir haben einen Ziegelstein an ein Institut geschickt und siehe da, es wurden geringe Mengen Styrol festgestellt. Wir waren im Hause JUWÖ völlig konsterniert und konnten uns dieses Ergebnis überhaupt nicht erklären, bis uns ein Mitarbeiter unseres Labors darauf aufmerksam machte, dass er diesen Ziegelstein in Styropor-Chips verpackt dem Institut zugeschickt hatte. Jetzt war uns der Grund klar. Wir packten aus der gleichen Charge einen Ziegelstein in Zeitungspapier ein und schickten diesen nochmals zur Untersuchung an das Labor. Das Ergebnis bestätigte, dass der Ziegel rückstandsfrei von Kohlenwasserstoffen ist.

Was lernen wir durch diesen Fall? Durch die hohe Analysentechnik werden selbst Spuren von Stoffen detektiert, in unserem Fall wurden Gasspuren aus den Verpackungs-Chips vom Ziegel aufgenommen.

Interessant dürfte für den Leser sein, dass es gerade solche Leute sind, die wegen der Dämmhysterie ihre Häuser in dicke Styroporschichten einpacken, die in 30 – 40 Jahren als Sondermüll entsorgt werden müssen. Was atmen die Leute, die in diesen Häusern leben, ein?

Einigkeit macht stark

Nachdem ich 1968 den neuen Baustoff „Poroton" – einen ursprünglich mit aufgeschäumtem Styropor porosierten Ziegel für hohe Wärmedämmung – in unserem Unternehmen eingeführt habe und auch unmittelbar danach einen Marketingverband gründete, begann eine stürmische Nachfrage nach diesem neuen Produkt. Grundlage letztendlich auch für die Expansion des Familienbetriebes.

In den 1970er Jahren ging es den „Nicht-Porotonern" sehr schlecht, der Absatz klassischer Ziegel-Produkte ging permanent zurück. Der Erfolg der „Interessengemeinschaft Poroton" später „Deutsche Poroton GmbH" hat europaweit Aufsehen erregt und ich wurde eingeladen zu einem internationalen Kongress der europäischen Zieglerorganisation TBE „Tuille et Brique Europèenne" in Barcelona.

Dort hatte ich den undankbaren Auftrag, einen Vortrag direkt nach der Mittagspause zu halten, wo viele Teilnehmer lieber ein kleines Nickerchen machen wollten als einem jungen Menschen (ich war 32 Jahre alt und schon Präsident des Poroton-Verbandes) zuzuhören, der über die Entwicklung und Marketingstrategien für ein neues Produkt berichten sollte. Ich überlegte mir, wie ich die Aufmerksamkeit der vielen Leute (es waren ein paar Hundert) erreichen konnte. Weil mein Hauptthema der erfolgreiche Zusammenschluss von Produzenten zu einem starken Marketing-Verband war, habe ich meinen Vortrag wie folgt eingeleitet:

Ich gab dem damaligen europäischen Sitzungs-Präsidenten einen Bleistift und bat ihn, diesen zu zerbrechen. Nicht nur er, sondern auch die Zuhörer haben Ihre „Augenpflege" sofort unterbrochen und gespannt zugesehen wie der Präsident diesen Bleistift zerbrach. Dann gab ich ihm ein Bündel von Bleistiften und bat ihn, dieses Bündel zu zerbrechen. Wie er sich auch bemühte – er schaffte es nicht. So konnte ich triumphierend den Zuhörern zurufen: „Sehen Sie, Gemeinsamkeit macht stark".

Mit diesem kleinen Trick hatte ich die Zuhörer sofort auf meine Seite gezogen und jeder wollte wissen, warum die Marke „Poroton" so stark geworden ist.

Wie ich schon beschrieben habe, hat sich der Poroton-Verband leider im Laufe von vier Jahrzehnten praktisch selbst aufgelöst, weil die Werke in der Krise insolvent oder von der Wienerberger Ziegelindustrie AG aufgekauft wurden. Heute gibt es neben Wienerberger nur noch drei weitere Werke und der Verband dümpelt so dahin – muss aber wegen des Warenzeichens POROTON bestehen bleiben. Noch immer wird die Marke beworben.

Dass nur Zusammenschlüsse uns in dem sehr harten Konkurrenzkampf – nicht nur unter Kollegen sondern auch mit Konkurrenzbaustoffen – stark machen, hat mein Sohn als Mitbegründer der „Mein Ziegelhaus GmbH" nachvollzogen.

Mein Ziegelhaus GmbH

Auch JUWÖ ist heute kein Mitglied mehr im Poroton-Verband, hat aber im Jahre 2005 den Namen Poroton als einer der größten Poroton-Hersteller in Deutschland in seinen Firmennamen aufgenommen. Die Firma heißt seit dieser Zeit JUWÖ Poroton-Werke Ernst Jungk & Sohn GmbH. Unsere Premiumprodukte werden seitdem unter dem Namen ThermoPlan® und ThermoBlock® vermarktet. Dieses Warenzeichen wurde von der JUWÖ Engineering GmbH durch Lizenzvertrag an die Firma JUWÖ Poroton-Werke Ernst Jungk & Sohn GmbH vermarktet, die wiederum dieses geschützte Warenzeichen der von meinem Sohn mitbegründeten „Mein Ziegelhaus GmbH", einem Zusammenschluss von sechs südwestdeutschen Ziegelwerken zur Verfügung stellte.

Gesellschafter sind heute:

— Adolf Zeller GmbH & Co. Poroton-Ziegelwerke KG, Alzenau
— Ziegelwerk Bellenberg Wiest GmbH & Co. KG, Bellenberg
— Ziegelwerk Klosterbeuren Ludwig Leinsing GmbH + Co KG, Babenhausen-Klosterbeuren
— Ziegelwerk August Lücking GmbH & Co. KG, Warburg-Bonenburg
— Ziegelwerk Stengel GmbH & Co. KG, Donauwörth-Berg
— JUWÖ Poroton-Werke Ernst Jungk & Sohn GmbH, Wöllstein.

Der außergewöhnliche Markterfolg von Poroton, gegründet auf dem allgemeinen Trend zu wärmedämmenden Produkten, ist auch Grundlage für die Vertriebsarbeit der „Mein Ziegelhaus GmbH". Diese Gesellschaft ist die Nachfolgeorganisation von Poroton und legt großen Wert auf den mittelständischen Charakter, wo inhabergeführte Familienunternehmen mit hoher Kompetenz für Produkt- und technische Innovationen in Verantwortung stehen.

Fehleinschätzung des Marktes und ihre Auswirkungen

Der jahrelange Erfolg beim Verkauf des Planziegels hat uns weiteren Mut gemacht, schon drei Jahre nach dem Bau von Werk III in 1997 mit der Planung eines weiteren Werkes, speziell für die Produktion von Planziegeln zu beginnen. Die guten Erfahrungen, die wir mit der Schnelltrocknung gemacht haben – mittels Durchströmung der Lochkanäle des Ziegels – gegenüber dem Anblasen von Ziegeln in Großraum-Trocknereien, hat uns ermutigt, ein neues Verfahren für einen Durchströmungsbrand zu suchen.

Wir sind fündig geworden bei einem Rollenofen der Fa. Eisenmann. Einen solchen Ofen hatte die Firma Rimmele, zusammen mit dem Ziegelwerk Bellenberg und dem Ziegelwerk Arnach in ihrem neuen Werk Schwarze Pumpe in der Lausitz installiert, wo man mit vier Schleifmaschinen alle Seiten des Ziegels schleifen wollte, um im Rohbau den Putz zu sparen und diesen durch Verspachteln der Wände zu ersetzen. Dieses Werk ist in der Aufbruchsstimmung nach der Wende in Ostdeutschland entstanden, als viele Ziegler oder Gruppen neue Werke gebaut haben, sicherlich auch verblendet durch die hohen Zulagen, die Westdeutschland nach Ostdeutschland transferiert hat, um dieses von den Sozialisten ruinierte Land wieder aufzubauen. Es war eine Aufbruchsstimmung wie nach der Währungsreform in Westdeutschland.

Ergebnis war, dass dieser „Goldgräberrausch" zusammenbrach wie ein Kartenhaus. Überkapazitäten überfluteten nicht nur den Markt im Osten, sondern auch hier im Westen mit der Folge von Preiszusammenbrüchen und Insolvenzen am laufenden Band. Dies nicht nur bei alten Werken, sondern insbesondere bei neuen Werken, weil diese ja noch den hohen Kapitaldienst zu tragen hatten. Auch der Firmenverbund in Schwarze Pumpe war davon betroffen und musste Insolvenz anmelden.

Da wir schon mit Eisenmann in Verhandlungen für einen neuen Rollenofen waren, lag für uns die Entscheidung auf der Hand, einen noch nicht in Betrieb genommenen Rollenofen aus der Schwarzen Pumpe zu demontieren und in Wöllstein wieder neu aufzubauen. Obwohl Herr Rimmele und sein Prokurist, Herr Jost, uns auf die Probleme des Rollenofens aufmerksam machten, haben wir diese Bedenken zerstreut und waren der Meinung, dass unsere Techniker die Probleme in den Griff bekommen würden. Im

Jahre 2000 wurde mit dem Bau eines vierten Werkes begonnen, das 2001 in Betrieb ging.

Diese Überschätzung unserer Fähigkeiten hat uns auf der einen Seite nah an den eigenen Untergang gebracht; auf der anderen Seite aber auch alle Kräfte mobilisiert, die Probleme zu lösen – was wir auch geschafft haben! Das war die technische Herausforderung – und nun zur kaufmännischen Entwicklung:

Nach der stürmischen Aufwärtsentwicklung des Verkaufs von Planziegeln von 1996 bis 1999 ging der Umsatz permanent zurück. Darüber gab es riesige Spannungen zwischen unserem damaligen Geschäftsführer Bernd Dennig, dem Vertriebsleiter Gerald Reuter und meinem Sohn Stefan.

Stefans neue Ideen, den Vertrieb breiter aufzustellen, entferntere Kunden zu beliefern und neue Produktentwicklungen zu machen, fanden nicht die Zustimmung von Herrn Dennig. Er machte allein das Versagen des Vertriebes für die rückläufigen Absatzzahlen verantwortlich. Diese Spannungen versuchte ich als Chef und verantwortlicher Leiter des Unternehmens auszugleichen und führte mit unseren langjährigen Beratern, Herrn Dr. Worpitz und unserem Wirtschaftsprüfer, Herrn Paatz, gemeinsam mit dem Vertriebsleiter und meinem Sohn Stefan viele Diskussionen, um die wahren Ursachen zu erforschen und Abhilfe zu schaffen.

Ich erinnere mich an die Charts, die Herr Dennig auf die Leinwand projizierte, in denen er die alten Absatzzahlen demonstrierte und erklärte wie die Kurve weiter verlaufen müsste. Bei dem tatsächlichen Ist-Zahlen-Vergleich ging die Kurve aber stetig nach unten, was er natürlich nicht akzeptieren wollte.

Die Spannungen eskalierten weiter, Herr Dennig legte 2001 die Funktion des Geschäftsführers nieder und fühlte sich nur noch zuständig in seiner Funktion als Leiter Rechnungswesen. An allen weiteren Gesprächen und Konferenzen, in die er sich vorher hundertprozentig eingebunden hatte, beteiligte er sich nicht mehr. Eine Gehaltserhöhung, die er aufgrund seiner herausragenden Leistungen bei der Ernennung zum Geschäftsführer bekam, wollte ich zurücknehmen, was zu einem Gerichtsprozess beim Arbeitsgericht Alzey führte. Diesen Prozess habe ich mit einem Vergleich verloren und musste die Ansprüche von Herrn Dennig bis zu seinem Ausscheiden in voller Höhe erfüllen. Soweit zum Arbeitsrecht: Der Mitarbeiter will keine Verantwortung mehr, aber der Chef muss zahlen!

Das außergewöhnlich gute Verhältnis, das ich mit Herrn Dennig hatte, war nach diesen Vorfällen natürlich dahin. Im Jahre 2005 hat Stefan durch eine einvernehmliche Lösung mit Herrn Dennig dessen Ausscheiden erreicht, womit wieder Ruhe im Unternehmen einkehrte.

Quintessenz aus dieser ganzen Entwicklung war, dass Herr Dennig nicht einsehen wollte, dass in Deutschland die Fertigstellung von Wohnungen seit 1995 permanent nach unten ging und JUWÖ einen Teil dieses Rückganges ebenso wie die gesamte Industrie schultern musste.

Die Euphorie, die wir mit unserem erfolgreichen Planziegelabsatz aufgebaut hatten, hat die Wirklichkeit ausgeblendet und wir haben zu spät auf diese neue Entwicklung reagiert. Wären wir etwas nüchterner an die möglichen Verkaufszahlen und deren langfristige Entwicklung herangegangen, hätten wir bestimmt erkannt, dass wir das Werk IIa (Ersatz für Werk II) nicht hätten bauen dürfen. Dazu kamen dann noch die technischen Probleme und weit überzogene Investitions- und Inbetriebnahmekosten von über 30 %. Der Leser kann sich ausrechnen, wie sich das Ganze auf das betriebswirtschaftliche Ergebnis und damit unsere Bilanz auswirkte.

Überlebenskampf

Wir haben im Jahr der Inbetriebnahme (2001) einen Verlust von 3,1 Mio. EUR gemacht. Damit war unser Eigenkapital von 3 Mio. EUR aufgebraucht und nur noch die Rücklagen haben mich vor dem Gang zum Insolvenzgericht bewahrt.

Der hohe Verlust ist zu erklären aus hohen Abschreibungen aufgrund der Sprunginvestition, Abschreibungen die wir machen mussten für Investitionen des stillgelegten Werkes II, aus hohen Anlaufverlusten und weil der Umsatz unserer Ziegelprodukte (aufgrund des rückläufigen Baumarktes) von 14,9 Mio. EUR in 2000 auf 10,2 Mio. EUR im Jahr 2001 stark zurückging.

Die Anlaufverluste sind wiederum auf die (weltweite) Einmaligkeit dieser neuen Anlage, insbesondere des Rollenofens, zurückzuführen, für dessen Probleme selbst die Maschinenlieferanten keine Lösung wussten.

Ganz gravierend wirkte sich die geringere Auslastung der Betriebe auf das Jahresergebnis aus. Wenn in der Krisenzeit nur 8 – 9 Monate produziert wird, kann kein Gewinn mehr erwirtschaftet werden. Deshalb mussten in den letzten 10 Jahren sehr viele Betriebe aufgeben, weil sie die falschen Produkte hergestellt haben, schlecht finanziert waren oder weil Produktionsanlagen veraltet waren und kein Geld für Neuinvestitionen übrig blieb.

JUWÖ hat jeden freien Euro immer wieder investiert, keine Ausschüttung an die Gesellschafter gemacht und deshalb überlebt.

Unser Rechnungswesen war durch Herrn Dennig sehr gut organisiert. Termingerecht lagen monatlich die Zahlen vor und so hatten wir auch jeweils Mitte Januar bereits die Jahresbilanz des vorangegangenen Jahres. Diese Bilanz musste nur noch von den Wirtschaftsprüfern testiert werden.

Die Vorlage unserer Unternehmensbilanz im ersten Jahresmonat hat unsere Hausbanken stets begeistert und dieses gute und schnelle Rechnungswesen war sicherlich auch ein Plus bei den vielen weiteren Bankengesprächen.

Im Jahr 2000 hatten wir noch einen Cash-Flow (das ist die Summe von Abschreibungen zzgl. Gewinn) von 26 % erwirtschaftet, der aber durch den hohen Verlust in 2001 auf 2,5 % zurückging und das Ganze bei einem Schuldenstand von 14,9 Mio. EUR. Jetzt bekamen die Banken „kalte Füße" obwohl große Vermögenswerte dahinter standen. Lagerbestände wurden anfangs von den Banken überhaupt nicht berücksichtigt. Obwohl diese einen Wert von rund 2 Mio. EUR hatten und hundertprozentig verkaufsfähige Ware darstellten, hat die Bank einen Abschlag von mindestens 50 % gemacht.

Unser Umsatz ist in 2000 von 14,9 Mio. EUR auf 10,2 Mio. EUR in 2001 gefallen und im Jahre 2002 auf 9 Mio. EUR, d. h. wir hatten wiederum einen Verlust von 1 Mio. EUR zu verkraften. Mit größten Anstrengungen haben wir es geschafft, den Umsatz ab 2002 zu stabilisieren und in 2007 wieder 13 Mio. EUR zu erreichen. Höheres Eigenkapital konnten wir erreichen durch den Gewinn aus dem Verkauf unseres Werkes II an einen Investor in Sibirien und des Werkes I an einen Investor in der Nähe des ehemaligen Lemberg in der Ukraine.

Als ausgebildeter Ziegelei-Ingenieur (FH) hat dieser erfolgreiche Verkauf von gebrauchten Ziegelwerken mich inspiriert, auch Werke von ehemaligen Zieglern zu vermitteln und den Investoren meine Engineering-Leistungen anzubieten. Die Erlöse aus zwei solcher Projekte habe ich als Geschäftsführer in das Unternehmen JUWÖ gesteckt, um damit das Eigenkapital wieder anzuheben.

Über diese Consulting-Tätigkeiten werde ich an anderer Stelle ausführlicher berichten.

Nach dem Jahr 2007 ist der Umsatz von 13 Mio. EUR wieder auf 10 Mio. EUR im Jahre 2009 zurückgegangen, was natürlich wiederum Verluste auslöste. Schon gleich nach dem hohen Verlust in 2001 haben die Banken, d. h. IKB Deutsche Industriebank AG, Commerzbank AG (ehem. Dresdner Bank) und die Volksbank Rhein-Nahe-Hunsrück eG einen Bankenpool gebildet und wir standen permanent unter Beobachtung. Risikoabteilungen haben sich mit uns beschäftigt, das waren Leute die uns nur nach Zahlen beurteilten. Wenn zweimal im Jahr eine Poolsitzung bei uns stattfand, kamen von den großen Geschäftsbanken immer wieder andere Leute, die nicht das Unternehmen und die Arbeit des Chefs bewerteten, sondern nur die Bilanzzahlen. Die heutige Volksbank Rhein-Nahe-Hunsrück eG war die einzige Konstante in diesem dramatischen Spiel und hat immer ihre Kreditlinie aufrechterhalten. Vorbei war „Das grüne Band der Sympathie" (Dresdner Bank), „Wir machen den Weg frei" (Voba) oder „Die Mittelstandsbank" (IKB).

Sogar auf die Kapitalisierung meiner Pensionsversicherung musste ich vorübergehend verzichten, weil diese – bei Verzicht – zum Eigenkapital gerechnet wurde. Diese Rückstellungen habe ich mir im Laufe meines Arbeitslebens verdient, um später als ausscheidender Geschäftsführer (verminderte) Bezüge zu bekommen. Eine solche Rückstellung zählt als haftendes Kapital, denn ein „beherrschender" Gesellschafter hat nicht die Möglichkeit beim Versicherungsverein der Deutschen Industrie abgesichert zu werden. In diesen Fond zahlen Betriebe jährlich unterschiedliche Beiträge ein, um im Konkursfall Pensionszusagen an ehemalige Arbeitnehmer abzusichern. Dieser Pensionssicherungsverein ist ein teurer „Verein" geworden, denn bei den großen Konkursen wie Quelle oder Karstadt, werden die Pensionen oder Renten, die ja von den Unternehmen nicht mehr bezahlt werden können, von diesem Fond übernommen. Das wissen die meisten Leser nicht: Jede Großpleite bedeutet auch eine Beitragserhöhung des Pensionssicherungsfonds.

Für die Besuche der Banker bei uns im Haus, wo wir präzise Monatszahlen und Liquiditätsrechnungen vorlegen mussten, die bis ins Detail diskutiert wurden, mussten wir sogar noch eine extra Gebühr von 24.000 EUR pro Jahr (!) bezahlen. Begleitet wurden diese Gespräche durch Gutachten über Vermögenswerte, Unternehmensplanungen, Überlebenschancen, die uns wiederum einen Haufen Geld kosteten. Diese Gutachten wurden von den Banken gefordert. Über eine solche Sitzung im August 2010 möchte ich hier einmal kurz berichten:

Beauftragt wurde die durch die IKB empfohlene Unternehmensberatung Gördes, Rhöse und Collegen aus Hannover, die unsere Bilanzen und Vermögenswerte auf Plausibilität „erforschten". Das ist übrigens eine sehr gute Unternehmensberatung. Heute frage ich mich allerdings, was das viele Papier mit Zahlenkolonnen und Beurteilungen, die von den Gutachtern produziert wurden, gebracht hat. Haben die Banker das überhaupt gelesen oder war das nur eine Alibi-Funktion gegenüber deren Vorgesetzten bzw. der jeweiligen Risikoabteilungen?

Herr Gördes hatte den Auftrag bekommen, nach einem erneut negativen Ergebnis die Überlebensfähigkeit von JUWÖ zu prüfen. Sein sehr ausführliches Gutachten kam zu dem Schluss: Ja, JUWÖ ist sehr gut aufgestellt und hat nachhaltig Überlebenschancen.

Als dieses Ergebnis vorgestellt wurde, hat sich der Vertreter der IKB zu der Bemerkung hinreißen lassen „Wir haben eigentlich etwas anderes erwartet!" Was dieser Banker im Sinn hatte, war die Zerschlagung von JUWÖ. Die Vermögenswerte und der Grundbesitz sowie die Lagerbestände hätten dicke ausgereicht, seine Kredite abzulösen und das Geschäft vielleicht mit einem zusätzlichen „Reibach" abzuschließen. Große Gegenstimmen habe ich bei den anderen Banken nicht feststellen können, aber Gott sei Dank die Einsicht der Volksbank: „Wir werden die Kreditlinien vorerst aufrechterhalten". Für uns natürlich ein Damoklesschwert, denn wenn es einer Bank nicht gepasst hätte, hätte man uns wie einen faulen Apfel fallen lassen.

Keiner der Herren – obwohl sie alle Bausspargeschäfte machen – hat akzeptieren wollen, dass unsere Probleme einfach mit dem extrem starken Rückgang der Bauwirtschaft zusammenhingen. Unsere Expansion in neue Produkte und neue Märkte brauchte eben Zeit, aber das weiß keine Risikoabteilung einer Bank. Dort wird nur nach nackten Zahlen geurteilt und keiner, der für die Kreditvergabe zuständigen Herren wagt gegen diese theoretischen Zahlen (aus den Regeln für eine Bonitätsprüfung, genannt Basel I - II herrührend), eigene Entscheidungen zu treffen.

Das war früher anders. Ein Bankdirektor und/oder seine Prokuristen haben dem Unternehmer vertraut oder auch nicht und dementsprechende Entscheidungen getroffen. Das ganze Kunden-Bankgeschäft beruht heute nur noch auf nackten Zahlen. „Das grüne Band der Sympathie" oder „Wir machen den Weg frei", sind nichts als Werbeslogans und treffen nur auf

Leute zu, die ihr Geld zur Bank bringen, aber nicht für diejenigen die es brauchen.

In meiner ersten Autobiographie von 1995 habe ich ein großes Loblied auf die Banken gesungen, mit dem Credo: „Die Banken halten auch den Schirm auf, wenn es regnet". Nach den Erfahrungen des letzten Jahrzehnts, halte ich diese Aussage nicht mehr aufrecht.

Der Turnaround

Auch unser größter Konkurrent, die Wienerberger Ziegelindustrie AG aus Wien konnte sich dieser Entwicklung nicht entziehen und hat in den letzten Jahren große Verluste angehäuft bzw. nur geringe Erträge erzielt. Das sieht man an der Aktienkursentwicklung.

Quelle: www.finanzen.net, Stand 30.06.2013

Es gibt einen sehr großen Unterschied zwischen uns Mittelständlern und den Konzernen: Wir sind abhängig von den Banken, ob sie uns einen Kredit gewähren oder nicht. Ein Konzern kann entweder neue Aktien herausgeben (was er natürlich in einer schlechten wirtschaftlichen Situation nicht macht) oder – und das hat Wienerberger 2010 getan – eine Unternehmensanleihe in Höhe von 200 Mio. EUR mit einer guten Verzinsung von über 5 % ausgeben. Natürlich greifen Investoren bei solchen Angeboten zu, denn die mageren 1 – 2 % bei einer Bank decken noch nicht einmal die Inflationsrisiken ab. Die Anleihe von WZI wurde an der Börse voll platziert und somit können diese Leute ihren Verdrängungswettbewerb gegenüber uns Mittelständlern weiter fortsetzen.

Obwohl die Verbände der Industrie und Bauwirtschaft darüber klagten, dass seit Jahren viel zu wenig Wohnungen gebaut wurden, haben erst die Finanz- und die Eurokrise zu einem Umdenken in der bauwilligen Bevölkerung geführt. Bei Bauzinsen von ca. 2,5 % und einer Kapitalrendite von 1 – 2 % sind seit 2010 viele Bauwillige aus der Deckung heraus gekommen und bauen. Dazu kommt die Angst der Bevölkerung, das Geld würde kaputt gehen und dafür steckt man es lieber in Beton-, besser „Ziegel-Gold".

Der 15 Jahre anhaltende negative Bautrend hat sich seit 2010 gedreht. Es wurden in 2010 wieder 160.000 Wohnungen, 2011 185.000 Wohnungen und 2012 206.000 Wohnungen gebaut. Das ist nur ein Teil des notwendigen Bauvolumens, denn bei einer durchschnittlichen Lebensdauer eines Hauses von 100 Jahren müssten bei einem Wohnungsbestand in Deutschland von rund 34 Mio. Wohnungen, pro Jahr 340.000 Wohnungen gebaut werden. Danach hätten wir noch sehr viel Luft nach oben.

Dazu kommt, dass in der Krise durch freiwillige Stilllegungen oder Insolvenzen viele Unternehmen ausgeschieden sind, so dass heute für die übrigen Werke wieder genügend Absatzraum und Volumen vorhanden ist. Von 49 Ziegeleien in Rheinland-Pfalz (1950) sind wir als Einzige übrig geblieben und heute stärker denn je. Die gute Entwicklung in den letzten beiden Jahren, die sich auch im Gewinn spiegelt, hat den für uns zuständigen Firmen-Kundenbetreuer, Herrn Allmann von der Volksbank sagen lassen: „Ich habe in meiner Berufspraxis noch nie ein Unternehmen kennen gelernt, das in so kurzer Zeit den Turnaround geschafft hat".

Diese Aussage hat mich natürlich wieder etwas mit den Banken versöhnt. Obwohl ich kritischer geworden bin, muss ich an dieser Stelle sagen, dass die heutige Volksbank Rhein-Nahe-Hunsrück nie die Hand von uns gelassen hat, immer ihre Kreditlinie aufrecht hielt, aber im Pool das Lied der anderen Banken mitgesungen hat.

Ich habe natürlich Verständnis für Kreditinstitute, die ab einem bestimmten Punkt, wenn sie unsicher sind ob das Unternehmen die Schulden zurückzahlen kann, um ihr Geld fürchten. Aber es hat sich bei uns mittelständischen Betrieben klar gezeigt, dass Genossenschaftsbanken, die mit den Betrieben verwurzelt sind, wesentlich mehr Verständnis für wirtschaftliche Schwierigkeiten aufbringen als die Großbanken.

Am meisten bin ich über das Verhalten der IKB empört, die extreme Spekulationsgeschäfte mit amerikanischen Immobilienpapieren gemacht hat, und nur durch Steuergelder vor dem Bankrott geschützt werden konnte. Ein ehemaliger Firmen-Kundenbetreuer, Herr Pohlmann, den ich als Fachmann sehr geschätzt habe, hat – als er uns die Mittel für das Werk IIa zur Verfügung stellte – noch gesagt: „Herr Jungk, verfügen Sie über uns". Nachdem er aber im Rahmen der IKB-Krise aus der Bank ausschied und andere Vertreter seinen Part übernommen haben, wurde auch das Geschäfts-Modell der IKB geändert und man wollte alle Mittelständler loswerden. Das ist ihnen bei uns beinahe gelungen.

Zuvorgekommen sind wir dieser IKB-Absicht aber dadurch, dass wir Kontakt mit der Investitions- und Strukturbank in Mainz (ISB), die gegen persönliche Bürgschaften der Gesellschafter Hilfen gewährt, aufgenommen haben, um einen möglichen Liquiditätsengpass zu überwinden.

Mit Herrn Klan haben wir einen hervorragenden Repräsentanten der ISB gefunden, der uns kurz vor seiner Pensionierung bei einer Umschuldung, zusammen mit der Volksbank, erfolgreich geholfen hat. Durch einen Forderungsverzicht der IKB (Haircut) hat die Volksbank die Verbindlichkeiten übernommen, weil die ISB mit ins Boot kam. Voraussetzung ist aber, dass alle Gesellschafter persönlich bürgen müssen. Das hat mich sehr aufgeregt, denn meine nicht in der Gesellschaft tätigen Kinder haben noch nie eine Ausschüttung aus dem Unternehmen erhalten und sollten nun bürgen. Das Problem wurde gelöst, in dem Stefan kurzerhand seine Gesellschafter-Anteile an der Familie Jungk Grundstücksverwaltungsgesellschaft bR mH mit den Gesellschaftsanteilen von Holger und Cordula an JUWÖ tauschte. Jetzt haften Stefan und ich für die Darlehen.

Die IKB war bis zum Beginn der Finanzkrise eine klassische Mittelstandsbank und hat ihre Kunden dadurch gewonnen, dass sie Mittelständler finanzierte, deren Grundbesitz schon belastet war. Die IKB hat sich mit dem zweiten Rang im Grundbuch begnügt und rutschte automatisch auf den ersten Rang vor, wenn die erststelligen Darlehen getilgt waren. So ist sie auch bei uns immer mehr in den vorderen Rang gerückt und war am Schluss der Hauptgläubiger. Im Bankenpool musste alles nach der Pfeife der IKB-Vertreter tanzen.

Nach unseren leidvollen Erfahrungen kann ich nur empfehlen, Genossenschaftsbanken für eine Finanzierung zu gewinnen, auch deswegen, weil man bei diesen Banken meistens den gleichen Ansprechpartner hat. Bei den Großbanken wechseln die Verantwortlichen sehr oft und man wird dort nur als Nummer betrachtet.

Heute — im Frühjahr 2013 — haben wir durch den erhöhten Absatz, Ausweitung des Exports um 20 %, neuen Produkten und starkem Lagerabbau unsere Nettoverschuldung gegen Null gebracht. Im Jahr 2001 — nach der Sprunginvestition — lag die Verschuldung bei 14,5 Mio. EUR. Das ist auch ein Verdienst unserer Mitarbeiter, die in der Krisenzeit Kurzarbeit und Weihnachtsgeldkürzungen hinnehmen mussten und — das ist das Wichtigste — nicht anderweitig eine Arbeitsstelle gesucht haben. Durch Prämienzahlungen im Jubiläumsjahr wurden finanzielle Einbußen gemildert. Sie haben unerschütterlich daran geglaubt, dass der Seniorchef und sein Sohn es mit den leitenden Mitarbeitern schaffen werden, die „Karre mit ihrer Hilfe aus dem Dreck zu ziehen". Das ist uns gelungen und hat seine Manifestation in der fulminanten 150 Jahrfeier am 28. Sept. 2012 gefunden.

150 Jahrfeier JUWÖ Poroton

10 Gründe für das 150-jährige Bestehen unseres Familienbetriebes

Bei der Recherche zu meinem Buch „Erde, Wasser, Luft und Feuer" – einer Autobiografie und Firmenchronik, habe ich überrascht festgestellt, dass alle meine Vorfahren gleiche oder ähnliche Charaktereigenschaften hatten und – das ist die glückliche Fügung – auch mein Nachfolger Stefan mit diesen Eigenschaften ausgestattet ist. Das heißt: Fünf Generationen haben ein Erfolgskonzept oder -rezept erarbeitet und weitergegeben, das aus folgenden Zutaten besteht:

1. Anfangen möchte ich mit unseren Ehefrauen. Sie haben den größten Anteil, denn letztendlich haben sie den potentiellen Nachfolger, den Stammhalter geboren, was nicht heißt, dass Stammhalterinnen nicht auch Chancen hätten.

Unsere Frauen haben sich immer eingebracht in das Geschäft – vor oder hinter der Bühne. Sie haben innerhalb der Familie „ihr kleines Familienunternehmen" erfolgreich geführt und stets viel Verständnis für ihre Männer aufgebracht und ihnen den Rücken frei gehalten.

2. Keine Generation hat Scheidungen verkraften müssen; so etwas blutet Unternehmen auch aus – finanziell und ideell. Firmennutz ging immer vor Familiennutz.

3. Frühzeitig wurde mit dem Aufbau eines Nachfolgers begonnen und entsprechende Regelungen geschaffen. Im Rahmen des Mainzer Wirtschaftspreises, ausgelobt von den Wirtschaftsjunioren und der IHK Rheinhessen, hat JUWÖ 2008 den Preis für das „Beste Nachfolgekonzept" erhalten.

Dass ein Nachfolger überhaupt Interesse für das Unternehmen zeigt, hat z. B. meine Generation damit erreicht, dass wir nicht nur über die tägliche Mühsal, Ärger und Probleme geklagt haben, sondern den Kindern auch die Freude und die Chance des „Selbstständig Seins" näher brachten. Führungsverantwortung zu übernehmen sollte kein Druck sein, sondern die Möglichkeit etwas zu schaffen und zu gestalten, Visionen in die Tat umzusetzen. Das Positive sollte immer Ansporn für noch bessere Leistung sein.

4. Verantwortung für die Mitarbeiter übernehmen und ein Ohr für deren Sorgen haben. Belohnt werden wir durch geringe Fluktuation. Führungsstärke heißt, Menschen zu gewinnen und für neue Ziele und Projekte zu begeistern.

5. Mit neuester Produktionstechnik und immer neuen Produkten zu versuchen, der Konkurrenz eine Nasenlänge voraus zu sein. Seit Generationen wird jeder freie Pfennig oder Cent immer wieder in die Firma gesteckt.

6. Es wurde darauf hingearbeitet, dass bei mehreren Kindern nur einer Inhaber bzw. Chef sein konnte. Die Zersplitterung in viele Erben oder Erbengemeinschaften wurde damit vermieden.

7. Die jeweiligen Inhaber haben die Firma zu Ihrem Lebens-Mittelpunkt gemacht und keine teuren Hobbies gepflegt.

8. Sie haben sich eingebracht in viele ehrenamtliche Aufgaben innerhalb und außerhalb der Branche, und soziales Engagement und Verantwortung für die Gesellschaft gezeigt.

9. Sie haben natürlich auch eine gewisse Portion Glück gehabt, wobei „Glück" für uns meistens nur ein Sammelname ist für Tüchtigkeit, Klugheit, Fleiß und Beharrlichkeit.

10. Last but not least: Alle fünf Generationen haben die Weisheit von Wolfgang von Goethe verinnerlicht: „Was Du ererbt von Deinen Vätern hast, erwirb es um es zu besitzen."

Jede Generation hat das Familienunternehmen wie ein Mosaik betrachtet und versucht, dieses den eigenen Möglichkeiten und der Zeit entsprechend zu erweitern. Jede dieser vergangenen und zukünftigen Generationen hatte und hat die Aufgabe, das Mosaik zu verschönern und zu vergrößern, d. h. mit aller Kraft ein paar weitere Steinchen dem Ganzen hinzuzufügen.

Ich glaube, dass uns dieses 150 Jahre lang gelungen ist und wünsche der 5. Generation, meinem Nachfolger Stefan und seinen Kindern in der 6. Generation, dass sie diesen Weg – im Sinne ihrer Vorfahren – mit Fleiß, Engagement und natürlich mit dem berühmten Quäntchen Glück weiter gehen.

Jubiläumsfeier zum 150-jährigen Bestehen der Ziegelei Jungk

Präsentation Stefan Jungk

Sehr geehrte Gäste,

nach dieser „inoffiziellen" aber nicht weniger bedeutenden Begrüßung meines Vaters, möchte ich Sie nun alle auch offiziell zu unserer 150 Jahr-feier willkommen heißen.

Begrüßung

Ich begrüße sehr herzlich

- den Bau- und Finanzminister des Landes Rheinland Pfalz, Herrn Dr. Carsten Kühl,
- die Landesvorsitzende der CDU Rheinland-Pfalz und lange Weggefähr-tin aus meiner Zeit bei den Wirtschaftsjunioren Bad Kreuznach, Julia Klöckner
- den Landrat des Landkreises Alzey-Worms, Herrn Ernst Walter Görisch,
- den Bürgermeister der Verbandsgemeinde Wöllstein, Herrn Gerd Rocker,
- die Bürgermeisterin der Ortsgemeinde Wöllstein, Frau Lucia Müller,

- den Präsident der IHK Rheinhessen, Herrn Dr. Augter,
- den Geschäftsführer der IHK Rheinhessen, Herrn Patzke
- den Geschäftsführer der IHK Bad Kreuznach, Herrn Lenger
- den Geschäftsführer des Verbandes der deutschen Ziegelindustrie, Herrn Roth
- den Geschäftsführer des Verbandes Ziegelindustrie Südwest, Herrn Klotz
- sowie die Damen und Herren von der Presse.

Ich begrüße Sie alle, die Sie als unsere Kunden, Lieferanten und Freunde des Hauses JUWÖ den Weg zu uns gefunden haben.

Ich begrüße unsere Belegschaft und ganz besonders auch unsere JUWÖ Senioren.

Ich darf auch unsere Kunden aus Belgien, Frankreich und Luxemburg begrüßen. Bienvenue chez JUWÖ. Je suis très content de votre participation à la cérémonie du cent cinquante anniversaires de JUWÖ.

Willkommen auch an Markus Buchholz und sein Team vom Kaiserhof, das uns heute Abend kulinarisch verwöhnen wird.

Für den richtigen Sound sorgt die Bigband Soundexpress unter Leitung meines alten Schulfreundes Dietmar Traut.

Ihnen allen

Herzlich Willkommen

Liebe Gäste, ich möchte Ihnen heute einen Einblick geben in die Geschichte und Entwicklung der Firma und damit auch der Familie Jungk. Wir outen uns sozusagen schonungslos...es gibt aber auch nichts zu verbergen:

Der Gründer

Firmengründer

Es beginnt alles beim Gründer Phillip Jungk, meinem Ur-Ur-Großvater. Er war wirklich ein Macher. So gründete er nicht nur unsere Ziegelei, sondern auch gleichzeitig die Freiwillige Feuerwehr Wöllstein. Er war zudem 17 Jahre Bürgermeister von Wöllstein. Klar ist, dass er die Feuerwehr für das Gemeinwohl in seiner Funktion als Bürgermeister gründete. Gleichwohl ist so eine Feuerwehr eine praktische Sache, wenn man eine Ziegelei hat in deren Gebäude auch noch viel Holz verbaut wurde.

Die Genehmigung zum Bau eines Ziegelofens am 17. Oktober 1862 vom Großherzoglichen Kreisamt zu Alzey, definiert das Gründungsdatum unserer Ziegelei. Zuvor hat Philipp Jungk eine Feldbrennerei zwischen Wöllstein und Badenheim betrieben. Eigentlich sind wir wohl noch ein paar Jahre älter...Kann's aber nicht beweisen.

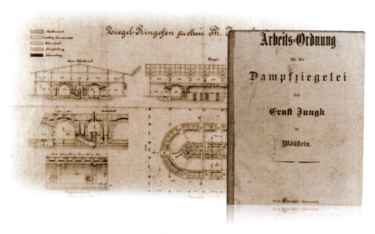

Arbeitsordnung

Hier sehen Sie den Originalplan des Hoffmann'schen Ringofens, den Phillip Jungk im Jahr 1891 baute. Dieses neue Verfahren zum Brennen von Ziegel wurde erst kurz vorher erfunden. Der Ofen lief übrigens bis 1966.

Der Blick in die Arbeitsordnung verrät was wir alle sowieso erwartet hätten: Hier herrschte Zucht und Ordnung. Auf der letzten Seite lesen wir: §7 Das Fehlen bei der Arbeit ist untersagt und wird bestraft, wenn „blauer Montag" gemacht wird mit 50 Pfennig und wer bis zu 10 Minuten zu spät bei der Arbeit erscheint wird mit 10 Pfennig bestraft usw.

Versöhnlich dann wieder: § 11 Die Strafgelder werden zum Besten der Arbeiter am Schluss der Kampagne verwendet.

Ernst Jungk ist der Namensgeber von Ernst Jungk und Sohn. Unten im Bild sieht man seinen Sohn Friedrich Jungk, meinen Großvater. Ernst Jungk mechanisierte die Ziegelei durch Installation einer Dampfmaschine 1899. Das war eine technische Neuheit und die Firma wurde dann in „Dampfziegelei Jungk" umfirmiert.

Ernst Jungk

Um seine Mitarbeiter im Winter nicht „stempeln" zu lassen, baute er Häuser und Wohnungen. Die Häuser in der Ziegelhüttenstraße und das höchste Haus in Wöllstein, in der Bahnhofstraße geben heute noch Zeugnis davon.

Dampfziegelei

Dieses Bild zeigt die ältesten Illustrationen der Dampfziegelei Jungk mit Briefköpfen von 1911 bzw. 1916.

Ein Preisvergleich

Annahme für Vollsteine (NF):
2,2 ct in 1926
Inflation Durchschnitt 3%

Wert 2012 = 28 ct

Durchschnittspreis Deutschland
JUWÖ 08.2012 = **14 ct** !

Rechnung

Von 1926 stammt diese Rechnung an Pfarrer Papst in Siefersheim, mit u. a. der Position 100 Vollsteine zu insgesamt 4,40 Reichsmark bzw. 4,4 Pfennig das Stück.

Wenn ich diese umgerechneten 2,2 Cent nur mit 3 %iger Inflation bis 2012 hochrechne, müsste der Ziegel, also ein heutiges NF-Format, 28 Cent kosten.

Der JUWÖ Durchschnittspreis in Deutschland per August 2012 beträgt aber nur ca. 14 Cent pro NF. Das ist gerade mal die Hälfte des inflationsbereinigten Preises von 1926.

Wir werden das bei der nächsten Preisliste berücksichtigen.

Friedrich Jungk

Dies ist mein Großvater Friedrich Jungk. Um einen ganzjährigen Betrieb der Ziegelei zu gewährleisten, baute er 1925 eine der ersten künstlichen Trocknungsanlagen und 1928 eine dreistöckige, große Trockenhalle, die mit Abwärme aus der Dampfmaschine beheizt wurde. Heute würde man das „energieeffizientes Handeln" nennen.

Das brauchte man uns schon damals nicht staatlich vorzuschreiben und über ein Energiemanagement-System kontrollieren zu lassen. Energie-effizientes Handeln ist für Unternehmen insgesamt und für eine Ziegelei erst recht überlebensnotwendig.

Mit dem Eintritt von Friedrich Jungk in die Firma wurde diese umbenannt in Ernst Jungk & Sohn. Es ist also reiner Zufall, dass mein Vater Ernst heißt und ich der Sohn bin. Mit dem Firmennamen hat diese Konstellation nichts zu tun.

Nach Kriegswirren und erheblicher Zerstörung konnte der Betrieb erst 1949 wieder in eine bescheidene Produktion gehen. Friedrich Jungk wurde bekannt als Dränrohrfabrikant und führte als eine der ersten Ziegeleien den Viellochstein ein, der den alten Vollstein ablöste.

Die Zerstörung
im 2. Weltkrieg

Weltkrieg

Und es soll nicht unerwähnt bleiben, dass er Gründungsmitglied der Wöllsteiner Winzergenossenschaft war, deren Wein wir heute trinken. Seit dem Jahr 1935 hat der Name Jungk daher die Mitgliedsnummer 2.

Die Belegschaften

2012

An dieser Stelle ein Bild der heutigen Belegschaft. Es muss wohl die Zeit um 1950 gewesen sein, als der Ton noch per Handarbeit abgebaut wurde und man den Spruch „Jungk und Sohn viel Arbeit – wenig Lohn" erfunden hat. Davon kann heute natürlich keine Rede mehr sein.

Ernst K. Jungk

im Unternehmen
von 1959 bis heute

Ernst K. Jungk

1959 ist mein Vater Ernst K. Jungk als frisch gebackener Ziegeleiingenieur in den väterlichen Betrieb eingestiegen. Vorher machte er als junger Bursche Auslandspraktika in England, Frankreich und Jugoslawien.

Poroton-Werbung

Er erwarb 1968 als einer der ersten Pioniere die Lizenz zur Produktion des Leichtziegels POROTON. 36 Jahre war mein Vater auch Präsident des Verbandes der Poroton-Hersteller und hat die Marke geprägt wie keine Persönlichkeit oder gar Firma danach. Hier etwas Werbung aus der damaligen Zeit. Besonders gut gefällt mir persönlich heute noch die Dame mit dem Minirock auf der Poroton Mauer.

Poroton war die erste wirkliche Marke im Baustoffbereich, die auch mit Pfiff beworben wurde. Aus der Firma Jungk und Sohn wurde in dieser Zeit auch die Marke JUWÖ mit entsprechendem Logo. Die Älteren unter uns wissen, dass das nichts anderes heißt als Jungk Wöllstein. Das erste Logo mit dem Symbol eines Dränrohres wurde im Laufe der Zeit durch die 3 Juwölen ersetzt. Heute zieren 3 Sterne unseren Namen.

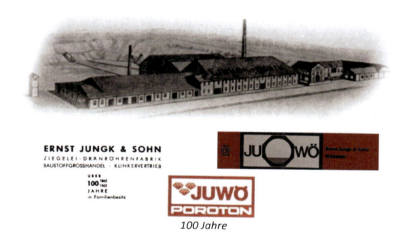

100 Jahre

Mein Vater baute am Standort Wöllstein insgesamt 5 komplett neue Ziegelwerke, nämlich 1967, 1977, 1991, 1997 sowie 2001.. immer mit neuen Techniken… und sind wir ehrlich, immer mit neuen daraus resultierenden Risiken und – da wir noch leben – auch immer mit neuen Chancen.

Beeindruckend ist der Pressebericht aus dem Jahr 1980. Wir hatten es geschafft, den Umsatz innerhalb eines Jahres zu verdoppeln.

Zeitungsberichte

Meinen Vater zog es als jungen Mann, aber auch als JUWÖ Chef immer in die Welt hinaus. So auch auf eine Delegationsreise der Landesregierung mit Ministerpräsident Bernhard Vogel nach China. Dort wurde auch dieser in klarem chinesisch verfasste Vertrag aufgesetzt...wie selbstverständlich unterschrieben von Ernst K. Jungk.

Noch heute zucke ich bei jedem Telefonanruf mit mir unbekannter Landesvorwahl zusammen. Man weiß ja nie was da noch kommt.

Wir konnten schon immer viele prominente Persönlichkeiten durch unsere Werkshallen führen. Helmut Kohl, als damaliger CDU Ministerpräsident, Hans Dietrich Genscher, Bernhard Vogel oder kürzlich erst Rainer Brüderle. Zu den sehr angenehmen Besuchen gehörten sicher auch die der Weinkönigin.

Ich hätte fast gesagt, liebe Julia, diese Tradition leben wir mit dem heutigen Tage wieder auf.

Besucher

Ernst und Helgard Jungk

Das war alles regelmäßig mit viel Arbeit und Zeit verbunden. Ohne den Rückhalt meiner Mutter wäre das nie möglich gewesen. Insofern darf ich Dich, liebe Mama, an dieser Stelle noch einmal besonders erwähnen.

Stefan Jungk

Im Unternehmen
seit 1997

Stefan Jungk

Jetzt bleib nur noch Ich. Offiziell eingetreten 1997 war es mir aber irgendwie vorbestimmt. Die Firma war immer präsent. Ob hier als 9 jähriger oder später mit meinen Geschwistern als Teenager Anfang der 80er Jahre oder hier kurz vor dem Eintritt.

Veranstaltungen

Es war auch regelmäßig so, dass beispielsweise Besuchergruppen zuerst per Hubschrauber einflogen, die Produktion besichtigten, sich schließlich vor der Küche meiner Mutter sammelten um dann endgültig unser privates Wohnzimmer komplett zu besetzen. Ein Entkommen von der Firma gab es also eigentlich nie.

Junior und Senior

Rückblickend kann ich aber sagen, dass der Generationswechsel fast vorbildlich verlief. Es gab Diskussionen, klar...aber letztendlich haben wir bis heute immer ein gutes Ergebnis gefunden...und inzwischen hab ich eigentlich die gleichen Ehrenämter wie mein Vater. Mir fehlt halt noch das Bundesverdienstkreuz.

Luftbild 1958

Die Meilensteine von 1862 werden auch sichtbar anhand der Luftaufnahmen des Firmengeländes. Achten Sie vielleicht einfach mal auf das Transformatorenhäuschen auf dem Bild von 1958, ständig kamen neue Gebäude und Produktionsanlagen hinzu bis schließlich die Aufnahme aus diesem Jahr den aktuellen Stand wiedergibt.

Luftbild 2012

Lassen Sie mich aus der chronologischen Auflistung der Meilensteine nur einige herausnehmen. Vor der Gründung wurden Ziegel ganz einfach in einer Feldbrennerei hergestellt.

Der Bau des Hoffmann'schen Ringofens war dann der Beginn der industriellen Revolution im Ziegeleiwesen.

1968 dann die Aufnahme der Poroton-Produktion und 1995 die Aufnahme der Planziegel-Produktion als eines der ersten Ziegelwerke in Deutschland und damit in Europa.

In den Werken 3 und 2a wird heute schließlich mit modernster Technologie und Robotereinsatz produziert.

Roboter

Meilensteine der jüngeren Zeit sind die Gründung der „Mein Ziegelhaus Gruppe", deren Vertreter ich auch sehr herzlich begrüßen darf. Heute darf ich behaupten, dass wir die schlagkräftigste und innovationsfreudigste Ziegelgruppe in Deutschland sind und die sympathischste mal auf jeden Fall.

Die Weichen für die Zukunft wurden in den letzten Jahren auch gestellt durch den Markteintritt in Frankreich und den deutlichen Ausbau der Aktivitäten in Belgien.

À propos Ausland: JUWÖ ist inzwischen europaweit unterwegs. Nie war der alte Spruch so wahr wie heute; JUWÖ liefert überall, von Wöllstein bis nach Portugal"..wobei jetzt Portugal gerade nicht dabei ist, na ja.

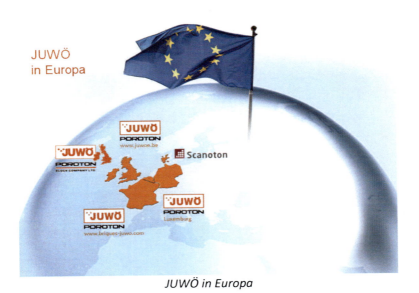

JUWÖ in Europa

Damit einher geht eine breitgefächerte Zertifizierung unserer Produkte. Lassen Sie mich an dieser Stelle, liebe Vertreter der Politik erwähnen, dass im Baubereich Europa alles andere als zusammengewachsen ist. Jedes Land hat seine eigenen Anforderungen und macht daraus de facto Handelssperren. Bevor Europa eins wurde, war das bei weitem nicht so.

Zertifiziert nach höchstem
europäischem Standard

$C \epsilon$ 2+

Güteüberwacht durch den
Güteschutz Ziegelindustrie Süd

Zertifiziert nach dem Öko-
Label III durch das Institut
Bauen u. Umwelt e.V.

Institut Bauen
und Umwelt e.V.

Zertifiziert für **Belgien**
(BENOR)

BENOR

Zertifiziert für **Frankreich**
(Avis technique)

CSTB
le futur en construction

Zertifiziert für **England/Irland**
durch die Zurich Building
Assurance

ZURICH

JUWÖ Ton ist unter balneologischen Kriterien als **Heilerde**
verwendbar. Bestätigt durch
Institut Fresenius.

**INSTITUT
FRESENIUS**

Zertifizierungen

Produkte

1968 - heute: Stetige Innovation seit Beginn der Poroton-Produktion

und die neuesten 2012..

Die ersten Poroton Ziegel 1968...

Produkte

Beeindruckend ist aus meiner Sicht auch die Entwicklung der Produkte, die wir aus unserem guten Wöllsteiner Ton machen. Es ging los bei der Mutter aller Ziegel, dem Backstein. Ja, sogar Dachziegel hatten wir im Programm. Auf vielen rheinhessischen Dächern liegen die noch immer und prägen die Dachlandschaften der Dörfer.

Vor der Einführung von Poroton war der Lochziegel schließlich das non plus Ultra.

1968 kamen dann die ersten Poroton-Ziegel und heute prägt der Ziegel die Baukultur mit höchstwärmedämmenden Planziegeln, die mit Dämmstoff gefüllt oder ungefüllt alle Anforderungen bis zum Passivhausstandard erfüllen.

Wenn wir uns nur auf die Verbesserung der Wärmedämmung beschränken (was falsch ist, denn es gibt noch viele weitere positive Eigenschaften des Ziegels) so ist die Entwicklung beeindruckend.

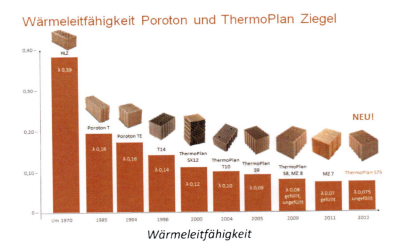

Wärmeleitfähigkeit

Sie werden an diesem Schaubild viele alte bekannte Ziegelnamen wieder finden: Poroton T oder TE. Eine ganze Generation von Maurern hat damit in den 80er und 90er Jahren gebaut. Heute hat man sich längst an die ungefüllten vollkeramischen Ziegel der S-Reihe, den ThermoPlan® S9 oder auch S8 gewöhnt. Aber auch die gefüllten Ziegel bis zum MZ 7 sieht man am Markt immer öfter.

Auch wenn die Grenzen der Physik so langsam angetastet werden. Die Entwicklung schreitet stetig voran.

Mit großer Freude und ein bisschen Stolz kann ich Ihnen heute erstmals unser neuestes Produkt vorstellen: Den ThermoPlan® S7^5. Seine Wärmeleitfähigkeit von Lambda 0,075 W/mK ist Weltrekord unter den ungefüllten vollkeramischen Ziegeln.

$S7^5$

Die Innovationsfreude in Produkt und Produktion ist einer der Gründe, warum wir heute unser 150jähriges Jubiläum feiern können. Der Markt war und ist nämlich brutal und wechselvoll.

Nach der Wiedervereinigung wurden 1995 610.000 Wohnungen gebaut. Danach ging es bergab ...und wie! 2010 war mit knapp 160.000 Wohnungen das schlimmste Jahr seit Bestehen der Bundesrepublik. Es wurde nur noch 26 % dessen gebaut, was 1995 errichtet wurde. So wie es jetzt aussieht sind diese mehr als 15 Jahre Niedergang gestoppt und zwar nachhaltig. In 2011 waren wir wieder bei 178.000 und 2012 bei 206.000 WE. Die Prognosen ab 2013 und auch darüber hinaus verheißen weiter stetiges Wachstum. Noch immer sind wir aber weit von der Marke von

300.000 Wohnungen entfernt, die gebaut werden müssten, um den Wohnungsbestand in Deutschland zu erhalten.

Diese Entwicklung hat Spuren in unserer Branche hinterlassen. In der Ziegelindustrie arbeiten heute gerade einmal halb so viel Menschen wie noch 1993.. geschweige denn in den 70er Jahren. In Rheinland Pfalz gab es nach dem Krieg noch 49 Ziegeleien. Jetzt gibt es nur noch JUWÖ und ein Dachziegelwerk, das aber inzwischen in Konzernbesitz ist.

Dass wir überlebt haben liegt bei weitem nicht nur an unserer Innovationsfreude. Einen ganz entscheidenden Beitrag haben auch unsere Mitarbeiter geleistet, die in den schweren Zeiten Kurzarbeit leisten mussten. Es war gut, dass es die Kurzarbeit gab und gibt und doch bedeutet sie für jeden Betroffenen Verzicht. Insofern auch an dieser Stelle vielen Dank an Euch alle, dass Ihr das ohne Murren mitgetragen habt.

Natürlich liegen die Gründe wesentlich im Marktgeschehen. Die Marktgesetze gelten immer. Allerdings hat sich auch die Politik aus der Förderung des Wohnungsbaus stetig verabschiedet. Alle drei Säulen der Wohnungsbauförderung sind nach und nach demontiert worden.

1996	Reduzierung der degressiven Afa für vermietete Wohnungen nach § 7 Abs. 5 EStG von 7% auf 5%	2002	Streichung der Verlustverrechung für negative Einkünfte aus Vermietung und Verpachtung
1997	Anhebung der Grunderwerbssteuern 2% auf heute 3,5 bis 5%	2004	Reduzierung der degressiven Afa für vermietete Wohnungen nach § 7 Abs. 5 EStG von 5% auf 2 %
1999	Verlängerung der Besteuerungsfrist auf Verkäufen von Eigentumswohnungen auf zehn Jahre	2005	Reduzierung der Eigenheimzulage von 5% auf 1%2006 Vollständige Streichung der degressiven AfA für vermietete Wohnungen nach § 7 Abs. 5 EStG
2001	Schwerpunktverlagerung von der Neubauförderung auf Bestandsnutzung durch das Wohnraumförderungsgesetz	2006	Föderalismusreform
		2007	Vollständige Streichung der Eigenheimzulage
2001	Förderung einer nicht zweckgebundenen Alternative zum Bausparen durch die "Riester Rente"	2008	Kürzung der sozialen Wohnraumförderung und Umschichtung auf die Förderung des Erwerbs Bestandsobjekten durch die Länder

Entwicklung Wohnungsbauförderung

Hier nur ein Überblick. Angefangen von der Reduktion der Abschreibungsmöglichkeiten, der Streichung der Eigenheimzulage oder der stetigen Anhebung der Grunderwerbssteuer auf 5 % seit diesem Jahr...es wurde wenig ausgelassen.

Die Folge ist klar. Die Mieten steigen.. und nicht nur die Mieten. Jeder liest in der aktuellen Presse von steigenden Preisen für Häuser. In Ballungszentren ist der Markt bereits fast leergefegt.

Hinzu kommt, dass der zu einseitige Fokus auf die Förderung der Sanierung nicht berücksichtigt, dass viele Objekte, insbesondere aus den 60er und 70er Jahren schlichtweg nicht mehr wirtschaftlich zu sanieren sind. Die Folge: es passiert gar nichts. D.h. es wird kein notwendiger Wohnraum geschaffen. Auch altersgerechte, barrierefreie Wohnungen werden nicht gebaut... und ich weiß, dass dies ein Anliegen der Politik ist. Eine CO_2 reduzierende Sanierung des Wohnungsbestandes unterbleibt ebenfalls.

Meine Bitte an die Wohnungspolitik ist:

— Ich wünsche mir eine Verbesserung der steuerlichen Anreize im Wohnungsbau.

— Der Ersatzneubau muss in die Förderung mit einbezogen werden, d. h. — salopp gesagt — wir brauchen eine Abrissprämie für nicht mehr zu sanierende Objekte, sowie

— Bauen muss bezahlbar bleiben: Das Wirtschaftlichkeitsgebot muss bei der Gestaltung der Anforderungen an den baulichen Wärmeschutz (Stichwort EnEV 2012, die zurzeit in Berlin diskutiert wird) berücksichtigt werden. Die Anforderungen der EnEV dürfen nicht dazu führen, dass wir in Zukunft nur noch in Wohnmaschinen mit Styropor und Glasfassade leben müssen, deren Haltbarkeit darüber hinaus nach knapp 40 Jahren endet.

— Es macht Sinn und es ist richtig, wenn die bewährte monolithische Bauweise, ja die monolithische Baukultur, (also Putz innen, Ziegel, Putz außen) erhalten bleibt. Mit unseren neuen Produkten werden wir wahrscheinlich die höchsten Anforderungen schaffen. Und hier spreche ich zu Ihnen nicht nur als JUWÖ Chef, sondern als Präsidiumsmitglied der Deutschen Ziegelindustrie, ja auch als Vertreter der Mauersteinindustrie insgesamt. So einen S7^5 kann nicht jeder und der ist auch richtig teuer. Die energetischen Anforderungen an die Außenwand müssen so gestaltet werden, dass die monolithische Wand flächendeckend weiterhin die beliebteste Bauweise bleibt. Ich will sogar, dass man mit Bims oder meinetwegen auch Gasbeton auch in Zukunft noch monolithisch bauen kann.

Prominenz mit S7^5:
Ernst K. Jungk, Stefan Jungk, Julia Klöckner, Dr. Carsten Kühl

Nach diesem Exkurs in die Politik erlauben Sie mir ein Fazit zu ziehen. Ergänzend zu den Worten meines Vaters gibt es für mich zusätzlich folgende wesentlichen Gründe, weshalb wir heute 150 Jahre JUWÖ feiern können:

— weil Innovation, unternehmerischer Weitblick, Begeisterung für den Ziegel und Mut zum Risiko unsere Familie seit 5 Generationen prägen

— weil der Ziegel einfach der beste Baustoff der Welt ist

— weil Sie, unsere Kunden, an unserer Seite stehen

- weil unsere Vertreter in den Ziegelverbänden uns den Rücken freihalten gegen immer größer werdende Forderungen der Behörden und des Gesetzgebers

- weil wir wunderbare Mitarbeiter haben, die in allen Unternehmensbereichen herausragende Leistungen bringen.

Alle diese Gründe sind heute hier: Insofern haben Sie sich dieses Fest verdient. In diesem Sinne sagen mein Vater und ich, meine Familie vielen Dank an unsere Mitarbeiter und wir alle zusammen Ihnen herzlichen Dank, dass es Sie gibt.

Ich freue mich auf die gemeinsamen kommenden Jahre und danke für Ihre Aufmerksamkeit.
(Zitatende)

Forschung und Entwicklung (FuE)

Im Hause JUWÖ werden in jedem Jahr ca. 3 – 5 %, das sind 500 TEUR – 750 TEUR in Forschung und Entwicklung gesteckt. Wir optimieren unsere Produkte und passen sie den Marktanforderungen an. So ist der wärmste Ziegel der Welt bei uns entstanden mit einem Lambda-Wert von 0,075 W/mK. Auch moderne Produktionstechnik wurde in unserem Haus entwickelt oder eingebaut, so z. B. ein Kollergang mit vier Rädern, deren Einzelgewicht 22 to. beträgt; die ganze Maschine wiegt 160 to. Die einlagige Trockentechnik, der Rollenofen, Robotereinsatz über Kamerasteuerung. Alles das sind Entwicklungen, die bei uns High-Tech-Produkte hervorgebracht haben.

Schon als ich im Jahre 1968 den Poroton-Verband als Präsident übernommen habe, war mein Credo: Forschung und Entwicklung (FuE) ist die Lebensversicherung eines Betriebes. Daran habe ich als ausgebildeter Ingenieur und in meiner Zeit als geschäftsführender Gesellschafter gearbeitet und bin froh, dass mein Sohn als Diplom-Kaufmann diese Philosophie mit übernommen hat.

Consulting

Im Jahre 2007 habe ich mit 69 Jahren ein Ingenieurbüro gegründet in Form eines Consulting-Büros. In diesem Alter sind viele meiner Mitbürger schon im wohlverdienten Ruhestand. Aber so ist es nun einmal in einem mittelständischen Betrieb, sei es ein bäuerlicher Betrieb, Handwerks- oder Produktionsbetrieb. Man kann nicht einfach nach Feierabend die „Bürgersteige hochklappen", sondern man wird sich als Senior immer in die Arbeit und/oder das Geschäft der Nachfolger mit seinem enormen Wissen einbringen. Man wird dies ohne Krampf tun müssen, denn die Verantwortung haben jetzt die Nachfolger. Meistens merken sie erst wenn der „Alte" nicht mehr da ist, was sie vermissen. Umso wichtiger ist eine klare Aufgabenregelung auch nach der „Pensionierung" – das ist in unserem Haus schon frühzeitig gemacht worden.

Was bedeutet das aber, wenn ich im operativen Geschäft keine Verantwortung mehr habe? Nur noch „Rat" zu geben, hat mich nicht ausgelastet. Das kann jeder verstehen, der mich kennt und weiß, dass ich das Unternehmen fast 50 Jahre voll verantwortlich geleitet habe.

Ein weiterer Grund für die neue Selbständigkeit war – wie ich an anderer Stelle erwähnt habe – dass ich mich anfangs der 2000er Jahre mit meinem (während meines Lebens aufgebauten) Aktiendepot, das meine Altersversorgung sein sollte, völlig verspekuliert habe. Diesen Verlust wollte ich wieder hereinholen, was mir inzwischen fast gelungen ist. Da es auch Kapital meiner Frau und meiner Kinder betraf, war dies besonders beschämend für mich. Inzwischen fühle ich mich wieder „rehabilitiert".

Heute, wo ich diese Zeilen schreibe, habe ich einen Großteil meiner Fehlspekulation wieder ausgeglichen. Mein Sohn Holger hat mir kürzlich gesagt: „Papa, das ist es, was gute Unternehmer auszeichnet: Sie riskieren etwas, fallen dabei auch, schöpfen aber daraus Kraft, wieder etwas Neues zu beginnen und wollen wieder siegen." Diese Bemerkung hat mich persönlich sehr befriedigt.

Inhalt des Ingenieurbüros ist es, die – aufgrund der seit 1995 permanent nach unten gehenden Entwicklung der Baufertigstellungen – stillgelegten oder in Konkurs gegangenen Ziegelwerke ins Ausland zu vermitteln.

Dies ist nur möglich wenn ungeheures Know-how, Kenntnisse über die Produktion und die dafür erforderlichen Maschinen, Engineering- und Planungsleistungen, Beurteilung von Laborberichten über Tonproben, einem potentiellen Käufer vermittelt werden können. Diese Betriebe, die heute stillgelegt werden (mussten), sind Betriebe, die in einer Zeit gebaut wurden, in denen ich auch unsere eigenen Werke gebaut habe, d. h. ich kenne die Funktionen bis zur letzten Schraube.

Dazu kommt meine persönliche Vita, die einem potentiellen Käufer die Seriosität und Erfahrung des Ingenieurbüros dokumentiert. Aufgrund meiner Ausbildung zum Keramikingenieur (FH), Ziegeleiingenieur, bin ich ein Spezialist für grobkeramische Betriebe und mit diesen Betrieben und deren Technik groß geworden.

Da ich einer der ersten war, die mit dieser Geschäftsidee auf den Markt gingen, hat die Suchmaschine Google dies irgendwie berücksichtigt: Wenn jemand in Google auf Deutsch „gebrauchtes Ziegelwerk" oder Englisch „used brickworks" eingibt, kommt er automatisch auf meine Website www.used-brickworks.com.

Meist kommen die Anfragen über deutschsprachige Vermittler. Diese Leute sind für mich sehr wichtig, weil sie die Kontakte herstellen und die Übersetzungsarbeit leisten. Fabriken habe ich vermittelt nach Dagestan, Kasachstan, Tschetschenien, Litauen, Ukraine, Weißrussland, also vorwiegend in die GUS-Staaten. Zurzeit werden Anfragen aus Nordafrika, wie Algerien, Tunesien und Ägypten bearbeitet. Hier helfen mir meine englischen und französischen Sprachkenntnisse.

Used Brickworks

Aufgrund meiner Erfahrungen mit eigenen Ziegeleien bin ich in der Lage, den potentiellen Kunden Cash-Flow-Rechnungen zu erstellen in Form von Tabellen, aus denen sie den „Return of Investment" ersehen. Dazu muss ich die Kosten vor Ort wie Energie, Lohn und Gehalt recherchieren, die die Investoren um Grundstücks- und Baukosten ergänzen müssen.

Das Problem bei den ausländischen Investoren liegt meistens in der Finanzierung. Zum Beispiel müssen in Russland 18 - 25 % Zinsen bezahlt werden. Grundsätzlich muss – bevor die Demontage beginnt – der Kaufpreis auf dem Konto des Verkäufers (Ziegeleibesitzer oder Konkursverwalter) liegen. Die Demontage wird entweder von dem Investor selbst gemacht oder kann auch von mir mit einer deutschen Spezialfirma organisiert werden. Das ist wohl teurer, aber die Qualität der Arbeit ist unvergleichlich besser. Die Werkshallen werden zur vollsten Zufriedenheit des Verkäufers hinterlassen.

Bei meinem ersten Geschäft, Vermittlung des Ziegelwerks I in die Ukraine bin ich beinahe Betrügern aus Österreich in die Hände gefallen. Wie immer war ich – allein schon wegen der russischen Sprache – auf Vermittler angewiesen. Von einer solchen Import/Export-Gesellschaft aus Österreich, die in der Ukraine Geschäfte machte, habe ich eine Anfrage erhalten und versucht, unser stillgelegtes Werk über diese Leute zu verkaufen. Besuche fanden in Wöllstein und in Österreich statt und ich hatte den Eindruck, dass es seriös zuging. Für einen Kaufabschluss wurden Zahlungsziele festgelegt, ähnlich wie bei Neuaufträgen.

Obwohl die Käufer in der Ukraine honorige Leute waren, gab es beim Transfer des Geldes bei den Österreichern Probleme. Glücklicherweise konnte durch die guten Kontakte unseres Projektingenieurs – obwohl schon ein Kaufvertrag mit den Österreichern abgeschlossen war – das ganze Projekt rückabgewickelt werden, mit einer direkten Zahlung des Investors an JUWÖ (natürlich wiederum mit einem Preisnachlass).

Kurz danach ging die österreichische Firma Pleite. Ich hätte also dabei fast den gesamten Kaufpreis verloren und das gerade in einer Zeit wo wir bei JUWÖ auf jeden Euro angewiesen waren.

Seitdem wird – wie beim Gebrauchtwagenhandel – ein Werk erst dann demontiert, wenn der Kaufpreis auf dem Konto des Verkäufers liegt. Das ist für manchen Investor schwierig, aber wenn er schon den Kaufpreis für eine gebrauchte Ziegelei nicht schultern kann, der zwischen 800.000 und 1,5 Mio. EUR liegt, dann kann er auch nicht die vor Ort zum Wiederaufbau notwendige Summe von etwa 3 – 4 Mio. EUR aufbringen.

Fast wöchentlich erreichen mich Anfragen nach gebrauchten Ziegelwerken, die ich meistens wie folgt beantworte: „Selbst wenn ich Ihnen eine gebrauchte Ziegelei schenken würde, müssen Sie vor Ort noch 3 – 4 Mio. EUR aufbringen." Danach höre ich oft nichts mehr von diesen „Interessenten".

Das Arboretum JUWÖ

Ein Baumgarten als Versöhnung zwischen Technik und Natur

- Ökologische Funktion
- Wertvolle Tipps für Gartenfreunde

Broschüre Arboretum

Eine 80-seitige Broschüre ist in der Verwaltung für 3 EUR zu beziehen.

Das Arboretum JUWÖ

Die Versöhnung zwischen Technik und Natur

Wir stellen ein Produkt her, das aus den vier Grundelementen der Natur Erde, Wasser, Luft und Feuer (Brand) besteht. Allein schon deswegen ist die Liebe und Verehrung zur Natur für alle unsere Generationen „Programm". Geerbt habe ich den „grünen Daumen" bestimmt von meiner Mutter. Mein Vater hat einen Terrassengarten für ihre Gemüse und Salate, Stauden und Blumen angelegt.

Als in den End-80er Jahren ein Grundstück mitten in unserem Industriegelände nicht mehr landwirtschaftlich genutzt werden konnte, habe ich überlegt, was damit geschehen soll. Geträumt habe ich von einer Wildwiese und den entsprechenden Samen ausgesät – mit Null-Erfolg. Im Frühjahr des nächsten Jahres war der Acker völlig verunkrautet, von einer Wildblumenwiese keine Spur. Daraufhin wurde mir erklärt, dass auf einem fruchtbaren Ackerboden keine Wildwiese wachsen kann.

Deshalb habe ich aus unserer Tongrube einige hundert Tonnen Sand auf den Acker bringen lassen, der dann mit einer Spatenmaschine in den fruchtbaren Boden eingearbeitet wurde. Ein zweiter Versuch wurde gestartet, aber mit dem gleichen negativen Erfolg. Die Idee, eine Wildblumenwiese anzulegen war damit gestorben; aber was kann man mit dem Acker machen? So kam ich auf die Idee, eine paar einzelne Bäume zu pflanzen, so dass man das Gelände immer noch als Bauland hätte nutzen können, für das es ausgewiesen war und ich auch die Anliegerbeiträge voll entrichtet hatte.

Ich traf dann den Inhaber der berühmten Baumschule Ebert in Baden-Baden, der den Keim in mir legte, einen „Baumgarten" anzulegen. Er verschaffte mir gleichzeitig den Kontakt mit dem Präsident der Gesellschaft Deutsches Arboretum, Herrn Karl Fuchs.

Was ist ein Arboretum?

Dies ist ein Ort, an dem Baum- und Straucharten aus wissenschaftlichen Gründen oder aus Sammelleidenschaft zusammengetragen sind.

Im Arboretum JUWÖ finden Sie Gehölze aus aller Welt. Viele der hier gepflanzten fremdländischen Baumarten bringen ein Stück ihrer Heimat in unsere Landschaft.

So finden Sie hier Bäume, die schon seit 250 Millionen Jahren leben, wie Taxodien (Sumpfzypressen), Sequoias (Mammutbäume) oder einen der ältesten Bäume, den Ginkgobaum, der schon vor 250 Mio. Jahren unsere Erde begrünte.

In Europa wuchsen über viele Millionen Jahre Wälder mit einer großen Artenvielfalt in einer fast tropisch anmutenden Vegetation. Doch die Eiszeiten hinterließen baumlose Steppen, und erst allmählich kehrten die Wälder zurück. Sie waren aber nun viel ärmer an Arten, denn die Kontinente waren auseinander gedriftet, und im Süden bildeten die Alpen eine fast unüberwindliche Barriere für die natürliche Rückwanderung.

Erst nach der Entdeckung der „Neuen Welt" kamen Samen und Schösslinge nach Europa und wurden hier kultiviert, sofern diese sich unserem Klima anpassten. So wurden manche dieser exotisch gewordenen Baumarten wieder zurückgeführt und bereichern die Artenvielfalt unserer Breiten.

Gründe für das Anlegen unseres Arboretums (Baumgartens)

Unsere Produkte werden aus den vier Grundelementen der Natur – Erde, Wasser, Luft und Feuer – hergestellt. Durch den Trocken- und Brennprozess entstehen Kapillare, die wiederum die „Atmungsfähigkeit" des Materials bewirken, was einen Vergleich zu der „Atmungsfähigkeit" der menschlichen Haut bzw. der Baumrinde zulässt. Das heißt, Ziegel ist ein naturnaher Baustoff.

Die industrielle Herstellung bedingt aber Lärm-, Staub-, Geruchs-Emissionen und die Rohstoffgewinnung greift in die Topografie ein. Um diesen

Eingriff in die Natur auszugleichen, wurde von mir ab 1990 ein Arboretum (Baumgarten) inmitten des Betriebes angelegt. Der Park beinhaltet ca. 600 Gehölze von "A" wie Ahorn bis "Z" wie Zeder.

Es wurde ein ökologisches Bewässerungssystem eingebaut: Das Oberflächenwasser aus einem großen Teil des Betriebsgeländes wird in einem Biotop gesammelt und über ein Hydranten-System wieder an die Pflanzen zurückgegeben. Das überschüssige Wasser wird zur Tonaufbereitung des Werkes verwendet, um dadurch Frischwasser einzusparen.

Teich mit Sumpfzypresse

Laut Gesetz haben wir für den Eingriff in die Natur Ausgleichsflächen zu schaffen, die in Form einer Industriebegrünung auf großen Flächen durchgeführt wurde. Mit dem Arboretum wird aber durch die gezielte Auswahl der Gehölze und das Beobachten ihres Wachstums eine Verbindung geschaffen zu dem natürlichen Produkt Ziegel und seinen außergewöhnlichen, bauphysikalischen Eigenschaften. Diese basieren auf der gleichen Grundlage wie die Bestandteile eines Baumes, nämlich aus Erde, Wasser, Luft und Feuer. Das Feuer steht – im Zusammenhang mit Bäumen – für Licht, aus dem immer wieder neues Leben und Wachstum entsteht.

Eingang zum Arboretum

Die ökologische Funktion des Arboretums JUWÖ

Parkflächen sind oftmals die einzig wirksamen Mittel um Negativfaktoren, wie sie in unseren Städten und Ballungsgebieten herrschen (u. a. Änderungen der Luftzusammensetzung, Temperatur, Luftfeuchtigkeit, Windverhältnisse, Strahlung) zu entschärfen. Gerade die Grünanlage des Arboretums trägt hier zu einer Klimaverbesserung bei. So fließt die kühlere Luft der Parkanlage permanent in die anschließenden bebauten Gebiete ab. Eine 50 - 100 m breite Grünfläche kann eine Temperaturabsenkung von drei bis vier Grad Celsius erreichen. Damit verbunden ist eine Erhöhung der relativen Luftfeuchtigkeit um ca. 5 %.

So verdunstet beispielsweise eine einzige Birke mittlerer Größe pro Sonnentag – je nach Temperatur – 70 bis 200 Liter Wasser. Doch Bäume geben nicht nur Wasser ab, sondern sie vermögen mit ihrem Wurzelnetz ein Absinken des Grundwasserspiegels zu verringern und die Wasserqualität zu erhöhen.

Außerdem vermindern baumreiche Grünanlagen die Windgeschwindigkeit und reinigen hindurchstreichende Luftmassen durch Abfiltern von Staub und Schmutz, was der Qualität der Atemluft zu Gute kommt.

Nach einer Faustregel vergrößert jeder Baum die Oberfläche, auf der er steht, etwa um das Zehnfache. Bei einer hundertjährigen Buche beträgt die Blattfläche somit rund 1.500 m², woraus sich die große Bedeutung für Regeneration und Reinerhaltung der Luft ableitet. Die Milliarden von Spaltöffnungen der Blätter und Nadeln dienen der Kohlendioxid-Aufnahme und Sauerstoff-Abgabe.

Messungen haben ergeben, dass ein Hektar Grünfläche mit baum- und strauchförmigen Gehölzen sowie Rasenanteil in 12 Stunden etwa 600 kg Sauerstoff bei einem Verbrauch von 900 kg Kohlendioxid abzugeben vermag. Oder auch anders ausgedrückt: Beim Wachsen von einem Kubikmeter Holz werden der Atmosphäre 1.000 kg CO_2 entzogen. 750 kg gibt der Baum als reinen Sauerstoff (O_2) wieder ab.

Dies alles mag vor Augen führen, wie groß das bioklimatische und ökologische Potential des Arboretums JUWÖ mit seiner Fläche von über 10.000 m² ist. Das Arboretum ist jedoch nicht nur Standort eindrucksvoller Bäume, sondern auch wertvoller Lebensraum zahlreicher Vogel- und Insektenarten.

Nicht zuletzt ist das öffentliche Arboretum JUWÖ ein viel genutzter Erholungs- und Erlebnisraum, dessen Wohlfahrtswirkung sich zwar kaum quantifizieren, jedoch von jedem Parkbesucher selbst beurteilen lässt.

Eine freudige Überraschung war die Verleihung des RWE-Klimaschutzpreises im Herbst 2012, der den öffentlichen Zugang zu dieser Parkanlage besonders gewürdigt hat.

Die jährlich 3-malige Teilnahme an den „Tagen der Offenen Gärten" gehört zu den Höhepunkten der „rheinhessischen Gartenführerinnen".

Multikulturelles Lebensmobile

Künstler Knut Beyer

Für jeden Menschen gibt es prägende Einflüsse, die sich unter Stichworten wie etwa Beruf – Liebe – Krieg auflisten lassen. Die Berührungspunkte sind für jede Person von unterschiedlicher Intensität. Deshalb wurde die bewegliche Aufhängung gewählt, um sich darin wie im Leben bewegen zu können.

Lebensmobile in unserer über 100-jährigen Eiche

Die Beschriftung in jeweils 4 Sprachen (wahlweise englisch – italienisch – spanisch – türkisch – arabisch – schwedisch – finnisch – russisch – französisch – indianisch – chinesisch – hebräisch und/oder deutsch) steht für die globale Gültigkeit.

Die dargestellten Berührungspunkte des Lebens sind austauschbar bzw. auf den besonderen Lebensweg des Einzelnen abstimmbar. Die Farben mit denen die Worte hinterlegt sind, symbolisieren die verschieden Hautfarben, doch im Endeffekt sind alle Menschen aus demselben Holz. Wer sich besonders vorsichtig bewegt, wird kaum intensive Berührung erfahren. Wer sich vehement bewegt, wird sich an die Erlebnisse, Berührungen, an die blauen Flecke oder gar Narben des Lebens erinnern.

Baumscheibe

Durch Frau Gudrun Bauer, Vorsitzende des Förderkreises Schlossgarten in Kirchheimbolanden e. V. bin ich in den Besitz einer Baumscheibe eines 115-jährigen Berg-Mammutbaumes *Sequoia giganteum* gekommen. Der Baum wurde in 2008 gfällt. Anhand seiner 115 Jahresringe liegt sein Geburtsjahr um 1893.

Er stand im Park der Familie Wolff in Kirchheimbolanden und wurde nach dem Verkauf des Anwesens – wegen eines Bauvorhabens – gefällt, obwohl er kerngesund war.

Auf der Oberfläche der Baumscheibe sind Schilder angebracht, die dem Betrachter zeigen was der Baum in 115 Jahren erlebt hat, dargestellt in einer Chronik der Firmen- und der Weltgeschichte.

Baumscheibe eines Berg-Mammutbaumes (Sequoia gigantea)

Alter Baum (vier Generationen) und junger Mensch (eine Generation – meine Schwiegertochter Carolin).

Darwin hat recht!

Wenn ich durch mein Arboretum gehe, staune ich jeden Tag über die Vielfalt der Flora. Was ich hier in Wöllstein gepflanzt habe ist ja nur wie ein Tropfen in einem großen Meer. Insbesondere bin ich von meiner Sammlung von Zwergkoniferen angetan; das meiste davon sind Knospenmutationen (Hexenbesen), die von Pflanzenzüchtern bei ihren Exkursionen weltweit entdeckt wurden und als Steck- oder Pfropflinge in den heimischen Baumschulen vermehrt wurden. Bei dieser Entstehung denke ich an die Kraft der Evolution und bin immer mehr beeindruckt von Darwins Evolutions-Theorie.

Dabei ist mir ein Buch von Richard Dawkins – ein Spiegel-Bestseller-Autor – mit dem Titel „Die Schöpfungslüge, warum Darwin recht hat", in die Hände gefallen. In seinem Buch beweist Richard Dawkins (geb. 1941) als Evolutionsbiologe und Lehrstuhlinhaber an der Universität Oxford, dass es keine Schöpfung gibt, sondern nur eine evolutionäre Entwicklung über Jahrmillionen. Es ist für mich erschreckend in diesem Buch zu lesen, dass sich in den USA mehr als 40 % zu den Kreationisten (von lat. Creatio „Schöpfung") zählen, die leugnen, dass die Menschen sich aus anderen Tieren entwickelt haben. Sie glauben, dass wir – und demnach auch alle anderen Lebewesen – innerhalb der letzten 10.000 Jahre von Gott erschaffen wurden. Diese Leute glauben, das Alter der Erde bemesse sich nicht nach Tausenden von Jahrmillionen, sondern nach Jahrtausenden; und sie glauben Menschen und Dinosaurier seien zur gleichen Zeit auf der Erde herumspaziert – und das bei hunderttausendfachen Fossilienfunden und erdgeschichtlichen Beweisen durch die Geologen!

Wie ich der Presse weiter entnommen habe, ist diese Gemeinschaft der Kreationisten so stark, dass in vielen Bundesstaaten der USA Darwin aus den Lehrbüchern gestrichen wurde. Ein Land, das seinen Kindern eine solch religiös verbrämte Lehre vermittelt, ist für mich keine Führungsnation mehr. Den geistig-moralischen Anspruch hat Amerika sowieso schon seit langem verwirkt. Dieses Land ist für mich nur noch eine militärische Führungsmacht, aber damit löst man nicht die Probleme der Welt.

Ein Plädoyer für das Molekül Kohlendioxid (CO_2)

Klimawandel – ja; aber nicht durch anthropogenes (von Menschen gemachtes) CO_2

Einleitung

Die Erde existiert seit ca. 4,6 Milliarden Jahren. Die Klimakatastrophe wurde vor 20 – 25 Jahren „erfunden". Ich bestreite nicht den natürlichen Klimawandel, aber ich bestreite, dass dieser durch den Menschen, insbesondere durch seine CO_2-Emissionen verursacht wird.

Energieeinsparung ist das Gebot der Stunde, nicht nur um Kosten einzusparen, sondern auch um uns aus der Abhängigkeit von Energielieferanten zu lösen – siehe Gasstreit zwischen Ukraine und Russland in den ersten drei Januarwochen 2009. Energieeinsparung ja, aber nicht unter dem Mantel des „Klimaschutzes" um zukünftige Katastrophen zu vermeiden. Wir sollten uns auf den natürlichen Klimawandel einstellen, der – wie im normalen Leben – Gewinner und Verlierer hat.

Dies ist meine These, für die ich Sie sensibilisieren möchte. Die schweigende Mehrheit möchte ich aufrufen, sich dem Ökodiktat nicht mehr zu unterwerfen, denn diese „Diktatur" zwingt uns immer höhere Kosten auf. Der englische Naturwissenschaftler und Bestsellerautor Matt Ridley sagte 2011: „Die Mainstream-Klima-Wissenschaft ist durchsetzt von vorgefertigten Meinungen und auf dogmatische Weise intolerant anderen Auffassungen gegenüber."

Alle reden vom Klima, meinen aber das Wetter

Ich zitiere aus dem Buch „Freispruch für CO_2" des bekannten Meteorologen Dr. Wolfgang Thüne: „Was hat das Klima mit dem Wetter zu tun?" Mit beiden Begriffen wird ein geschicktes Täuschungsspiel getrieben. Um den Leuten die Klimakatastrophe nachdrücklich vor Augen zu führen, muss man auf das Wetter zurückgreifen.

Auch wenn wir ständig von Klima reden, in der Natur zeigt sich kein Klima. Dies ist eine vom Menschen errechnete, statistische Größe. Klima gibt es nicht und tut daher nicht weh. Klima erwärmt sich auch nicht. Wir können eine Tagesmitteltemperatur weder messen noch spüren, wir müssen sie errechnen! Statistische Werte sind Orientierungs- und Vergleichswerte, sie sind „Hausnummern". Nach Festlegung der Weltorganisation für Meteorologie in Genf ist Klima das „mittlere Wettergeschehen" einer 30jährigen Periode. Das „mittlere Wettergeschehen" hat keine Wirklichkeit. Wirklich ist einzig und allein das ruhelose Wetter mit seiner Launenhaftigkeit, ja Unbeständigkeit. Warum haben wir dann Angst vor der „Klimakatastrophe"? Dies ist ein psychologisches Problem. Diese Angst wurde uns von „Klimaexperten" über Wort, Schrift und Bild durch die Medien solange eingeredet, bis wir nicht mehr fragten, sondern blind glaubten und uns widerstandslos von dem ach so für- und vorsorglichen „Vater Staat" die Ökosteuer aus der Tasche ziehen ließen.

Es gibt nur Wetterkatastrophen, aber keine Klimakatastrophe. Eine Klimakatastrophe gibt es nur in unserer Einbildung. Sie ist eine Scheingefahr, aber keine reale. Sie wird auch nie eine Gefahr werden, denn das Klima folgt als gleitendes Mittel dem Wetter wie das 200-Tage-Mittel dem täglichen DAX an der Börse. So wie der gemittelte DAX keinen Börsencrash auslösen kann, so kann das Klima auch keine Klimakatastrophe auslösen. Das Wort „Klimakatastrophe" gehört zu den Unworten der Öko-Bewegung, die den Ruf nach „Klimaschutz" geradezu provoziert und jeden, der dieses Scheinproblem beim Namen nennt, gleich ins argumentative und damit gesellschaftspolitische Abseits stellt. Im Begriff Klimakatastrophe wurde trickreich Ursache und Wirkung vertauscht und das macht ihn zum Kampfbegriff für eine angestrebte „Änderung der Industriegesellschaft".

Die Klimakatastrophe ist ein Hirnkonstrukt und der Vorschlag Klimaschutz per Kohlendioxidreduktion reinste Ideologie und Utopie. Wie will der Mensch, diese völlig hilflos dem Wetter ausgelieferte Kreatur, je das Klima steuern? Dies funktioniert nur in der virtuellen Computerwelt, aber nicht in der realen Wetterwelt.

„Wir sind das Volk"

Wenn schon allen politischen Parteien der Mut fehlt, vom Vorhaben Klimaschutz wegen Unsinnigkeit wieder abzurücken und die Ökosteuer abzuschaffen, so sollte wenigstens der Bürger nicht zögern, dies durch nachhaltigen Protest zu erzwingen. Er darf nicht zulassen, dass das Ökosteuergesetz als eine Art „Ablasshandel auf ewig" eingerichtet wird, zumal das Versprechen nie eingehalten werden kann, weil etwas prinzipiell Unmögliches damit erreicht werden soll. Wer Klimaschutz verspricht, sollte erst einmal darlegen, wie er uns vor dem launischen und wahrhaft gewalttätigen Wetter schützen will. Hat je ein Politiker darüber nachgedacht? Es ist das Wetter, das mit Hagel die Ernte zerschlägt, mit Orkanen Wälder umknickt, mit Hochwasser Städte unter Wasser setzt, Sturmfluten verursacht etc. Niemand hat das Wetter im Griff, kann dem Wetter vorschreiben was es zu tun und zu lassen hat. Wer will einem Wirbelsturm vorschreiben, welche Zugbahn er zu nehmen hat? Allein die Vorstellung daran ist lächerlich und scheitert an der Macht der Natur. Es ist eben nicht alles machbar!

Klima-Berechnung?

Klima ist das mittlere Wettergeschehen einer 30jährigen Periode. Das, was der Mensch als Klima berechnet, ist einzig und allein vom Wetter abhängig. Man weiß doch, dass sich das Klima erst errechnen lässt, wenn das Wetter vorbei ist. Wenn die Wettervorhersage für morgen falsch ist, warum soll eine Klimaprognose für 100 Jahre richtig sein?

Es gibt Wissenschaftler, wie z. B. Prof. Hartmut Graßl, Direktor am Max-Planck-Institut für Meteorologie, Hamburg die behaupten, dass der Mensch zu mehr als 99,9 % das Klima verändert. Mit dieser Aussage könnte er auch zu 99,9 % versuchen, das Wetter zu verändern.

Ohne CO$_2$ kein Leben auf dieser Erde

Kohlendioxid macht Leben auf diesem Planeten überhaupt erst möglich. Würde das Kohlendioxid in der Luft fehlen, so hätte die gesamte Pflanzenwelt ihre Lebensgrundlage verloren – Tiere und Menschen gäbe es demnach auch nicht. Den Kohlenstoff, den Bäume, Sträucher, Gräser und

Blumen für ihren Aufbau benötigen, entnehmen sie dem Kohlendioxidge-halt der Luft. Jedes grüne Blatt einer Pflanze saugt gewissermaßen Koh-lendioxid ein. Wenn Sonnenlicht darauf fällt, verwandelt dieses Licht den anorganischen Kohlenstoff in organisches Pflanzenmaterial und scheidet als Abfallprodukt Sauerstoff aus. Bei diesem als Photosynthese bezeichne-ten Prozess produzieren die Pflanzen gleichzeitig Zucker, Eiweiß und Fette.

Der umgekehrte Vorgang ist in jedem menschlichen und tierischen Orga-nismus zu beobachten: Zucker, Eiweiß und Fette werden hier unter Zuhil-fenahme von reichlich Sauerstoff verbraucht bzw. verbrannt, um die körperlichen Funktionen in Schwung zu halten. Als Abfallprodukt atmen wir Kohlendioxid aus – was den Pflanzen wiederum, zusammen mit der Sonne, als Hauptnahrungsmittel dient. An der Eingangspforte des botani-schen Gartens in Berlin steht: „Hab Ehrfurcht vor der Pflanze, alles lebt durch sie". Und alle Pflanzen leben durch CO_2.

Und plötzlich steht nun Klimakiller Nr. 1 in riesigen Lettern über dem Steckbrief des Moleküls CO_2. Auf einmal ist dieses Lebensgas Kohlendioxid schuld an zu erwartenden Klimakatastrophen. Die Volksverdummung hat einen neuen Höhepunkt erreicht. Es gibt eindeutige Untersuchungen, dass eine Erhöhung des CO_2-Gehaltes der Atmosphäre von heute ca. 350 ppm auf 650 ppm das Wachstum von Pflanzen um 45 % erhöht, eine Anreiche-rung auf 2.250 ppm die Wachstumsrate sogar um 165 % steigert. Prof. Dr. Ing. Bert Küppers hat ferner festgestellt, dass Pflanzen bei geringerem Lichteinfall aber in einer angereicherten CO_2-Atmosphäre besonders üppig gedeihen und sie werden unempfindlicher gegenüber extrem hohen oder extrem niedrigen Temperaturen – Temperaturextremen, die eine Pflanze in normaler CO_2-Atmosphäre nicht überlebt. Die Pflanze braucht CO_2 und produziert als Abfallstoff Sauerstoff – der Mensch braucht Sauerstoff und produziert als Abfallprodukt CO_2. Eine wundervolle Symbiose.

CO_2-Produzenten

Das IPCC (Inter Governmental Panel of Climate Change) schätzt, dass die anthropogene, also menschliche CO_2-Emission bei 22 Mrd. to./a liegt, also

CO_2 aus Industrie, Haushalten, Autos, usw. Folgender Vergleich überführt die Apokalyptiker:

Der Mensch atmet ca. 600 kg/a CO_2 aus, beim Schlafen weniger, beim Arbeiten mehr. Angesichts der 7 Mrd. Menschen (Stand Ende 2011), ca. 4,25 Mrd. to. CO_2. Es würde also höchste Zeit, dass nicht nur Filter in unsere Autos, sondern vor allem Filter in unsere Atemwege eingebaut werden. Aber dieser CO_2-Ausstoß ist noch harmlos gegenüber dem CO_2-Ausstoß von Insekten. Man müsste alle Ameisen, Termiten, Heuschrecken, Blattläuse, Bienen, Fliegen, Käfer, Schmetterlinge usw. der Welt exterminieren. Der Dipl.-Biologe Ernst Georg Beck hat mit dem Spirometer – einem medizinischen Gerät zur Messung des ein- bzw. ausgeatmeten Luftvolumens (Atemluft!) – die Insekten vermessen.

Ein fliegender Maikäfer atmet z. B. pro Stunde rund 2.000 Mikroliter CO_2 (spez. Gewicht von CO_2 = 1,997 kg/m³ = 4 mg/h – Luft wiegt bei 20° C 1,2 kg/m³) aus; eine einzelne Ameise oder Blattlaus pro Stunde 5 Mikroliter (1 Mio. Mikroliter = 1 Ltr.). Das heißt, allein die Insekten emittieren ca. 350 Mrd. to. CO_2, d.h. hundertmal so viel wie der Mensch ausatmet, oder 15 mal mehr als Industrie, Haushalte und Autos in die Luft blasen (22 Mrd. to.).

Wenn man dann noch errechnet hat, dass in der Atmosphäre ca. 1.800 Mrd. to. CO_2 vorhanden und in den Ozeanen etwa 2.300 Mrd. to. CO_2 gebunden sind, dann ist dieses Geschwätz, dass CO_2 einen Klimakiller darstellt, bodenloser Unsinn.

Allein die Bodenorganismen, bei denen die Bakterien die höchste Verbreitung haben, treten laut offiziellen Modellen des UN-Weltklimarates mit etwa 50 Mrd. to. CO_2 pro Jahr in Erscheinung und dabei sind die Tiere, die die Erde bewohnen noch nicht einmal mitgerechnet.

CO_2-Anteil in der Atmosphäre:

CO_2 ist ungefähr mit einem Volumenanteil von 0,037 % in der Erdatmosphäre vorhanden. Dieser Prozentsatz ist so gering, dass es messtechnisch schwierig ist, nennenswerte Veränderungen überhaupt exakt zu erkennen. Dieser Wert ist derzeit die unterste Grenze dessen, was Pflanzen zum Leben benötigen! Von diesen 0,037 % gehen wiederum 97 % auf das Konto der Natur, die damit fast das gesamte CO_2 auf Erden produziert. Nur die übrigen 3 % gehen auf das Konto des Menschen, d. h. 3 % von 0,037 % (Anteil CO_2 in der Atmosphäre), das sind nur 0,0011 % die der Mensch produziert. 3,5 % entfallen auf Deutschland, also 0,0000388 %. 20 % davon sind aus Kraftwerken, das sind 0,0000077 %. Die sollen unser Wetter bestimmen? Absurd! Dieser Wert ist unmessbar klein und spielt demzufolge bei der Erwärmung der Erde überhaupt keine Rolle. Warum aber das ganze Getöse um das Klima? Den Verwaltern des „Klima-GAU's", dem IPCC (Inter Governmental Panel of Climate Change), einer Institution der UNO, geht es nur um Macht und viel Geld.

Was will der Klimaschutz schützen?

Er will die Globaltemperatur konstant halten, zumindest erreichen, dass sie nicht wesentlich von dem errechneten Wert von + 15° C abweicht. Als Königsweg wird die Reduktion der Emissionen von Treibhausgasen angesehen. Klima ist eine statistische Größe – im Gegensatz zum Wetter – das man nicht auf 100 Jahre voraussagen kann, wenn man seine Ausgangsgröße, in diesem Fall das Wetter, noch nicht einmal für eine Woche verlässlich vorhersagen kann. Während Erfolg und Misserfolg bei der Wettervorhersage direkt kontrollierbar sind, kann man ungestraft über das Klima fabulieren ohne je zur Rechenschaft gezogen zu werden, denn in 50 oder 100 Jahren sind diese Klimaforscher alle gestorben.

Das Absurdeste mit was sich manche Klimaforscher zurzeit beschäftigen, ist Geoengineering, das Gestalten des Wetters durch den Menschen, etwa durch riesige Sonnensegel im All oder Algenteppiche auf den Ozeanen oder mit 5 Mio. to. Schwefel, die man in ca. 20.000 m Höhe ausbringen will, oder durch weißen Anstrich aller Straßen und Dächer! Die letzten Ideen stammen von Nobelpreisträger Prof. Crutzen und Prof. Chu. Mit diesen Ideen soll die Erde um 2° C gekühlt werden.

Ängste schüren; Klimaschutz ist moralisierend

Neben diversen Erbsünden der Menschheit ist wieder einmal eine neue Sünde von Menschen begangen worden. Die erste geschah im Garten Eden; damals war es Missbrauch von Obst zum Eigenverzehr. Nunmehr ist es der Missbrauch von Kohlensäure oder auch Kohlendioxid oder CO_2 genannt. Schon im Mittelalter wurde mit Hilfe des Ablasshandels Druck auf den Menschen ausgeübt, nach dem Motto „Wenn Du nicht bezahlst, wird Deine Seele für immer im Fegefeuer schmoren". Erst waren es nur bestimmte Sünden, aber später konnte man sich praktisch für alles freikaufen. So wurden Kirchenraub und Meineid gegen 9 Dukaten, ein Mord sogar für 8 Dukaten vergeben. Dieser Ablasshandel war nur dadurch möglich, dass die Kirche zur damaligen Zeit eine immense Macht über die Menschen hatte und sie auch definitiv ausübte. Auch heute lösen die Mächtigen mit unbewiesenen Postulaten Angst aus. Sie stehen den kirchlichen Akteuren des Mittelalters in nichts nach. Weder in ihrem Erfindungsreichtum Angst zu verbreiten, noch in der sofortigen Ankündigung was die Bürger tun müssen, um die postulierte, allgemeine Gefahr zu bannen. Über das Klima moralisieren viele und wissen wenig.

Was die Menschen alles tun müssen!

Wenn man die Behauptung aufstellt, dass der Mensch der Schuldige am derzeitigen Klima ist, so kann man ihn ängstigen und ihm zugleich – mittels neuer, noch zu erfindender Gesetze befehlen, was er künftig zu tun hat, nämlich sehr viele neue Sachen kaufen. Er wird Hunderttausende von sehr teuren Windmühlen kaufen müssen. Er wird ganz neue Motoren für Millionen von Autos bauen müssen. Er wird für Milliarden von Euros hunderte neue Kraftwerke bauen müssen, während die alten die noch gut sind, für Milliarden verschrottet werden müssen – immer neuen Gesetzen folgend. Er wird Umweltzertifikate akzeptieren müssen, die über eine neue Börse gehandelt werden. Er wird neue Häuser bauen müssen unter Verwendung anderer – per Gesetz vorgeschriebener – Baumaterialien. Er wird für seine alten Häuser regelmäßige Inspektionen über den Wärmeverbrauch dieser Häuser akzeptieren müssen. Er wird Klimazertifikate oder entsprechende Plaketten für sein Haus, seine Wohnung und sein Auto kaufen müssen.

Der Apokalyptiker Hartmut Graßl, Hamburg will jedem Menschen eine gleich hohe CO_2-Emission zuteilen. Wenn er diese überschreitet, muss er „Verschmutzungsrechte" zukaufen oder auf Konsum von Fleisch, Käse, Wäschetrockner verzichten oder darf Auto und Flugzeuge nur eingeschränkt bzw. nicht mehr nutzen.

Klimawandel gibt es schon seit dem Bestehen der Erde:

Es gibt im Leben nichts Beständiges, außer dem Wandel. Während der letzten großen Eiszeit, die vor 20.000 Jahren zu Ende ging, lag Garmisch-Partenkirchen unter einer 2.000 m dicken Eisdecke.

Abrupte Klimaänderungen und ausgeprägte Klimaschwankungen haben die letzten 15.000 Jahre mehr bestimmt als man bisher dachte. Daraus lässt sich schlussfolgern: Auch ohne Eingriff des Menschen hat es schon früher nachhaltige Klimaänderungen und Klimaschwankungen gegeben. Nur Borniertе, mit ideologischen Scheuklappen träumen von der „Klimakonstanz" die man notfalls über Ökosteuern herbeizaubern könnte.

Die Rekonstruktion in polaren Eiskernen eingeschlossener Luft zeigt, dass die atmosphärische CO_2-Konzentration während des gesamten Holozäns, d. h. während der letzten 8.000 Jahre auf einem konstanten Niveau von ungefähr 280 ppm verweilt. Wenn die CO_2-Konzentration über 8.000 Jahre hinweg gleichgeblieben ist, dann kann sie nicht die Ursache für die heftigen Temperaturschwankungen während dieser Zeitperiode gewesen sein. Das Klima selbst wird nie eine Antwort geben, weil es nicht existiert. Die Fragen muss man dem Wetter stellen, doch wen fragt man? Auch das Wetter gibt keine Antwort.

In der jüngeren Geschichte, der Zeit des sogenannten Atlantikum, das vor etwa 6.500 Jahren begann und vor etwa 4.500 Jahren endete, hatte die damalige Warmzeit ihren Höhepunkt überschritten. In dieser Zeit entstanden die Hochkulturen in Mesopotamien und Ägypten. Heute sind diese Regionen eher trocken. Damals herrschte dort ein niederschlagsreiches Klima, was aus den heute ausgetrockneten Flusssystemen der Satellitenbilder zu erkennen ist. Nur Regen hat Kulturen geschaffen. Kein Regen hat zum Niedergang der Maya-Kultur geführt.

Dort, wo es warm war, konnte die Landwirtschaft gedeihen und mit ihr auch die Kultur wachsen. Weinbau, z. B. ist ein guter Indikator für warmes Klima. In der mittelalterlichen Warmperiode zwischen dem 9. und 14. Jahrhundert wurde Wein in Süd-Schottland, Pommern und Ostpreußen angebaut. Heute liegt die Weinbaugrenze 500 km weiter südlich. Je mehr wir zum Äquator kommen – mit viel Regen und Wärme – umso größer wird die Artenvielfalt in Flora und Fauna. An den Polen gibt es nur Pinguine, ein paar Eisbären und Seevögel, aber keinen Baum oder Strauch, nur Flechten.

Auf diese Warmperiode folgte wieder eine „kleine Eiszeit", die um 1300 beginnt und bis Mitte des 19. Jahrhunderts dauerte. Das Wetter war wechselhaft, kühl und regnerisch. 1342 wurde Mitteleuropa von einer Hochwasserkatastrophe heimgesucht. Die Folge waren Hungersnot und Seuchen. Mitte des 17. Jahrhunderts, zur Zeit des 30jährigen Krieges, rückten die Eismassen der Alpen wieder vor. In den nasskalten Sommern der nachfolgenden 200 Jahre verfaulten nicht selten Getreide und Kartoffeln auf den Äckern. Die Menschen hungerten.

Der Temperaturanstieg seit Mitte des 19. Jahrhunderts fällt zeitlich zusammen mit dem Beginn der Industrialisierung und Bevölkerungsexplosion. Allerdings endete in diesem Zeitraum auch die „kleine Eiszeit" und die Wetteraufzeichnungen begannen (1850).

Im Jahr 985 zieht der Wikinger „Erik, der Rote" von Island nach Grönland. Das „Grünland" ist – wie der Name sagt – fruchtbares Land. Über die eisfreie Nord-Ost-Passage segelte Erik's Sohn Leif 500 Jahre vor Kolumbus als erster Europäer nach Amerika.

Klimaveränderungen in den letzten 2.000 Jahren waren immer von Kriegen, Hunger und anderen Nöten begleitet, wenn sich die Veränderung zum Kalten zeigte. Wenn es wärmer wurde, kamen Phasen des Wohlstandes und des Friedens. Oft folgen die Pflanzen selbst dem Klima. Wir pflegen dies als ein Alarmzeichen für die Erderwärmung zu sehen. Dabei ist es nur ein Anpassungszeichen der Natur. Wie beim Grün, das jetzt von Süden her nach und nach in die Sahara eindringt, die Wüste erobert – wegen des Klimawandels wie die Forscher mitteilen – aber nur leise, denn es passt ja nicht ins Bild.

Jeder, der sich mit Klimageschichte befasst weiß, dass Warmzeiten gut für Mensch und Natur waren. Das hat Prof. Josef H. Reicholf, Biologe und Bestseller-Autor herausgefunden.

Der Treibhauseffekt:

Der größte Unsinn ist die Vorstellung, dass CO_2 für den Treibhauseffekt in ca. 6000 m Höhe verantwortlich sei. Der durch menschliche Eingriffe vermutete Anteil am atmosphärischen Treibhauseffekt wird „anthropogener" Treibhauseffekt genannt. Wie soll eine solche CO_2-Hülle entstehen, wenn CO_2 schwerer ist als Luft? (spez. Gewicht Luft bei 20° C 1,2 kg/m³, CO_2 wiegt 1,997 kg/m³). Einen Beweis für die unterschiedliche Dichte lieferte ein Vulkanausbruch im Jahre 1986 in Kamerun. Über Nacht starben 1700 Menschen an den Folgen einer Kohlendioxid-Vergiftung, das aus einem Vulkan unter dem See Lake Nyos plötzlich herausbrach. Auch ein Winzer geht im Herbst, während der Most im Keller gärt und Zucker zu CO_2 und Alkohol umwandelt, nur mit einem offenen Licht in den Keller, damit er das schwerere CO_2 rechtzeitig (die Kerze erlischt) erkennen kann. Nur Wasserdampf ist leichter als Luft und steigt nach oben – aber das ist ja kein „Schadgas"! Schon aus physikalischen Gründen kann eine CO_2–Hülle, die die Wärmestrahlung wieder auf die Erde reflektiert, so nicht existieren. Der echte Treibhauseffekt des Glashauses ist nämlich mit der unterdrückten Konvektion (Luftkühlung) zu erklären und nicht mit irgendwelchen Absorptionseigenschaften der Glasscheiben. Ein Treibhauseffekt kann also nicht existieren, weil ein Treibhaus ein geschlossenes System voraussetzt – im Gegensatz zur Erde, die gegenüber dem Weltall keine Systemgrenze aufweist.

Der angebliche Treibhauseffekt steht im totalen Widerspruch zum Newton'schen Abkühlungsgesetz, wonach sich kein Körper in einer kälteren Umgebung erwärmen kann. Selbst wenn alle Energie, die er emittiert, an ihn zurückgegeben würde, würde bestenfalls seine Temperatur konstant bleiben. Das Abkühlungsgesetz gilt für jeden Körper, auch für die Erde. Eine Erderwärmung in einer kälteren Umgebung ist absolut ausgeschlossen und unmöglich! Wenn, dann kann die Erde nur von außen erwärmt werden. Als einziger Himmelskörper kommt hierfür die Sonne in Betracht.

Der Wissenschaftler und Meteorologe Dr. Wolfgang Thüne hat mit physikalischen Gesetzen den „Treibhauseffekt" ad absurdum geführt, in dem er nachweist, dass für bestimmte Wellenlängenbereiche der Infrarotstrahlung ein stets offenes, atmosphärisches Strahlungsfenster existiert, das nicht von Wasserdampf- und Kohlendioxidabsorbtionslinien geschlossen werden kann. Daher können ca. 70 – 90 % der Wärmestrahlung der Erdoberfläche ungehindert ins Weltall entweichen. Festzustellen ist das am nächtlichen Temperaturabfall, wenn die Sonne schlafen gegangen ist. Dieses IR-Fenster ist von Natur aus offen und zwar überall auf der Erde, denn andernfalls hätte sich die Erde mit ihrer heißen Oberfläche und anfänglich extremen kohlendioxidhaltigen und sauerstofffreien Atmosphäre nie abkühlen und Leben ermöglichen können.

Wenn das Strahlungsfenster im infraroten also Wärmebereich schließbar und nicht offen wäre, dann würde von der Sonne ständig neue Nutzenergie in das Ökosystem Erde gelangen, ohne dass die Erde ihre Abwärme in den Weltraum entsorgen könnte. Wir hätten echte Überlebensprobleme, oder nein wir hätten sie nicht, weil es uns nie gegeben hätte um solch abstruse Ideen wie den Treibhauseffekt in die Welt zu setzen. Wäre er physikalische Realität, die Erde hätte sich in ihrer Geschichte nie abkühlen und damit Leben ermöglichen können. Doch die Erde hat sich abgekühlt obgleich die Uratmosphäre noch keinen Sauerstoff enthielt, dafür aber aus Unmengen angeblicher Treibhausgase – Wasserdampf, Kohlendioxid und Methan – bestand.

Die Lüge vom Treibhauseffekt ist eine gekonnte Lüge, die Jahr für Jahr einen gigantischen „Klimazirkus" in Bewegung setzt, wie z. B. die internationale Klimakonferenz 1997 in Kyoto mit 2.300 Teilnehmern, 2006 auf Bali mit 10.000 Teilnehmern, Dezember 2009 in Kopenhagen mit mehr als 15.000 Teilnehmern und Dezember 2011 in Durban mit 20.000 Teilnehmern aus 196 Ländern, d. h. ca. 102 Personen pro Land!!! Die Teilnehmer einigten sich darauf, dass sie sich bis 2015 einigen sollen. Außer Spesen nichts gewesen – und wir Steuerzahler zahlen und zahlen. Wer hat die Kraft und die Zeit gegen diesen Unsinn aufzustehen? Kanada hat im Dezember 2011 jedenfalls reagiert und ist aus dem Kyoto-Protokoll ausgestiegen – als zweitgrößtes Land dieser Erde.

Auch die Tagung („Palaver") im Jahr 2012 in Doha mit 20.000! Teilnehmern brachte kein Ergebnis. 2012 jammerten wieder die Inselstaaten, die angeblich im Meer versinken. So konnte ein Vertreter des Inselstaates Kiribati vom Rednerpult in Doha aus schildern, wie sehr das Meer angeblich gerade dabei sei, seine Insel, das Tarawa-Atoll zu verschlucken. Auch der „Spiegel" gab ihm Raum für seine Anklage. Kein Wort über die vor zwei Jahren vorgelegte Analyse einer Forschungsgruppe aus Neuseeland in der Zeitschrift „Global and Planetary Change", erstellt auf der Basis von Luftaufnahmen mehrerer Dutzend Inseln aus verschiedenen pazifischen Regionen. Das Ergebnis: Die allermeisten Inseln sind in den letzten 60 Jahren gleich groß geblieben oder gar gewachsen, auf keinen Fall geschrumpft oder sogar untergegangen. Erstaunlich aber: Mit am stärksten, nämlich um rund ein Drittel, war jenes Tarawa gewachsen!

Seitdem Entwicklungsgelder spärlicher sprudeln, haben die „Have not's" nun eine neue Geldquelle entdeckt: Finanzierung von neuen Projekten (oder Sanierung des Staatshaushaltes) unter dem Mantel Klimaschutz.

Dort sitzen nur Profiteure, die an der Verhinderung der vorausgesagten Apokalypse durch Kassieren von Forschungsgeldern oder Ausgleichszahlungen verdienen wollen, wie die Entwicklungsländer die unverblümt 100 Mrd. EUR pro Jahr(!) von den Industrieländern fordern, denn der von der EU zugesagte Betrag von 7,5 Mrd. EUR würde noch nicht einmal für die

Särge, der wegen dem Klimawandel verstorbenen Menschen reichen. Waren es 2009 die Inselstaaten, die die Hände aufhielten, sind es 2011 die Afrikaner. Der südafrikanische Präsident Jacob Zuma spricht von einer Frage von „Leben und Tod" und Rajendra Paschauri, Vorsitzender des UN-Weltklimarates (mehrfach der Lüge bezichtigt, z. B. Gletscherschmelze im Himalaya und „Hockeykurve"!) malt wieder ein Horrorszenario, das dem apokalyptischen Reiter alle Ehre machen würde.

Die Demonstranten – von ca. 500 Umweltverbänden aufgerufen, incl. Berufschaoten – wollen eine deindustrialisierte Welt. Die wenigsten der Protestler würden aber auf die Straße gehen, wenn sie die Kosten kennen und tragen müssten, die eine CO_2 freie Umwelt erfordert. Stromproduktion nur mit Photovoltaik, Windkraft und Biomasse würde das 3 - 5-fache kosten – und das nur aus ideologischen Gründen. Damit wäre Deutschlands Wirtschaft – als Stütze unseres Wohlstandes – am Ende.

Wie absurd die Idee des Treibhauseffektes ist, kann ein Autofahrer beim Eisschaben an seinem Autofenster erfahren: Wo kommt denn das Eis, die Kälte her? Das geht doch nicht. Wir leben doch im CO_2-Treibhaus, das angeblich keine Fenster hat. Also, wenn keine Wärme aus dem Treibhaus heraus kann, dann kann doch auch keine Kälte hereinkommen. Das ist logisch. Die warme Luft muss unbedingt erst oder zeitgleich nach oben weg sonst kann die kalte Luft ja nicht runter. Andernfalls gäbe es nie Bodenfrost. Nach Einschätzung des Deutschen Wetterdienstes soll der Winter 2008/2009 einer der kältesten der vergangenen 100 Jahre gewesen sein! Ich frage mich: „Wo ist hier der Wärmeschutz des Treibhausgürtels in 6000 m Höhe?"

Die ganze Geschichte mit dem Treibhaus aus CO_2 muss eine „Ente" oder genauer gesagt, eine handfeste Lüge sein. Die Lügner sitzen in der UNO (IPCC), in der EU, in allen Umweltministerien und in vielen Klimainstituten. Es ist schwer dagegen etwas zu unternehmen. Wer will auch etwas als Lüge hinstellen, wenn ständig neue Klimakonferenzen abgehalten werden, mit gläubigen Anhängern aus über 190 Ländern und diese ihr Fest unter dem Thema „anthropogener Treibhauseffekt" zelebrieren? Auch die Teilnehmer der G8-Länder haben als Lieblingsthema „Klimawandel" gefunden und lenken damit von der Lösung der wirklichen Probleme in dieser Welt ab.

Woher kommt die Annahme für den Treibhauseffekt?

Vor etwa 100 Jahren hat der schwedische Forscher Arrhenius den anthropogenen Treibhauseffekt konstruiert, dass in einer bestimmten Höhe (ca. 6 km) eine Schicht aus Spurengasen zu finden sei. Das CO_2-Gas habe den Hauptanteil an dieser Schicht. Dies würde den Treibhauseffekt verursachen, dass es auf der Erde immer wärmer würde. Diese Fehlprognose ist zustande gekommen, weil man damals noch keine Ahnung davon hatte, was sich in 6 km Höhe tut. Man kannte weder die turbulenten, meteorologischen Verhältnisse noch konnte man fliegen.

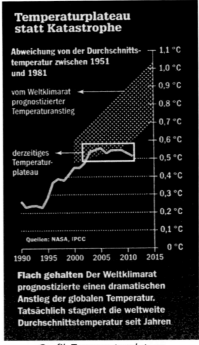

Grafik Temperaturplateau

Glücklicherweise gibt es immer mehr Klimaforscher, wie z. B. Prof. Storch und Krauß mit ihrem Buch „Die Klimafalle", die gegen die Panikmache der eigenen Zunft scharf ins Gericht gehen. Sie wirft ihr Übertreibung und „methodisches Versagen" vor. Dazu gehört auch der Klimawissenschaftler Joachim Schellenhuber vom Potsdamer Institut für Klimaforschung (PIK), ein Berater von Angela Merkel.

Beweise für die Fehldiagnose:

<u>Wind</u>
Ein Gasgemisch kann nur dort an Ort und Stelle stabil bleiben, bzw. fixiert werden, wo es keine Luftbewegung gibt.

Da warme Luft durch Konvektion aufsteigt, muss andernorts kalte Luft absteigen. Dies ergibt Luftdruckunterschiede. Durch Luftdruckunterschiede entstehen Hoch- und Tiefdruckgebiete auf Erden. Beide Systeme werden gefüttert durch massive Luftbewegungen. Ein massives Tiefdruckgebiet kann sich zum Orkan oder auch Hurrikan entwickeln. Diese gigantischen Luftwirbel lassen Luftmassen unbeschreiblicher Menge über Tausende von Kilometern durcheinander wirbeln, bis in die höchsten Höhen der Atmosphäre. Diese Stürme können Häuser und Brücken zerstören und Autos von der Straße fegen; nur das „anthropogene Treibhaus" in 6000 m Höhe offensichtlich nicht!

Vielflieger wissen, dass die Luftschichten in Höhen, in denen moderne Jets fliegen, durch den 500 km/h schnellen Jetstream äußerst turbulent sind. Dieser Jetstream bewegt sich in den Höhen, wo angeblich das anthropogene Treibhaus sein soll.

Die Treibhausschicht ist definitiv ein Phantasiegebilde. Wo immer sich eine „Schicht" bildet, ob im Wasser oder in der Luft, benötigt sie statische Verhältnisse, um sich zu einer stabilen Schicht zu entwickeln. Es gibt oder gab aber nie statische Verhältnisse in der Atmosphäre, seit sich auf der Erde eine Atmosphäre gebildet hat.

Die Atmosphäre um die Erde herum ist äußerst instabil. Wäre sie stabil, so wäre dies noch schlimmer für die Klimakatastrophenerfinder. Dann würden nämlich alle CO_2-Moleküle aufgrund ihres spezifischen Gewichtes auf die Erde zurücksinken, dorthin wo sie herkamen. Welche Pleite!

Wasserdampf

Wir verdanken dem Wasserdampf und dem Kohlendioxid unser Leben, denn ohne diese beiden Stoffe gäbe es keine Photosynthese der grünen Pflanzen. Beide Stoffe sind unersetzbare Grundnahrungsmittel für die Pflanzen. Wer Kohlendioxid als umweltschädlich bezeichnet, den könnte man ebenso gut als gemeingefährlich bezeichnen. Die Pflanzen nehmen mit ihren Blättern Kohlendioxid auf. Und mit der Lichtenergie der Sonne werden aus diesen toten organischen Stoffen wertvolle organische Nahrung wie Kohlenhydrate, Eiweiß und Fette erzeugt. Die Pflanzen sind Primärproduzenten von denen alles weitere Leben existentiell abhängt. Wer sich aus Angst vor der Klimakatastrophe bemüht, die Atmosphäre von CO_2 zu befreien, würde ein gigantisches, ökologisches Selbstmordprogramm in Gang setzen. Zuerst sterben mangels Luftnahrung die Pflanzen als Primärproduzenten und dann die Tiere und Menschen als Konsumenten. Frau Künast vom Bündnis 90/Grüne möchte in einer „CO_2-freien Welt" leben. Hat sie Selbstmordgedanken?

Der Wasserdampfanteil der Atmosphäre macht bei weitem den Hauptanteil des sogenannten Treibhausgases aus (ca. 70 %). Er wird in den IPCC-Klimamodellen überhaupt nicht berücksichtigt. Dieser Wasserdampf ist nicht anthropogen. Welche Verdunstungsleistung die Natur zustande bringt, soll an folgendem Beispiel erklärt werden:

Durch das Nadelöhr von Gibraltar fließen täglich 130 km³ Wasser, so viel wie das Mittelmeer täglich verdunstet. Der Atlantik ist etliche Male größer als das Mittelmeer, erst recht der Pazifik. Die in diesen Meeren und im Wasser gelösten großen Mengen an CO_2 werden von den Modellen des IPCC als Variable nicht berücksichtigt. Was ist das für eine Wissenschaft?

Unsere Bundeskanzlerin, Frau Merkel, und Umweltministerin Gabriel waren im September 2007 auf Grönland und haben die Gletscherschmelze als Ergebnis der Klimakatastrophe benannt, weil riesige Mengen Eis zu Wasser schmelzen. Tatsächlich verlieren die beiden größten Gletscher jährlich ca. 100 km³ Eis, aber das ist unbedeutend gegenüber dem täglichen Verdunsten von 130 km³ Wasser allein im Mittelmeer.

Noch ein Beispiel wie Naturgesetze verdreht werden:

Glaubt man den etablierten Medien, dann steht der blaue Planet Terra vor dramatischen Veränderungen: Der Meeresspiegel steigt weil die Eisberge schmelzen und Küstenlinien dadurch neu gezogen werden. Aber ist dem tatsächlich so? Liebe Leser, Sie können diese Lüge, die auch während der Klimagipfel nahezu täglich wiederholt wurde, ganz schnell widerlegen.

Gehen Sie in Ihr Badezimmer und lassen Sie die Badewanne etwa halbvoll mit Wasser laufen, dann holen Sie aus dem Kühlschrank eine große Menge Eiswürfel, die Sie ebenfalls in die Wanne schütten. Nun markieren sie mit einem wasserfesten Klebeband den Wasserstand in Ihrer Badewanne. Wenn nach dem Schmelzen der Eiswürfel das Wasser oberhalb Ihrer Markierung ansteigt, dann haben die Medien nicht gelogen. Aber leider werden diese enttäuscht sein, denn das Wasser in Ihrer Wanne wird den gleichen Pegelstand behalten, da das Schmelzwasser nur die Wasserverdrängung der zuvor schwimmenden Eiswürfel ausgleicht. Und warum sollten sich Wasser und Eis in den Ozeanen diesbezüglich anders verhalten als in dem hier dargestellten Wannenmodell? Dem schmelzenden Eis auf der Landmasse des Nordpols steht die Zunahme des Eises am Südpol entgegen.

Bei der Mitgliederwerbung setzt Greenpeace auf den "weißen Eisbär". Die Eisbären, diese majestätischen Geschöpfe, werden angeblich durch die Erderwärmung – verursacht durch den Menschen – ausgelöscht. Dazu die gute Nachricht. Die Eisbärenpopulation ist in den letzten 60 Jahren – trotz der bösen Erderwärmung – von 500 Tieren im Jahre 1950 auf heute 25.000 Exemplare angewachsen. Läge uns die Rettung der Eisbären wirklich am Herzen, müssten wir die Jagd auf Robben verbieten. Eisbären leben nicht in der Wildnis, um Eis zu lutschen, sondern ihre wichtigste Nahrung sind die Robben, und davon schlachten die Kanadier in jedem Frühjahr Abertausende. Das wäre ein Grund, warum es den Eisbären schlechter ginge, nicht weil es wärmer wird. Al Gore brachte die Story von den ertrinkenden Eisbären in die Welt, nur hatte er hier, wie es britische Richter befanden, schlicht geschwindelt, nach einer belegten Studie waren in einem Sturm 4 Eisbären ertrunken. Fakten entnommen aus dem Buch: "Gegen das Geschäft mit dem Klimawandel" von Uwe Timm.

Verschleierungsmethoden

„Kohlendioxid (CO_2) ist der Hauptverursacher des Treibhauseffektes", das behaupten die „Retter" der Welt.

Vor allem gilt es einen grundlegenden Irrtum auszuräumen: Der Treibhauseffekt ist nichts Unnatürliches, sondern Voraussetzung für ein Leben auf der Erde. Ohne diesen Effekt würden hier statt im Schnitt etwa 15 Grad plus arktische 18 Grad minus herrschen.

Wie kommt der Treibhauseffekt zustande? Wasserdampf, aber auch Spurengase wie CO_2 lassen die kurzwellige Sonnenstrahlung fast vollständig durch die Atmosphäre zur Erdoberfläche dringen. Die von der Erde reflektierte, langwellige Strahlung wird hingegen nicht mehr vollständig hinaus gelassen und gleichsam eingefangen. Ergebnis ist ein für den Menschen wohltemperierter blauer Planet, der wahrscheinlich schon ziemlich einmalig ist. Die atmosphärische Hülle der Erde wirkt, kurz gesagt, wie die Scheiben eines Gewächshauses – daher der Ausdruck „Treibhaus".

Der Hauptteil dieses natürlichen Treibhauseffektes geht auf den Wasserdampf in der Atmosphäre zurück. Wenn die Erde also statt minus 18 Grad (ohne Treibhauseffekt) plus 15 Grad warm ist, so haben wir das dem Treibhauseffekt zu verdanken.

Wie kann aber CO_2 zum „Hauptverursacher des Treibhauseffekts" werden? Der „volkspädagogische Trick", so der Chemiker und Buchautor Dr.

Heinz Hug, besteht nun darin, dass man in der Klimadiskussion den Effekt des Wasserdampfes einfach mit Null (!) ansetzt und von einem zusätzlichen Treibhauseffekt spricht. Das sieht in Zahlen dann so aus:

Spurengas	allgemeiner Treibhauseffekt	zusätzlicher Treibhauseffekt
Wasserdampf	62,0 %	0 (!) %
Kohlendioxid	22,0 %	57,9 %
Ozon	7,0 %	18,4 %
N_2O (Lachgas)	4,0 %	10,5 %
Methan	2,5 %	6,6 %
andere Spurengase	2,5 %	6,6 %

Die separate Betrachtung eines zusätzlichen Treibhauseffektes – ohne Wasserdampf – lässt den Einfluss des CO_2 optisch von 22 % auf 57,9 % steigen (dabei wird der Hinweis „zusätzlich" nicht selten einfach weggelassen). Der entscheidende Einfluss des Wasserdampfes wird von den Klima-Modellierern oft unter dem Begriff „Wolken-Rückkoppelungs-Mechanismus" geführt. Und dahinter steckt eine der großen Fragen der Klimadiskussion.

Die Behauptung des IPCC, dass der Mensch der sogenannte Schuldige am Treibhauseffekt sei, kann nicht stimmen, weil die Basiswerte über den CO_2-Gehalt der Atmosphäre absichtlich gefälscht wurden. Sie stimmen deswegen nicht, weil der Wasserdampf – obwohl er 2/3 der Spurengase in der Erdatmosphäre darstellt, keinerlei Berücksichtigung bei der entsprechenden Berechnung fand. Nur die Werte, die den Menschen als Böse-wicht hinstellen, sind gute Werte. Wasserdampf ist nicht von Menschen gemacht, also bleibt er außen vor.

Das IPCC behauptet: Die Klimakatastrophe hat ihre Ursache durch Erwär-mung der Erdoberfläche. Aber damit erwärmen sich auch die Meere und je wärmer die Meere, desto mehr verdampfen sie Wasser und bilden

Wolken. Je mehr Wolken, desto weniger Sonne, je weniger Sonne, desto kälter.

Der Klimawandel ist zu einer Religion geworden und jeder, der die Stimme dagegen erhebt, wird als Klimaleugner diffamiert.

Wann vergessen die Medien endlich ihre These „Only bad news, are good news" und berichten u. a. über die Arbeiten von Geowissenschaftlern, die in jahrtausendealten Eisproben der Antarktis Klima- und Luftverhältnisse aus diesen Zeiten nachweisen können. Diese Ergebnisse sind konservierte Geschichte, nachweisbar und nicht Hypothesen, die durch ständiges Behaupten zur Wahrheit werden sollen. Klimaschwankungen existieren seit Bestehen der Menschheit. Das konnte durch Auswertung antarktischer Eisbohrkerne genau belegt werden. So fand vor 130.000 - 120.000 Jahren eine Klimaerhöhung um + 2° C statt und vor 20.000 Jahren erfolgte ein schneller Anstieg auf die heutige Temperatur, die seit dieser Zeit konstant geblieben ist – und das ohne Zutun des Menschen!

Es ist eine Tragödie, dass die Untergangspropheten – egal wie die Diskussion geführt wird – immer recht haben werden: Tritt die Erderwärmung (Klimawandel) ein, werden sie sagen: „Wir haben Euch immer schon gewarnt." Trifft sie nicht ein, heißt es: „Das habt Ihr unserer Vorsorge zu verdanken."

Hier möchte ich Frau Prof. Dr. G. Höhler zitieren, die in ihrem Buch GÖTZEN-DÄMMERUNG schlussfolgert „Die Geldreligion frisst ihre Kinder":

Wir haben neue Opferstätten eröffnet, an denen wir einen hybriden Kult zelebrieren: Die Öko-Altäre, an denen wir den Griff nach der Schöpferrolle üben. Diese Konfession ist nichts anderes als ein getarnter Nebenaltar der Geldreligion, wo im Schutz ultimativer Höllenszenarien das ganz große Geld gemacht werden soll. Legenden und Drohgebärden untermalen den Chor der Weltweisen, die das letzte Gefecht ausrufen. Die Enttarnung einiger Öko-Gurus an der Spitze des Weltklimarats hat das Geschäftsmodell der Untergangspropheten nicht ins Wanken gebracht. Schließlich teilt man gleiche Ziele: Das Klimakalb verspricht goldene Berge. Das Öko-Thema ist multifunktional. Hier treffen sich Heuchler, Spekulanten und Träumer zu rituellen Waschungen. (Zitatende)

Alternative Energien als Ersatz für CO_2 freisetzende, fossile Energieträger

a) Bioenergien

Nachwachsende Rohstoffe (NAWAROS) sind derzeit ein Hype. Jedes Wort, bei dem das Adjektiv „Bio" erkennbar ist, ist förderungswürdig. Ölpalmen, Raps, Zuckerrohr, Mais und auch Soja werden großflächig als Energiepflanzen angebaut. Um diese Flächen für die geförderten Produkte bereitzustellen, werden riesige Regenwälder in Brasilien, Indonesien, Malaysia und Ecuador gerodet. Damit werden große Mengen an CO_2 freigesetzt und gleichzeitig wird dafür gesorgt, dass die größten, natürlichen Konsumenten von CO_2 und Sauerstoffproduzenten, die Bäume, ausfallen. Keine der großen Umweltbehörden schlägt mit allen verfügbaren Mitteln Alarm. Ein weiterer Wahnsinn ist, dass Mais aus Mexiko und Zucker aus Mitteleuropa und Amerika dazu verwendet werden, Ethanol und verwandte Produkte herzustellen. Deshalb fehlen bald Flächen um Nahrungsmittel anzubauen und es kann demnächst gesagt werden: „Ihr verhungert besser, als dass ihr an CO_2 sterbt". „Unser täglich Brot (Getreide) gib uns heute" (Vaterunser), aber zum Essen und nicht zum Verbrennen. Erst kommt also das Klima und dann der Mensch – was für ein Unsinn. Die sogenannten Klimawissenschaftler belügen uns nach Strich und Faden und um bei der Lüge nicht ertappt zu werden, gehen diese „Experten" ganz bewusst auf keinen Einwand ein, sondern wiederholen über die Medien geradezu gebetsmühlenartig ihre wohlbekannten Phrasen.

Wenn das so weiter geht werden alle, die heute wegen des Klimawandels jammern, bald froh sein, wenn die riesigen Permafrostböden im Norden auftauen und man dort landwirtschaftliche Produkte anbauen kann (hoffentlich keine Energiepflanzen!). Man wird sogar froh sein, wenn in der Atmosphäre mehr CO_2 zur Verfügung steht, damit ein besseres und schnelleres Pflanzenwachstum gewährleistet wird.

Biomasse statt Erdgas:
Würde mit Biomasse (etwa Mais) das Gas erzeugt um eine herkömmliche Gas- und Dampfturbine zu betreiben, wären 667 km² Anbaufläche nötig, dies entspricht etwa 93.417 Fußballfeldern. Für eine komplett auf erneuerbaren Quellen basierende Stromerzeugung wären 10.100 km² nötig, das entspricht 1,4 Mio. Fußballfeldern, was wiederum 6 % der landwirtschaftlichen Fläche in Deutschland ausmacht (Focus 18/2011).

Schimmelpilze im Tierfutter:
Ein neuer Skandal weckt die Verbraucher auf. Was ist passiert? Weil der deutsche Futtermais in Biogas-Anlagen verschwindet, mussten Futtermittel im Ausland (Serbien) eingekauft werden. Durch mangelnde Kontrolle dort, kam der Pilz zu uns.

b) Windkraft
Es ist irreal zu glauben, dass alle Energie von alternativen Energieerzeugern wie Windrädern oder Biomasseanlagen kommen kann. Hinter jedem Windrad steht ein konventionelles Kraftwerk in Bereitschaft, damit bei Windstille die Lichter nicht ausgehen. Je mehr Windräder, je mehr Gaskraftwerke, je mehr Abhängigkeit vom russischen Gas.

In den Windparkanlagen fallen in den nächsten Jahren riesige Kosten für Wartung an. Kugellager haben eine Lebensdauer bei ca. 8.000 h/a von ca. 3 Jahren. Können Sie sich vorstellen was es kostet, in luftiger Höhe Generatoren und Getriebe auseinanderzunehmen? Ein Pkw-Motor beispielsweise mit einer Jahresleistung von 100.000 km hat gerade eine Laufleistung von 1.000 h hinter sich. Um die Mechanik eines Pkws mit einem Windrad zu vergleichen müsste der Pkw 2,4 Mio. km zurücklegen, bevor eine erste Reparatur notwendig wäre – ein Wundergerät! Kosten für Rückbau und Verschrottung werden nicht einkalkuliert.

Wenn in Deutschland Strom exportiert wird, dann ist es nie der knapper werdende Grund- und Mittelstrom aus Atom- und Kohlekraftwerken, sondern „Spitzenlast" aus Windenergie, die gerade dann anfällt, wenn keine Nachfrage besteht. Der von Verbrauchern hoch subventionierte, aber zeitweise wertlose Windstrom muss von den Netzbetreibern „ans Ausland verschenkt" werden.

Tatsächlich trat an der Strombörse EEX schon mehrfach das Phänomen „negative Strompreise" auf: Wind weht dann zur Unzeit so üppig, dass der Wert vom Strom unter null sinkt. Zum Beispiel mussten am Sonntag, dem 4.10.2009 die Netzbetreiber den Rekordwert von 500 EUR/MWh draufzahlen, um überhaupt noch Abnehmer für den Ökostrom zu finden, denn der muss auch dann ins Netz gespeist werden, wenn ihn eigentlich niemand braucht. So will es der Gesetzgeber.

Am Montag, dem 8.11.2010 wollte der Wind nicht recht wehen, so konnten von den 26 Gigawatt installierter Windkraftleistung nur 2,6 Gigawatt genutzt werden. Neun von zehn Windrädern standen zu dieser Stunde wegen Flaute still. Gut, dass es noch Kohle-, Gas- und Atomkraftwerke in Deutschland gab.

Wind statt Kernkraft:
734 Windräder à 2 MW an Land sind nötig um die jährliche Strommenge von einem Kernkraftwerk der Größe des Meilers Philippsburg II zu erzeugen (1.468 MW). Würde Deutschland im Jahre 2050 seinen Strom komplett erneuerbar erzeugen, benötigten die Windräder eine Fläche von 5.950 km² (an Land und im Meer) – so viel wie 833.333 Fußballfelder (Focus 18/2011).

c) Photovoltaik (PV):
Nach Expertisen der Bundesregierung ist die globale PV-Anwendung einer der uneffizientesten Wege zur Bekämpfung des Klimawandels, besonders in einem Industriestaat mit begrenzter Sonneneinstrahlung. Die Stromgestehungskosten bei PV liegen aktuell bei 50 – 55 Ct/kWh. Die Anwendung der PV rechnet sich nur durch die staatlich diktierte Einspeisevergütung (nach EEG) von ursprünglich etwa 45 Ct/kWh für den Betreiber der Anlage. Nach vorausgegangenen Kürzungen werden ab 1.1.2012 immer noch 24,3 Ct/kWh bezahlt. Diese Vergütung wird von den Energieversorgern an den Betreiber gezahlt und folglich auf den Verbraucherpreis aufgeschlagen.

Wenn der Anteil von PV-Strom von derzeit (2010) 0,5 % auf ca. 30 % steigt, fallen viele Milliarden Subventionskosten an und der Strompreis wird für den Verbraucher um ein mehrfaches steigen. „Die Sonne schickt keine Rechnung" – sicher – aber das Elektroversorgungsunternehmen.

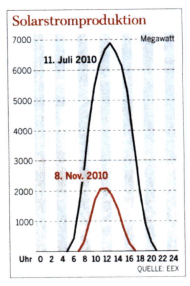

Solarstromproduktion

Ab etwa November klinkt sich die Solarenergie für Monate fast völlig aus der Elektrizitätsversorgung aus und das bei Subventionen laut dem Rheinisch-Westfälischen Institut für Wirtschaftsforschung (RWI) von über 85 Mrd. EUR für die nächsten 20 Jahre! Obwohl per Ende 2010 Solarmodule mit 15 Gigawatt installiert sind, sind am Montag, dem 8.11.2010 – einem trüben Novembertag – nur 0,3 Gigawatt eingespeist worden und das bei einem Gesamtbedarf an diesem Tag von etwa 55 Gigawatt. Die hoch geförderte Photovoltaik ist buchstäblich eine „Schönwetter-Technologie", die schon bald 100 % des deutschen Strombedarfs rein rechnerisch wird decken können, aber stets nur im Sommer und nur für ein paar Stunden über Mittag. Jeden Abend und jeden Winter meldet sich die Solartechnik komplett und für lange Zeit vom Dienst ab.

Sonne statt Kohle:
Um ein Steinkohlekraftwerk der Größe des Meilers in Moorburg (geplanter Betrieb ab 2012) zu ersetzen, würden für die Solarpaneele 89 km² Fläche benötigt, das sind 12.465 Fußballfelder. 699 km² wären für die Stromerzeugung aus Sonne nötig, damit Deutschland im Jahr 2050 seinen Elektrizitätsbedarf vollständig regenerativ decken kann. Dies entspricht 97.899 Fußballfeldern. Auf Dächern vorhanden sind hierzulande 1073 km², d. h. eineinhalbmal so viel wie benötigt. (Focus 18/2011).

d) Elektroantrieb für Pkw's

In einem Focus-Interview vom Februar 2010 dämpft der Chef der Bosch-Automobil-Sparte, Bernd Bohr, die Erwartungen an den Elektroantrieb. Allein die Batterie für ein Elektrofahrzeug wird im Jahr 2015 noch immer 8.000 – 12.000 EUR kosten, bei einer nach wie vor geringen Reichweite. Bis 2020 wird es für Elektroautos nur einen Nischenmarkt geben.

Ein modernes Auto mit Verbrennungsmotor erreicht heute bereits einen CO_2-Ausstoß von 120 g/km. Wenn wir das mit einem Elektroauto vergleichen kommen wir beim Nachladen – mit dem aktuellen Strommix in Deutschland – auf 100 g CO_2/km; in China aufgrund der dort überwiegend vorherrschenden Kohleverstromung auf 150 g CO_2/km und in Frankreich wegen des hohen Atomstromanteils nur auf 20 g CO_2/km. Atomstrom-Kraftwerke nicht abschalten, sondern länger am Netz lassen – das müsste die Devise derjenigen sein, die CO_2 als Klimakiller betrachten.

Was hat uns der Klimaschutz gebracht?

In den letzten 23 Jahren – NICHTS! Heute, im Jahr 2013 fragen sich viele Bürger: „Was haben die von den Klimaschützern initiierten Aktionen gebracht?" Für die zu erwartenden steigenden Temperaturen wurde das Nutzgas CO_2 als Schadgas CO_2 abgestempelt. Beispiellose Aktivitäten, besonders in Deutschland wurden durchgesetzt:

Weniger CO_2 aus Autos, Fabriken und Wohnhäusern, war die Devise. Für die Industrie wurde ein gigantisches System von CO_2-Zertifikaten (Verschmutzungsrechten) aufgebaut, das heute in unserem Unternehmen schon eine zusätzliche Arbeitskraft erfordert. Die derzeitige Planung der Bundesregierung sieht vor, dass wir – bei gleichbleibender Produktion – im Jahr 2020 ca. 20.000 CO_2-Zertifikate kaufen müssten zu einem von der EU angestrebten Preis von 30 EUR, d. h. wir müssten dann 600.000 EUR zusätzlich ausgeben um unseren Betrieb aufrechtzuerhalten.

Die Ermittlung von CO_2-Emissionen aus Brenn- und Rohstoffen, die Zertifizierung eines Energiemanagement-Systems und das jährliche, strikte Monitoring dafür steigern die Bürokratie ins Unendliche. Für viele Zieglerkollegen ist das ein Grund, aufzugeben. Täglich lassen sich die Beamten in Deutschland und Brüssel etwas anderes einfallen. Ist ein Umweltschutzziel erreicht, wird sogleich die Daumenschraube bei den Firmen enger gezogen. Wenn es wenigstens etwas bringen würde, könnte ich diese Auflagen unterstützen.

Laut einer Sendung des SWR vom 27.6.2013:

1. Seit 1990 ist der Stromverbrauch in den privaten Haushalten um 20 % gestiegen.
2. Der Energieverbrauch für die Heizung ist nur um 4 % geringer geworden.
3. Der Spritverbrauch für das Auto hat sich nur um 2 % reduziert.
4. Die Energiewende in Deutschland hat im Ausland nahezu keine Nachahmer gefunden, weil diese gegen jegliche ökonomische Vernunft sei!
5. Seit über 10 Jahren ist kein stärkerer Anstieg der globalen Temperatur zu verzeichnen, obwohl alle unsere Maßnahmen in Deutschland auf CO_2-Einsparung ausgerichtet sind; d. h. CO_2 ist nicht der einzige Faktor für die Klimaerwärmung.
(Zitatende)
6. Der Meeresspiegel ist trotz Eisschmelze nicht gestiegen.
7. Die Eisbärpopulation ist nicht gefallen, sondern von 5.000 Tieren auf 25.000 gestiegen.

Fazit: Der Stillstand der Erderwärmung erstaunt die Klimaforscher, die früher nur durch schlechte Nachrichten punkten konnten (und deshalb heute schweigen). Das Ergebnis ist ernüchternd. Ein Heer von Staatsbediensteten wird für die Kontrolle und Überwachung benötigt und erledigt unproduktive Behördenarbeit (z. B. wie in Griechenland).

„Ärmel aufkrempeln und machen", das war die Devise nach dem Krieg und hat Deutschland innerhalb von zwei Jahrzehnten wieder zu einer bedeutenden Wirtschaftsmacht werden lassen. Das hart erarbeitete Geld wird heute zur Stützung unserer krisengeschüttelten europäischen Nachbarn im Süden verwendet. Ich frage mich, wie lange man noch aus diesem vollen Topf schöpfen kann, für Nichts und wieder Nichts. Und was mich am meisten wütend macht ist, dass keiner der Entscheidungsträger, sowohl in der Vergangenheit als auch heute, jemals zur Rechenschaft gezogen wird. Fehlentscheidungen müssen die Bürger und der Mittelstand tragen, d. h. jeder von uns.

Themen rund um das freie Unternehmertum

Wer Arbeitsplätze will, muss Arbeitgeber wollen!

Johann Philipp von Bethmann, gestorben 2007, über Jahrzehnte hinweg Mitinhaber des traditionsreichen Frankfurter Bankhauses Bethmann war als Publizist tätig. Diesen Beitrag hat von Bethmann bereits im Jahr 1978 in der FAZ veröffentlicht; er ist unverändert aktuell und spricht mir aus dem Herzen.

Es fehlt an Arbeitgebern!

Das Wort klingt nicht schön, es erweckt eigentlich keine Sympathien. „Arbeitgeber", das sind für viele die Leute, die nur Arbeit „geben", die andere arbeiten lassen, ohne selbst zu arbeiten. Da liegt der Gedanke an „arbeitsloses Einkommen", an Ausbeutung, an Schmarotzertum, nahe.

Der Name „Arbeitgeber" ist kein Ehrentitel. Sie selbst, die Arbeitgeber, meiden ihn oder sie ertragen ihn mehr, als dass sie ihn tragen, mit trotziger Haltung oder gar mit Märtyrer-Miene.

„Arbeitgeberinteressen, das sind – so wird uns gesagt – partikulare Minderheitsinteressen – fern vom Gemeinwohl, nicht sozial, ja beinahe asozial. Im Gegensatz zu den Arbeitnehmerinteressen, diese sind von vornherein „gut", sie sind identisch mit dem Wohl der vielen, also mit dem Gemeinwohl.

Dabei ist das Wort Arbeitgeber so wahr, und weil es so wahr ist, sollte der Titel ein Ehrentitel sein. Was brauchen wir, was braucht das Gemeinwohl mehr als gegebene Arbeit, als Arbeitsplätze, die Beschäftigung und Einkommen bieten. Arbeitsplätze fallen nicht vom Himmel, werden – zum Glück – bei uns auch nicht vom Staat geplant, verordnet und eingerichtet und können auch nicht in Tarifverhandlungen von den Gewerkschaften durchgesetzt werden. Es gibt keine Arbeitsplätze ohne Arbeitgeber.

Arbeitsplätze entstehen da, wo Waren produziert und Dienstleistungen erbracht werden müssen, weil sie nachgefragt werden. Nachfrage gibt es immer genügend. Nachfrage, um alle zu beschäftigen. Mit Recht stellt der Sachverständigenrat fest: „In einer Marktwirtschaft kann es den Fall einer mehr als nur vorübergehenden unfreiwilligen Arbeitslosigkeit eigentlich gar nicht geben, außer wenn für Arbeit ein zu hoher Preis festgelegt ist."

Mit der Nachfrage, mit dem Bedarf allein ist es allerdings nicht getan. Arbeitsplätze entstehen erst, wenn jemand diesen Bedarf ausfindig macht und sich entschließt, diesen Bedarf in gemeinsamer Arbeit zu befriedigen. Erst dann werden mitarbeitende Hände und Köpfe benötigt.

Dieser Jemand ist der Arbeitgeber, den es reizt, Bedarf ausfindig zu machen und zu decken – gegen Bezahlung natürlich, gegen Bezahlung für sich, den Entdecker, und für seine Mitarbeiter. So – und nur so – entstehen sowohl junge selbstständige Betriebe als auch neue Abteilungen und Werkstätten in existierenden Unternehmen. So – und nur so – entstehen neue Arbeitsplätze allerorten.

Lohnen muss es sich natürlich, sonst nimmt niemand die Mühe auf sich, Produktion und damit Bedarfsdeckung zu organisieren, dafür andere Menschen anzuwerben und für diese zusätzliche Verantwortung zu übernehmen. Es ist nun ohnehin nicht jedermanns Sache, unternehmerisch und als Arbeitgeber tätig zu sein. Aber je mühsamer und weniger lohnend dieses Geschäft wird, desto weniger finden sich auch von den Befähigten und Mutigen dazu bereit. Wenn Kosten und Ärger überwiegen, dann werden eben Arbeitgeber knapp. Schon in normalen Zeiten sind sie eigentlich rar, sie sind immer Mangelware. In der Rezession werden es aber erst recht immer weniger. Die einen fangen gar nicht erst an; die anderen geben das Unternehmen- und Arbeitgeberdasein wieder auf, freiwillig und unfreiwillig. Fehlt es aber an Arbeitgebern, dann fehlt es auch an Arbeitsplätzen.

Wer mehr Arbeitsplätze will, muss mehr Arbeitgeber wollen. Das aber heißt, das Gegenteil von dem tun, was jahrelang bei uns getan wurde.

Statt für mehr und neue Arbeitgeber zu sorgen, hat man den vorhandenen Arbeitgebern mehr und mehr die Luft abgeschnitten, sie von Jahr zu Jahr zunehmend drangsaliert und geschröpft und sie zuweilen als Parias der Gesellschaft behandelt. Die Arbeitsbedingungen für Arbeitgeber wurden in der Energiekrise 1973 (die erste wirkliche Krise nach den Nachkriegs-Boomjahren) so schwierig, dass über 30.000 von ihnen in den Jahren danach das Handtuch geworfen haben. Mehr als ein normaler Ausleseprozess. Gut 800.000 Arbeitsplätze gingen dabei verloren. So kann und darf es eben nicht weitergehen.

Es muss wieder lohnend, wieder interessant werden, eine selbstständige Existenz zu gründen und aufzubauen oder das Bestehende zu erweitern. Für mehr junge Leute, die das Zeug dazu haben, muss es ein erstrebenswertes Berufsziel sein, Unternehmer zu werden und Arbeit zu „geben", statt vorhandene Arbeitsplätze zu besetzen. Inzwischen dämmert auch bei schwer Belehrbaren die Erkenntnis, dass Arbeitgeber eigentlich ganz gemeinnützige Wesen sind. Danach müsste nun allerdings auch Politik gemacht werden.

Die Wirtschaftspolitik in und mit der Marktwirtschaft muss mit dem Bedarf operieren, muss den natürlichen Bedarf in ihren Dienst stellen. Wo Überbedarf, wo Mangel auftritt, müssen die Voraussetzungen für eine bessere Bedarfsdeckung geschaffen werden. Heute herrscht Mangel an Arbeitgebern. „Arbeitgeber gesucht". Das ist ein gefährlicher Zustand für die Marktwirtschaft. Dieser Mangel muss behoben werden. Darum, wenn es auch schwerfällt, die Politik muss „arbeitgeberfreundlicher" werden. Nur so gibt es mehr Arbeitgeber, nur so dann auch wieder mehr Arbeitsplätze. (Zitatende)

Mittelstand in der Öffentlichkeit

Die westdeutsche Wirtschaft ist eine überwiegend mittelständische Wirtschaft. Rund 2 Mio. Unternehmen = 99,7 % sind kleine oder mittlere Betriebe mit bis zu 500 Beschäftigten und einem Jahresumsatz von bis zu 50 Mio. EUR. Die Mittelständler entscheiden über 44 % aller Investitionsvorhaben und erarbeiten ca. 40 % des Bruttosozialproduktes. Fast 2/3 aller

Arbeitnehmer haben ihren Arbeitsplatz in mittelständischen Betrieben. Noch bedeutender ist das Gewicht des Mittelstandes als Nachwuchsschule für die Wirtschaft: 83 % aller Auszubildenden werden dort auf ihren künftigen Beruf vorbereitet.

Zentrales Merkmal ist die Einheit von Unternehmensleistung und Eigentum.

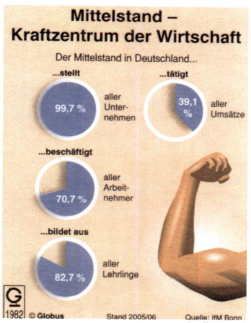

Quelle: Mittelstands-Magazin 5/2008

Das Emnid-Institut befragt seit ca. 20 Jahren die Bevölkerung über die wirtschaftliche Entwicklung und muss feststellen, dass die soziale Marktwirtschaft erheblich an Image verloren hat – und das in einer Zeit wo es den Menschen so gut geht wie noch nie zuvor.

Schuld daran ist die zu 90 % Konzernen zugeordnete These: Führungskräfte übernehmen zu selten Verantwortung. Werte wie Zuverlässigkeit,

Weitsicht und Fairness werden vorwiegend mit KMU-Unternehmen (kleine und mittlere Unternehmen) verbunden und das ist gut so.

Im Mittelstand gibt es von alters her eine besonders enge Verbindung der Unternehmer zu ihren Beschäftigten. Man kennt sich persönlich, hier sind Mitarbeiter Menschen und nicht Personalnummern. Man lässt sie bei Problemen nicht im Stich, hilft und unterstützt sie.

Eine Grundannahme von Karl Marx, der „Grundwiderspruch zwischen Arbeit und Kapital" trifft deshalb im Mittelstand nie zu, zu keinem Zeitpunkt, denn im Mittelstand geht es nicht um Renditemaximierung, es geht immer um menschliche Entscheidungen mit Augenmaß. Der klassische Mittelständler kann sich nicht einfach „an der Börse" Geld borgen, um dann woanders gute Mitarbeiter abzuwerben. Er bildet sie selbst aus und so kommt es vor, dass Generationen in einem alten Familienbetrieb tätig sind.

Darüber hinaus ist der Mittelstand ein stabiler Partner örtlicher und regionaler Vereine und Ämter. Er spendet wo es Not tut. Er arbeitet ehrenamtlich und unterstützt die Schulen und zwar in einem weit höheren Maße und mit höherem Einsatz als ein lokaler, regionaler oder Bundespolitiker vorweisen kann.

Der Mittelstand hat einen großen Nachteil: Er hat keine durchgängige Lobby. Er hat eine heterogene Struktur von Einzelpersonen bis zu Unternehmen mit bis zu 500 Mitarbeitern und die Interessen sind zu verschieden. Jede Gruppe hat wohl ihren Interessenverband, aber sie sprechen unterschiedliche Sprachen. Durchsetzungsfähige Organisationen sind u. a. der Deutsche Gewerkschaftsbund, der Beamtenbund, der Bauernverband, die klar definierte Interessen vertreten – aber nicht die Mittelständler! Schon die Zusammensetzung des Bundestages zeigt, dass dort kaum Selbstständige sitzen. Wie kann auch ein Selbstständiger viele Tage für den Bundestag aufbringen, wenn jede Minute in seinem Betrieb nach seiner Arbeitskraft, seinem Wissen und seiner Entscheidungsmacht gerufen wird?

Zum Mittelstand gehören auf mehreren DIN-A 4-Seiten aufgelistete Berufsgruppen, darunter Facharbeiter und Angestellte sowie Geschäftsführer von großen und kleinen Familienunternehmen, Handwerksmeister, Ärzte, Landwirte und Ingenieure.

Sie alle tragen dazu bei, dass dieser Mittelstand das höchste Steueraufkommen des Bundes darstellt. Deshalb ist dort bei Steuer- und Gebührenerhöhungen am meisten zu holen. Die Großunternehmen und Aktiengesellschaften haben durch den Großindustrieverband ein mächtiges Sprachrohr und können vieles verhindern.

Ganz wichtig ist für mich die unterschiedliche Unternehmenskultur. Im Mittelstand haftet der Inhaber, ob Ein-Mann- oder 500-Mann-Betrieb, immer persönlich. Die großen Aktiengesellschaften werden von Managern geführt, die – wenn sie Mist bauen – sehr oft noch mit einem goldenen Handschlag entlassen werden.

Rückgrat unseres Wohlstandes in Deutschland ist dieser eigenverantwortliche Mittelstand, zu dem ich uns mit unseren 80 Mitarbeitern zähle.

Was mich ärgert ist die Verteilungsstrategie unseres Wohlstandes – insbesondere durch das linke Parteispektrum – unter dem Motto „Gerechtigkeit". Auch ich bin für Gerechtigkeit und akzeptiere Steuerzahlungen an den Staat. Aber diese Abgaben müssen in die richtigen Hände gelangen und nicht in Prestigeprojekte, Stützung von bankrotten Ländern, irrsinnige Subventionen, insbesondere für erneuerbare Energien, usw., usw.

Diese Umverteilungsstrategien – wie es sich die Linken auf die Fahne geschrieben haben, aber auch Globalisierungsgegner wie Attac – machen uns alle „gleicher", nicht wohlhabender, sondern ärmer. Der Münchner Vertreter von Attac – Herr Achim Brandt – will alle Betriebe mit über 100 Mitarbeitern genossenschaftlich organisieren. Als ob je eine Genossenschaft im Ostblock oder in der DDR funktioniert hätte. Diese kommunistischen Ideen sollten wirklich der Vergangenheit angehören – aber nein, sie finden heute bei vielen Menschen wieder Gehör.

Umverteilung

Auch in Deutschland ist die Umverteilungsdiskussion wieder hochgekocht nach dem Motto, dass bei uns die Schulden immer sozialisiert und die Gewinne immer privatisiert würden. Die stellvertretende SPD-Vorsitzende Manuela Schwesig hat in einer Talkshow des öffentlich-rechtlichen Fernsehens erläutert, die Abschlagsteuer für Sparer und Aktionäre sei ja viel zu niedrig. Mit 25 % zzgl. Soli kämen Sparer viel besser weg als so mancher Lohnempfänger. Das ist sicherlich ein populistischer Gedanke, aber jeder Aktionär könnte Frau Schwesig, einer ehemaligen Betriebsprüferin, erklären, dass er incl. Soli und Kirchensteuer bereits heute um die 28 % zahlt. Man muss darauf hinweisen, dass die den Aktionären gehörenden Aktiengesellschaften bereits 15 % Körperschaftssteuer und zusätzlich rund 10 % Gewerbesteuer sowie einen erheblichen Anteil der Lohnnebenkosten der Mitarbeiter bezahlt haben, bevor auf den ausgeschütteten Rest der Gewinne noch einmal 28 % Steuern erhoben werden. Frau Schwesig sollte auch daran denken, dass der Rest meistens in neue Arbeitsplätze in Deutschland gesteckt wird.

In Deutschland wird über die Erhöhung der Erbschafts- und Schenkungssteuer diskutiert nach dem Motto: „Was haben die Erben dafür getan?". In einem mittelständischen Unternehmen und auch für private Personen sollte das Erbrecht nicht angetastet werden, denn es gehört zu der freiheitlichen Grundordnung eines Gemeinwesens. Ohne eine möglichst steuerfreie Übertragung von Vermögen auf die nächste Generation würde die Wirtschaft zusammenbrechen; das wäre pure Enteignung. Deshalb gibt es klare gesetzliche Regelungen mit verschiedenen Steuerklassen. „Fremde" Erben werden heute schon sehr hoch zur Kasse gebeten.

In meinem ersten Buch habe ich von einem Mosaik gesprochen, an dem meine Familie fünf Generationen lang Mosaiksteinchen zusammengetragen hat, um daraus ein lebensfähiges Unternehmen zu gestalten. Jede Generation hat auf den Leistungen der vorhergehenden Generation aufgebaut. Die Anhebung der Erbschaftssteuer wäre auch eine katastrophale Benachteiligung gegenüber unseren härtesten Wettbewerbern, den Konzernen und Aktiengesellschaften, denn diese zahlen (weil es ja keinen Generationsübergang gibt) keine Erbschaftssteuer.

Die derzeitige Hysterie „Die Reichen werden immer reicher und die Armen immer ärmer" wird auch geführt unter der sogenannten Gerechtigkeitsdebatte. Für Sozialisten und Umverteiler heißt das, dass der Staat dafür sorgt, dass Geld- und Vermögenswerte so verteilt werden, dass möglichst alle Menschen dasselbe haben.

In einer Welt mit so viel Gerechtigkeit oder Gleichheit wollte ich nicht leben. Das ist Sozialismus pur.

Das Märchen von der Umverteilung

Dem Mittelstands-Magazin 3-2008 habe ich folgenden Beitrag entnommen, den ich als Unternehmer gerne einer breiteren Leserschicht zur Kenntnis geben möchte.

Die Besserverdienenden zahlen nach wie vor die Zeche

Allem Gerede von einer Umverteilung von unten nach oben zum Trotz: Tatsächlich finanzieren in Deutschland die höheren Einkommen den Sozialstaat. So trägt das obere Drittel der Haushalte 62 % der Finanzierungslast. Umgekehrt erhält das einkommensschwächste Drittel fast 60 % aller Transferzahlungen und zahlt nur 5 % aller Steuern und Sozialabgaben. Zu diesem Ergebnis kommt eine neue Studie des Instituts der deutschen Wirtschaft Köln, die auch noch mit einer Reihe weiterer Vorurteile aufräumt.

Die Schock-Headline der Medien zum „Armutsbericht" vom März 2013 hieß: „Kluft zwischen arm und reich wächst weiter". In Wirklichkeit konnte man im sozioökonomischen Panel (Basis des Berichtes) eindeutig ablesen, dass zwischen 2008 und 2012 keine weitere Einkommensspreizung stattgefunden hat – im Gegensatz zu den Jahren davor. Weiter heißt es darin: „Die Zahl der Jobs wächst – Armut stagniert".

In Deutschland greift Vater Staat auf vielfältige Weise in die Einkommens-
verteilung der Bürger ein. Einerseits unterstützt er beispielsweise Bedürf-
tige mit Sozialhilfe oder Wohngeld, zahlt Kindergeld, Renten oder Arbeitslosengeld. Andererseits muss er all diese Transfers finanzieren –
durch Steuern und Sozialabgaben. Und damit es dabei auch gerecht zu-
geht, sind diese an die Höhe des Einkommens gekoppelt. Da der Steu-
ertarif in der Einkommensteuer progressiv gestaltet ist, muss von jedem
zusätzlich verdienten Euro sogar ein größerer Anteil ans Finanzamt über-
wiesen werden.

Dass der Staat überhaupt Umverteilungspolitik betreibt, ist kaum umstritten. Wie er es dagegen tut, sehr wohl. Und auch aktuell gibt es – ausgelöst
durch das Hin und Her um verlängerte Bezugszeiten beim Arbeitslosengeld
– wieder reichlich Debatten darüber, ob der Sozialstaat gerecht finanziert
wird, die „Geringverdiener" also genug bekommen und die mit „Spitzen-
einkommen" genug zahlen.

Das Institut der deutschen Wirtschaft Köln (IW) hat sich deshalb einmal
die Mühe gemacht, zu untersuchen, wer in Deutschland tatsächlich von
der staatlichen Umverteilung profitiert, und wer sie finanziert.

Als Basis dafür dienten Daten des Statistischen Bundesamtes aus dem Jahr
2003 zu den Einkommensquellen und Abgabenlasten von knapp 43.000
Haushalten (Kasten). Diese wurden nach ihrem Markteinkommen in zehn
gleich große Gruppen eingeteilt, um „unten" und „oben" abzugrenzen. Die
auf dieser Grundlage berechneten Zahlen zeigen, dass einige in der öffentlichen Diskussion sich hartnäckig haltende Behauptungen in die Mottenkiste gehören:

Vorurteil 1:
Der Sozialstaat verteilt von unten nach oben um.
Das genaue Gegenteil ist der Fall:

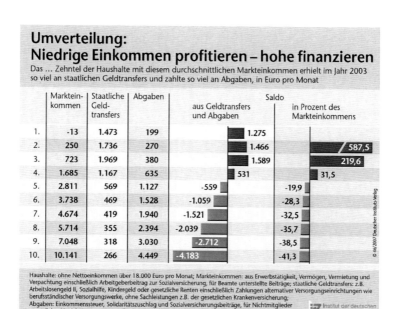

Umverteilung:
Niedrige Einkommen profitieren – hohe finanzieren

Das ... Zehntel der Haushalte mit diesem durchschnittlichen Markteinkommen erhielt im Jahr 2003 so viel an staatlichen Geldtransfers und zahlte so viel an Abgaben, in Euro pro Monat

	Marktein-kommen	Staatliche Geld-transfers	Abgaben	Saldo aus Geldtransfers und Abgaben	Saldo in Prozent des Markteinkommens
1.	-13	1.473	199	1.275	
2.	250	1.736	270	1.466	587,5
3.	723	1.969	380	1.589	219,6
4.	1.685	1.167	635	531	31,5
5.	2.811	569	1.127	-559	-19,9
6.	3.738	469	1.528	-1.059	-28,3
7.	4.674	419	1.940	-1.521	-32,5
8.	5.714	355	2.394	-2.039	-35,7
9.	7.048	318	3.030	-2.712	-38,5
10.	10.141	266	4.449	-4.183	-41,3

Haushalte: ohne Nettoeinkommen über 18.000 Euro pro Monat; Markteinkommen: aus Erwerbstätigkeit, Vermögen, Vermietung und Verpachtung einschließlich Arbeitgeberbeitrag zur Sozialversicherung, für Beamte unterstellte Beiträge; staatliche Geldtransfers: z.B. Arbeitslosengeld II, Sozialhilfe, Kindergeld oder gesetzliche Renten einschließlich Zahlungen alternativer Versorgungseinrichtungen wie berufsständischer Versorgungswerke, ohne Sachleistungen z.B. der gesetzlichen Krankenversicherung; Abgaben: Einkommenssteuer, Solidaritätszuschlag und Sozialversicherungsbeiträge, für Nichtmitglieder gesetzlicher Versicherungen unterstellte Beiträge; Ursprungsdaten: Statistisches Bundesamt

Institut der deutschen Wirtschaft Köln

© 46/2007 Deutscher Instituts-Verlag

Quelle: Mittelstands-Magazin 3/2008

Die 10 % der Haushalte mit den höchsten Einkommen – im Schnitt sind es mehr als 10.100 EUR im Monat – zahlten auch am meisten Einkommensteuer und Sozialabgaben – nämlich 4.450 EUR.

Und wenn man die Einkommensschichtung näher betrachtet, so zeigt sich, dass die Haushalte mit zunehmenden Einkommen nicht nur immer mehr in die Kassen des Sozialstaats abführen.

Auch mit Blick auf die staatlichen Geldtransfers kann von einer Umverteilung von unten nach oben beim besten Willen nicht die Rede sein. Denn mit steigenden Einkommen gibt es in den höheren Verdienstkategorien auch immer weniger von Vater Staat. In der Summe greifen die Starken somit den Schwachen unter die Arme:

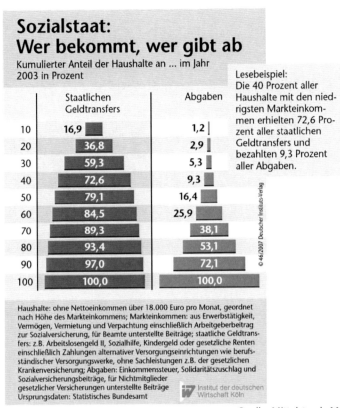

Sozialstaat:
Wer bekommt, wer gibt ab

Kumulierter Anteil der Haushalte an ... im Jahr
2003 in Prozent

	Staatlichen Geldtransfers	Abgaben	Lesebeispiel:
10	16,9	1,2	Die 40 Prozent aller Haushalte mit den niedrigsten Markteinkommen erhielten 72,6 Prozent aller staatlichen Geldtransfers und bezahlten 9,3 Prozent aller Abgaben.
20	36,8	2,9	
30	59,3	5,3	
40	72,6	9,3	
50	79,1	16,4	
60	84,5	25,9	
70	89,3	38,1	
80	93,4	53,1	
90	97,0	72,1	
100	100,0	100,0	

© 46/2007 Deutscher Instituts-Verlag

Haushalte: ohne Nettoeinkommen über 18.000 Euro pro Monat, geordnet
nach Höhe des Markteinkommens; Markteinkommen: aus Erwerbstätigkeit,
Vermögen, Vermietung und Verpachtung einschließlich Arbeitgeberbeitrag
zur Sozialversicherung, für Beamte unterstellte Beiträge; staatliche Geldtransfers: z.B. Arbeitslosengeld II, Sozialhilfe, Kindergeld oder gesetzliche Renten
einschließlich Zahlungen alternativer Versorgungseinrichtungen wie berufsständischer Versorgungswerke, ohne Sachleistungen z.B. der gesetzlichen
Krankenversicherung; Abgaben: Einkommenssteuer, Solidaritätszuschlag und
Sozialversicherungsbeiträge, für Nichtmitglieder
gesetzlicher Versicherungen unterstellte Beiträge   Institut der deutschen
Ursprungsdaten: Statistisches Bundesamt   Wirtschaft Köln

Quelle: Mittelstands-Magazin 3/2008

So zahlen die drei Zehntel der einkommensstärksten Haushalte 61,9 %
aller Steuern und Abgaben und erhalten 10,7 % aller Transfers, während
die drei Zehntel der einkommensschwächsten Haushalte lediglich 5,3 %
der Abgabenlast schultern, aber 59,3 % aller Transfers beziehen.

Vorurteil 2:
Die Beitragsbemessungsgrenze in den Sozialversicherungen entlastet die
Besserverdiener.
Auch dem ist zumindest auf Haushaltsebene nicht so. Zwar müssen So-
zialabgaben nur bis zu bestimmten Einkommensgrenzen entrichtet wer-
den, wodurch höhere Einkommen tendenziell entlastet werden. Allerdings

tragen in besser verdienenden Haushalten oft mehrere Personen zum gesamten Einkommen bei:

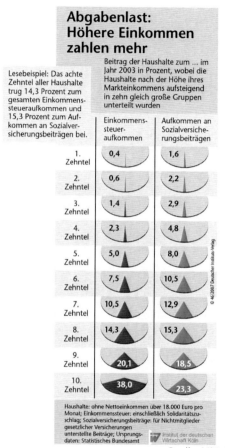

Abgabenlast: Höhere Einkommen zahlen mehr

Lesebeispiel: Das achte Zehntel aller Haushalte trug 14,3 Prozent zum gesamten Einkommenssteueraufkommen und 15,3 Prozent zum Aufkommen an Sozialversicherungsbeiträgen bei.

Beitrag der Haushalte zum ... im Jahr 2003 in Prozent, wobei die Haushalte nach der Höhe ihres Markteinkommens aufsteigend in zehn gleich große Gruppen unterteilt wurden

	Einkommenssteueraufkommen	Aufkommen an Sozialversicherungsbeiträgen
1. Zehntel	0,4	1,6
2. Zehntel	0,6	2,2
3. Zehntel	1,4	2,9
4. Zehntel	2,3	4,8
5. Zehntel	5,0	8,0
6. Zehntel	7,5	10,5
7. Zehntel	10,5	12,9
8. Zehntel	14,3	15,3
9. Zehntel	20,1	18,5
10. Zehntel	38,0	23,3

Haushalte: ohne Nettoeinkommen über 18.000 Euro pro Monat; Einkommensteuer: einschließlich Solidaritätszuschlag; Sozialversicherungsbeiträge: für Nichtmitglieder gesetzlicher Versicherungen unterstellte Beiträge; Ursprungsdaten: Statistisches Bundesamt

© 46/2007 Deutscher Instituts-Verlag

Institut der deutschen Wirtschaft Köln

Quelle: Mittelstands-Magazin 3/2008

Im obersten Zehntel stehen im Schnitt pro Haushalt zwei Personen in Lohn und Brot, im untersten sind es dagegen nur 1,1 Personen.

Für jedes Einkommen zählen die Abgabengrenzen aber gesondert, so dass Haushalte mit mehreren Verdienern mehrmals zur Kasse gebeten werden.

Deshalb sinkt auch in den Haushalten der höheren Einkommensklassen die Sozialabgabenlast nicht, selbst wenn die Beitragsbemessungsgrenze erreicht ist.

Vorurteil 3:
Im Mittelstand wird von der linken in die rechte Tasche umverteilt
Diese Behauptung, wonach der Staat den mittleren Einkommensklassen auf der einen Seite nimmt, was er ihnen auf der anderen zusteckt, entkräftet die Untersuchung zumindest tendenziell. Denn wenn dem so wäre, müssten in diesen Bereichen sowohl Abgaben als auch Transfers höher ausfallen. Dies ist aber nicht der Fall.

Vorurteil 4:
Wer mehr verdient, profitiert von Steuerschlupflöchern
Auch diese Ansicht gehört zum alten Eisen. Mit steigendem Einkommen nimmt die Einkommensteuerlast überproportional zu – das geht besonders zu Lasten der Portemonnaies besser verdienender Haushalte.

Berappen die einkommensstärksten 10 % der Haushalte fast zwei Fünftel des Einkommensteueraufkommens, so ist es beim am zweitbesten verdienenden Zehntel nur noch etwa ein Fünftel.

Für die Studie mussten sich die IW-Wissenschaftler erst einmal eine Menge Gedanken über Zahlen und Methodik machen:

Datenbasis:
Das Zahlenmaterial erhielten die Experten aus der Verbrauchsstichprobe des Statistischen Bundesamtes, die für das Jahr 2003 knapp 43.000 Haushalte umfasst. Dort machten die Haushalte u. a. Angaben über ihre Einkommensquellen sowie die Höhe ihrer Einkommensteuer und Sozialabgaben. Einkommen von über 18.000 EUR netto im Monat wurden dabei nicht berücksichtigt.

Um die Daten verschiedener Haushaltstypen wie Arbeitnehmer, Selbstständige und Beamte vergleichbar zu machen, mussten sie aber aufbe-

reitet werden. Für Beamte und Selbstständige wurde dabei davon aus-
gegangen, dass auch sie Sozialbeiträge entrichten. Der Grund: Bei Beamten springt im Notfall der Staat ein. Selbstständige sichern sich über private Versicherungen ab und haben entsprechende Kosten. Beide fallen der
Allgemeinheit nicht zur Last.

Einkommensbegriff:
Zur Berechnung der Umverteilungssalden nach Einkommensgruppen
haben die Wissenschaftler zunächst die Markteinkommen der Haushalte
ermittelt – Einkommen wie Lohn und Gehalt, Zinsen und Dividenden,
Mieteinnahmen und Unternehmereinkünfte. Auch die Arbeitgeberbei-
träge zur Sozialversicherung wurden den Markteinkommen zugeschlagen,
da sie schließlich von den Arbeitnehmern erwirtschaftet werden. Nach der
Höhe ihres Markteinkommens wurden die Haushalte in zehn gleich große
Gruppen – auch Dezile genannt – eingeteilt.
(Zitatende)

Abschließend möchte ich feststellen:
In Deutschland wird zurzeit (2013) mehr über Gerechtigkeit und Umverteilung diskutiert als über Wettbewerbsfähigkeit. Obwohl der Fiskus die
höchsten Steuereinnahmen in der Geschichte der BRD meldet, ziehen die
rot-rot-grünen Parteien in den Wahlkampf mit der Forderung nach drasti-
schen Steuererhöhungen. Die gleichen Leute hatten während der rot-grünen Regierungszeit den Spitzensteuersatz von 53 % auf 42 % gesenkt und
die Abschaffung der Vermögensteuer beschlossen. Zusammen mit der
Agenda 2010 waren das die Gründe, warum der Arbeitsmarkt so bemer-
kenswert robust ist und die deutsche Wirtschaft – im Gegensatz zum Ausland – floriert. Jetzt soll alles wieder zurückgenommen werden!

Neiddiskussion

Sehr destruktiv finde ich es, wenn von interessierter Seite über erfolgreiche und damit gut verdienende Menschen eine Neiddiskussion veran-
staltet wird. Neid entsteht, wenn unser Bedürfnis nach sozialem Rang
nicht in einer Weise befriedigt wird, die wir für adäquat halten.

Positiver Neid („Das kann ich auch!") ist ein wesentlicher Antrieb für Tatkraft und Ehrgeiz, für Engagement und unermüdliche Arbeit. Negativer Neid („Wieso der und nicht ich?") ist in der Tendenz immer destruktiv. Er führt den Menschen meistens in eine Sackgasse und kann sogar die Gesellschaft beschädigen, wenn dieser negative Neid überhandnimmt. Wenn wir ständig mit dem Unvergleichlichen vergleichen, dann beschädigen wir den Antrieb, der sich aus positivem Neid ergeben kann und führen fruchtlose Debatten darüber, ob andere das verdienen, was sie verdienen (aus Interview mit Norbert Bolz: „Irgendwas kann man immer werden" in Wirtschaftswoche vom 14. Mai 2009).

Die daraus entstehende Armutsdebatte und jede Umverteilungsdiskussion sind von dem Bestreben überlagert, die Ungleichheit der Menschen durch Umverteilung materieller Güter abzubauen oder zumindest zu kaschieren. Das stößt aber an Grenzen: Einerseits sehen die Ehrgeizigen – von Erwerbsstreben getriebenen Menschen – die von Ihnen erarbeitete Ungleichheit auch als Belohnung und verdienten Prestigegewinn. Sie betrachten eine übermäßige Abgabenbelastung (auf das nach ihrem Empfinden gerecht erworbene Einkommen) als einen ungerechten staatlichen Eingriff. Auf der anderen Seite fühlen sich die weniger Begünstigten und weniger Ehrgeizigen durch zu viel materielle Ungleichheit bedroht. Sie begrüßen zwar die staatliche Umverteilung, aber sehen sich gleichwohl gedemütigt wenn sie staatliche Einkommenshilfen annehmen müssen. Das drückt ihre Stimmung. Höhere Zahlungen können daran nichts ändern, im Gegenteil wenn die Armutsgrenze durch höhere Transfers angehoben wird, steigt die Zahl derer, die unter diese Grenze fallen und damit auch die allgemeine Unzufriedenheit.

„Wenn das Wachstum verteilungsneutral ist und niemand seine relative Position verbessern kann, ist die Steigerung des menschlichen Glücks sehr fragwürdig."
(aus "The Joyless Economy", 1976 von Tibor Scitowsky)

In dieser Frage unterscheidet sich die Denke von Deutschen und Amerikanern fundamental. In Amerika wird ein 100.000 Dollarmann als respektabel betrachtet; jeder bewundert ihn, dass er es geschafft hat und will ihm nacheifern. Das ist positiver Neid – ein Antrieb, der Amerika zur Weltmacht gemacht hat.

In Deutschland macht man sich Gedanken, wie man ihm einen Teil seines Einkommens wieder wegnehmen kann, unter dem allerseits positiv besetzten Begriff „Gerechtigkeit". Mit dieser Begründung können Politiker fast alles machen, ohne persönlich zu haften oder zur Rechenschaft gezogen zu werden.

Kündigungen

Für ein persönlich geführtes Unternehmen ist das Aussprechen von Kündigungen eine der unangenehmsten Handlungen. Wenn in der Krise keine Aufträge mehr hereinkommen, kann man diesen Mangel – sofern er nur vorübergehend ist – durch Halten der Arbeitsplätze (Finanzierung aus der Substanz) oder durch Kurzarbeit überbrücken. Wenn diese Flaute allerdings lang andauernd ist und keine Aussicht auf Besserung besteht, ist es ein Gebot der Stunde für den Unternehmer zu handeln, um die übrigen Arbeitsplätze zu retten.

Ohne Kündigung ist Veränderung oft unmöglich, ohne Änderung sind unternehmerische Erfolge nicht zu verwirklichen und ohne unternehmerische Erfolge entstehen keine neuen Arbeitsplätze. Wenn es die nicht gibt, werden Kündigungen zur persönlichen Katastrophe. Um das zu verhindern haben wir in Deutschland das strengste Kündigungsschutz-Gesetz. Die Kehrseite der Medaille:

Die Entscheidung, einen Mitarbeiter fest anzustellen überlegt sich jeder Unternehmer heute dreimal. Unsere Gesetze werden als sozial bezeichnet und reklamieren menschliche Wärme. In Wahrheit sind sie in ihrer hemmungslosen, überregulierten Form längst zur eiskalten Beschäftigungsverhinderungsmaschine mutiert.

Die Dänen machen uns vor, welche Vorteile ein offener Arbeitsmarkt Unternehmern und Mitarbeitern bringt. In Dänemark gibt es praktisch keinen Kündigungsschutz. Der Arbeitgeber hat deshalb keine Scheu Mitarbeiter einzustellen, die er wieder freisetzt, wenn sie nicht mehr gebraucht werden. Da aber diese liberale Haltung für jeden Betrieb Gültigkeit hat, findet der freigesetzte Mitarbeiter sofort wieder Arbeit bei einer anderen Firma. Fazit: In Dänemark gibt es praktisch keine Arbeitslosigkeit.

Dieses Modell auf Deutschland zu übertragen, wird schon im Keim von den Gewerkschaften erstickt, denn der bei uns gültige Kündigungsschutz wird wie ein Dogma behandelt.

Der Erfolg von Nachkriegsdeutschland war, dass alles neu aufgebaut werden musste. Nicht nur Fabriken und Häuser, sondern auch Gedanken und Ideologien. Das Ergebnis hat Bewunderung in der ganzen Welt ausgelöst. Schade, dass uns der Erfolg heute so starr gemacht hat.

Noch schlimmer ist der Einfluss der Gewerkschaften in der sozialistischen Regierung in Frankreich. Präsident Hollande will keine Marktkräfte zulassen, sondern die Lasten einfach weiter verteilen. Er hat ein Gesetz vorgeschlagen, das es Firmen verbieten würde, einen Betrieb zu schließen wenn andere Unternehmensteile noch Gewinn machen. So müssen sich dann die Firmen insgeheim aus dem Wettbewerb verabschieden. Dem aufgeblähten Beamtenstaat der Franzosen wird auch eine aufgeblähte Belegschaft bei vielen Firmen zur Seite gestellt. Negatives Beispiel dafür sind die Autobauer PSA (Peugeot, Citroën) und Renault, die wegen ihrer Unrentabilität gegenüber der ausländischen Konkurrenz dramatisch an Marktanteilen verlieren.

Leiharbeiter

Auch dieses Thema wird seit dem Amazon-Skandal 2013 heftig diskutiert. Hier möchte ich aber zwischen einer fairen Bezahlung und dem generellen Einsatz von Leiharbeitern trennen. Warum werden überhaupt Leiharbeiter eingesetzt?

Bei Handels- und Produktionsunternehmen ist der Arbeitskräftebedarf in den wenigsten Fällen kontinuierlich, sondern hängt sehr stark von saisonalen Schwankungen oder Konjunkturzyklen ab. Zum Beispiel werden die größten Umsätze im Handel während des Weihnachtsgeschäftes gemacht; also werden in dieser Periode besonders viele Arbeitskräfte benötigt.

Aufgrund der scharfen Kündigungsgesetze sind die Betriebe aber gezwungen auf „angemietete" Mitarbeiter zurückzugreifen, die – wenn das Geschäft gelaufen ist – wieder freigesetzt werden können. Diese Arbeitsbedingungen kann nur eine Arbeitnehmer-Überlassungsfirma übernehmen. Würde das Kündigungsschutzgesetz flexibler gehandhabt (wie z. B. in Dänemark) würde manche Firma Mitarbeiter fest einstellen und diese auch nach den für das Unternehmen gültigen Tarifverträgen entlohnen. Diese starre Kündigungsregelung ist auch für uns ein Grund, Instandsetzungs- und Wartungsarbeiten auszulagern oder für periodisch anfallende Arbeiten Leiharbeiter anzufordern. In Rechnung gestellt werden uns von den Leiharbeitsfirmen Stundensätze, die in etwa unseren Lohnkosten incl. Sozialkosten entsprechen; der Arbeitnehmer erhält naturgemäß weniger, die Leiharbeitsfirma muss die Sozialkosten des Leiharbeiters sowie ihre eigenen Verwaltungs- und Bereitstellungskosten mit dem Differenzbetrag abdecken.

Im Übrigen darf ich festhalten, dass wir aus vielen Leiharbeitsverhältnissen Mitarbeiter in ein festes Arbeitsverhältnis übernommen haben, was auch der ursprünglichen Idee des Gesetzgebers entspricht.

Fazit: Wenn Politiker und Gewerkschaften mehr Flexibilität im Kündigungsschutzgesetz schaffen würden, würde der Einsatz von Leiharbeitern stark zurückgehen und Dauer-Arbeitsplätze entstehen.

Mindestlohn

In das vorhergehende Kapitel passt auch das Thema Mindestlohn. Durch den offenen europäischen Arbeitsmarkt drängen verstärkt Arbeitskräfte aus osteuropäischen Billiglohnländern zu uns nach Deutschland mit dem negativen Effekt, dass Lohn-Dumping immer mehr um sich gegriffen hat. Deshalb bin ich für die Einführung eines Mindestlohnes – würde es aber begrüßen, wenn dieser von den Tarifpartnern je nach Branche und Gebiet ausgehandelt werden würde, und nicht vom Staat bestimmt wird (denn dann brauchen wir keine Tarifautonomie mehr). Der Mindestlohn muss so hoch sein, dass ein menschenwürdiges Mindesteinkommen generiert wird, ohne dass der Bezieher staatliche Transferleistungen in Anspruch nehmen muss. In vielen Branchen wurde der Mindestlohn schon eingeführt und für die übrigen Branchen streben Regierung, Opposition und Gewerkschaften eine Lösung an – und das ist gut so!

Steuern

Es wird den Leser verwundern, dass ich mich freue, endlich wieder Steuern zahlen zu können.

Durch den Verlust des Eigenkapitals in der letzten Dekade wurden erzielte Jahresgewinne mit den Verlusten verrechnet. Ab dem Jahr 2012 wurde das Gesellschaftskapital wieder erreicht und es fällt wieder eine Körperschaftssteuer von 15 % zzgl. 3,5 % Soli an. Eventuelle Entnahmen werden mit dem persönlichen Steuersatz – z. Zt. 42 % zzgl. Soli – versteuert. Zur Körperschaftssteuer kommt noch eine Gewerbesteuer von ca. 10 %, die bei der Berechnung auch den Schuldenstand des Unternehmens einschließt, d. h. es wird damit auch die Substanz besteuert.

Ganz extrem ist dies bei einer geplanten Vermögenssteuer, denn hier muss ein Unternehmen (oder Privatmann) liquide Mittel, Fabrikationshallen, Grundbesitz, also die gesamten Vermögenswerte versteuern, auch wenn das Unternehmen jahrelang Verluste macht. Deshalb gehöre ich zu denen, die eine Vermögenssteuer kategorisch ablehnen, zumal bekannt ist, dass der Verwaltungsaufwand einen Großteil der Einnahmen wieder schlucken würde. Es ist eben eine populistische Forderung.

Über eine Erhöhung der Einkommensteuer ab einem bestimmten Betrag würde ich mit mir reden lassen, wenn der Staat – das einnehmende Wesen – im Gegenzug auch entsprechende Sparmaßnahmen durchführt. Die seit Jahrzehnten eingeführte Subventionspolitik und –mentalität – sei es im Bereich der Kohle, Landwirtschaft oder ganz extrem bei den erneuerbaren Energien – muss reduziert werden, aber kein Politiker traut sich daran weil er dann seine Klientel verärgert. Einfach Steuern zu erhöhen ist die leichteste Methode Geld einzunehmen, um es wiederum mit einem hohen bürokratischen Aufwand zu verteilen.

Diese Art der Verteilung kann die Privatwirtschaft, also Unternehmer, viel günstiger gestalten, denn die Unternehmen unterliegen dem Wettbewerb und müssen knallhart kalkulieren um sich am Markt behaupten zu können. Der Drang nach höheren Verdiensten oder Gewinnen ist deshalb eine Überlebensstrategie. Es ist einfach Quatsch zu behaupten, Unternehmen würden die Preise bestimmen. Die Preise bestimmt der Markt – und das sind Sie, liebe Leser, als Verbraucher.

Warum ist der Internethandel inzwischen so erfolgreich? Durch die Apps, installiert in allen Smartphones und Tablets, kann der Verbraucher cent-genau den Preis eines gewünschten Produktes abfragen und dort, wo es am billigsten ist, wird er es einkaufen, denn der Transport über DHL, TNT, UPS usw. kostet fast überall das Gleiche oder ist für den Kunden sogar kostenlos.

Wie die Steuerpolitik des Staates in die Existenz z. B. unseres Unternehmens eingreifen konnte, möchte ich an folgendem Beispiel erläutern:

Die durch unseren Werksneubau IIa entstandenen, hohen Verluste von 3,1 Mio. EUR im Jahr 2001 konnten wir nur mit dem Gewinn aus dem Vorjahr 2000 von 170.000 EUR verrechnen. Oskar Lafontaine hatte in seiner Zeit als Finanzminister, die seit Jahrzehnten übliche Rücktragsver-rechnung von zwei Jahren auf nur ein Jahr gekürzt. Das Jahr 1999 war aber das beste Jahr in unserer Firmengeschichte mit einem überdurch-schnittlichen Gewinn. Wäre die alte Gesetzgebung noch gültig gewesen, hätten wir einen Teil des großen Verlustes aus 2001 mit den Gewinnen von 1999 verrechnen können. Wir hätten unser Eigenkapital wieder auf den alten Stand bringen können und die folgende zehnjährige Baukrise wäre fast spurlos an uns vorüber gegangen.

Als geschäftsführender Gesellschafter lebe ich von meinem Gehalt (wie auch Fremdgeschäftsführer) und habe in der Vergangenheit wenige Gewinn-Ausschüttungen vorgenommen. Freie Mittel wurden zur Aufstockung des Eigenkapitals genutzt, wie z. B. die Einnahmen aus dem Lizenzgeschäft für unsere patentierte JUWÖ Ziegel-Fertigdecke.

Das ist übrigens das Wesentliche in einem mittelständischen Unternehmen, dass jeder freie Euro immer wieder in das Familienunternehmen investiert wird, um Produkte und Produktionsmethoden auf dem neuesten Stand zu halten und damit gegenüber den Konzernen wettbewerbsfähig zu bleiben.

Ein Konzern beschafft sich Geld, indem er entweder neue Aktien herausgibt oder eine Anleihe macht. Wir Mittelständler müssen uns das Geld über Kreditinstitute beschaffen, Zinsen zahlen und tanzen – wie in unserem Krisenfall – nach den Pfeifen der Kreditgeber.

Wann sieht der Staat endlich ein, dass der Mittelständler das Rückgrat der Wirtschaft ist? Durch die persönliche Haftung werden größerer Unsinn, Ungerechtigkeiten und Betrug verhindert. Es ist der Mittelstand, der brav seine Steuern bezahlt, während die großen Konzerne hin und her verrechnen, sogar ausländische Firmen mit einbinden, damit keine Steuern anfallen.

Der größte Anteil des Staatshaushaltes wird durch die Lohnsteuereinnahmen und die Gewinnversteuerung des Mittelstandes erreicht und nicht der Konzerne. Wenn diese aber am Straucheln sind, springt der Staat ein mit der Begründung, sie seien „systemrelevant". Die Bankenkrise hat das erschreckend gezeigt, wie es ausgeht weiß keiner. Man hat unentwegt Geld nach Griechenland gepumpt, weil keiner unserer Experten weiß, was ein Staatsbankrott in der Eurozone bewirken würde.

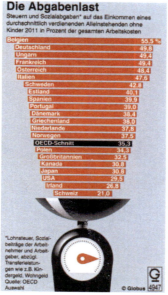

Die Abgabenlast

Steuern und Sozialabgaben* auf das Einkommen eines durchschnittlich verdienenden Alleinstehenden ohne Kinder 2011 in Prozent der gesamten Arbeitskosten

Land	%
Belgien	55,5 %
Deutschland	49,8
Ungarn	49,4
Frankreich	49,4
Österreich	48,4
Italien	47,6
Schweden	42,8
Estland	40,1
Spanien	39,9
Portugal	39,0
Dänemark	38,4
Griechenland	38,0
Niederlande	37,8
Norwegen	37,5
OECD-Schnitt	35,3
Polen	34,3
Großbritannien	32,5
Kanada	30,8
Japan	30,8
USA	29,5
Irland	26,8
Schweiz	21,0

*Lohnsteuer, Sozialbeiträge der Arbeitnehmer und Arbeitgeber, abzügl. Transferleistungen wie z.B. Kindergeld, Wohngeld
Quelle: OECD
Auswahl

© Globus 4947

Quelle: Mittelstands-Magazin 6/2012

Was eine Arbeitsstunde kostet

Arbeitskosten (Bruttoverdienst plus Lohnnebenkosten) pro geleistete Stunde in der Privatwirtschaft in Euro

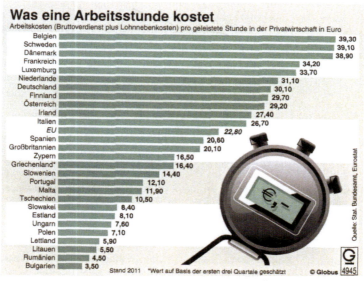

Belgien	39,30
Schweden	39,10
Dänemark	38,90
Frankreich	34,20
Luxemburg	33,70
Niederlande	31,10
Deutschland	30,10
Finnland	29,70
Österreich	29,20
Irland	27,40
Italien	26,70
EU	22,80
Spanien	20,60
Großbritannien	20,10
Zypern	16,50
Griechenland*	16,40
Slowenien	14,40
Portugal	12,10
Malta	11,90
Tschechien	10,50
Slowakei	8,40
Estland	8,10
Ungarn	7,60
Polen	7,10
Lettland	5,90
Litauen	5,50
Rumänien	4,50
Bulgarien	3,50

Stand 2011   *Wert auf Basis der ersten drei Quartale geschätzt

Quelle: Stat. Bundesamt, Eurostat

© Globus 4945

Quelle: Mittelstands-Magazin 6/2012

121

AfA – Absetzungen für Abnutzung

Bei dieser Gelegenheit möchte ich meinen Lesern die „AfA" an einem Beispiel erklären.

„AfA" steht für Absetzungen für Abnutzung. Was heißt das?

Wenn ich einen Lkw kaufe, der 150.000 EUR kostet, kann ich diesen in fünf Jahren abschreiben, weil er danach verbraucht ist und ich ein neues Fahrzeug anschaffen muss. Das heißt in jedem Jahr muss ich 30.000 EUR ansparen und von meinem Gewinn abziehen. Meine Steuern bezahle ich von dem um die AfA verminderten Betrag.

Nach dem Ende der AfA-Zeit, d. h. nach fünf Jahren ist das Fahrzeug so verschlissen, dass der Unternehmer wieder ein neues Fahrzeug kaufen muss. Das heißt mit seinem alten Fahrzeug muss er so viel erwirtschaftet haben, dass er ein neues kaufen kann. Die Krux bei der Sache ist aber, dass in fünf Jahren der Lkw teurer geworden ist. Das heißt der Erlös, den er bei einem Gebrauchtwagenhändler noch für sein altes Fahrzeug bekommt und den er übrigens voll versteuern muss, reicht nicht mehr aus, um ein neues Fahrzeug anzuschaffen. Wenn die Gewinne aus dem Unternehmen nicht ausreichen, muss er also sein privates Portemonnaie öffnen, um den neuen, höheren Kaufpreis zu zahlen! Das liegt auch an unseren Steuergesetzen, denn Abschreibungen dürfen nur auf den Anschaffungswert (Neuwert) gemacht werden und nicht auf den Wiederbeschaffungswert.

Viele Leute glauben nun, dass der Unternehmer steuermindernde AfA vom Staat geschenkt bekommt, weil sie die Zusammenhänge mit der Wiederbeschaffung nicht verstehen. Die meisten Maschinen in unserer Branche dürfen nur mit 10 %, Fahrzeuge mit 20 % abgeschrieben werden; Gebäude mit 2,5 %. Das heißt in 40 Jahren wäre ein heute errichtetes Gebäude abgeschrieben.

Genau das ist das Problem in der Bauwirtschaft. Es werden keine Mietwohnungen mehr gebaut, weil nicht nur die Mieten nicht mehr den Kosten entsprechen, sondern auch zu wenig Abschreibungen, die – wie erklärt

– steuermindernd geltend gemacht werden können, vom Staat anerkannt werden. Abschreibungen sind also ein großes Steuerinstrument des Staates, aber keine Subvention. Man kann das auch anders ausdrücken:

Je kürzer der Abschreibungszeitraum oder je höher der AfA-Satz ist, umso früher fallen wieder Steuern an. Letztendlich bekommt der Staat immer 100 %ig seinen Steueranteil.

Reichensteuer

Die seit Monaten geführte „Reichen"-Debatte ist aus der unsäglichen Neid-Debatte entstanden. Wenn hier Politiker nach der Devise vorgehen, „die haben es ja", wird nicht daran gedacht, was man damit alles zerschlägt. Ich betrachte es als Skandal, wenn man – aus Sicht der Opposition – einen Ein-Personen-Haushalt mit einem Jahreseinkommen von 64.000 EUR zu den Reichen zählt.

Ein typisches Beispiel ist die Auswanderung von Gerard Depardieu aus Frankreich. Er ist Millionär. Das ist ihm nicht in den Schoß gefallen. Als drittes von sechs Kindern eines ungebildeten Blechschmieds geboren, war er anstelle des stets betrunkenen Vaters verantwortlich für die Geschwister. Mit seiner Sprachstörung galt er schon früh als labil und aufsässig. Mit 13 Jahren brach er die Schule ab. Er begann für kurze Zeit eine Druckerlehre, dealte mit Amis auf dem Schwarzmarkt mit Whisky und Zigaretten, klaute Autos, war im Knast, trampte und jobbte durch ganz Frankreich und nahm mit 16 in Paris Theaterunterricht. Das war 1964. Bis heute hat er mehrere Firmen aufgebaut und ist Millionär geworden.

Depardieu ist seit Januar 2013 neuer russischer Staatsbürger und bezahlt seine Steuern mit 13 % auf das Einkommen, während ihn der französische Präsident Francois Hollande mit 75 % zur Kasse bitten wollte. Depardieu verlässt Frankreich weil die Regierung Erfolg und Talent nicht belohnt, sondern bestraft. In seinem Brief an den Premierminister Jean Marc Ayrault, der ihn als „ziemlich erbärmlich" wegen seinem Umzug bezeichnet hat, schreibt er unter anderem: „Ich habe immer meine Steuern und Abgaben bezahlt, egal zu welchem Satz, unter allen bisherigen Regierungen.

Zu keinem Moment bin ich meinen Verpflichtungen nicht nachgekommen. Ich habe nie jemanden umgebracht und mir meines Wissens nichts zuschulden kommen lassen. Ich habe in 45 Jahren 145 Mio. EUR an Steuern gezahlt, ich beschäftige 80 Mitarbeiter in Firmen, die ich für sie gegründet habe und die von ihnen geführt werden."
(Zitatende)

Seit Jahren hat Frankreich aus freien Stücken ein Steuersystem gewählt, das seine Bürger aus dem Land treibt. Depardieu ist zum Opfer des neuen „Steuerknüppels der Sozialisten" geworden, sagt die ehemalige Ministerin der bürgerlichen Vorgängerregierung, Frau Nadine Morano.

Gesunden Menschenverstand hat vor 150 Jahren (genau vor 150 Jahren wurde auch unser Unternehmen gegründet) schon Abraham Lincoln bewiesen, der als US-Präsident von 1861 – 1865 die Sklaverei abschaffte und die USA auf den Weg zum modernen Industriestaat führte. Er sagte:

„Ihr werdet die Schwachen nicht stärken, indem ihr die Starken schwächt. Ihr werdet den Arbeitern nicht helfen, indem ihr die ruiniert, die sie bezahlen. Ihr werdet keine Brüderlichkeit schaffen, indem ihr den Klassenhass schürt. Ihr werdet den Armen nicht helfen, indem ihr die Reichen bekämpft. Der Staat wird bestimmt keine Wohlfahrt schaffen, wenn er mehr ausgibt, als er einnimmt. Ihr werdet kein Interesse an den öffentlichen Angelegenheiten und seine Begeisterung wecken, wenn ihr dem Einzelnen seine Initiative und seine Freiheit nehmt. Ihr könnt den Menschen nicht dauerhaft helfen, wenn ihr das für sie erledigt, was sie selbst für sich tun sollten und könnten."
(Zitatende)

Unsere Gesellschaft braucht die „Reichen", denn meistens handelt es sich um Unternehmer, die das Kapital für Investitionen bereit stellen, Arbeitsplätze schaffen, dabei erhebliche Risiken eingehen. Dafür haben sie nicht nur ein deutlich höheres Einkommen verdient als diejenigen, die weniger Risiken eingehen und keine Arbeitsplätze schaffen. Sie haben auch gesellschaftliche Anerkennung und Respekt verdient. Die Staatsform, die am ehesten Sicherheit und Wohlstand für alle garantiert ist nicht der Sozialismus von Walter Ulbricht oder Erich Honecker, sondern die Soziale Marktwirtschaft von Ludwig Erhard.

Vermögensteuer

Unter dem Begriff der sozialen Gerechtigkeit werben die Grünen und die SPD in ihren Wahlprogrammen und wollen zusätzlich zur „Reichensteuer" wieder die Vermögensteuer einführen, sowie die Erbschaftsteuer drastisch anheben – ein Wählerfang per Neid-Debatte. Diese Steuererhöhungen treffen den Mittelstand in voller Höhe.

Da diese Besitzsteuer nicht von der Einkommensteuerschuld absetzbar sein soll, käme es in den meisten Fällen zu einer Steuerlastquote von ca. 98 %!!!

Der BDI (Bundesverband der Deutschen Industrie e. V.) hat im Oktober 2012 einen Flyer veröffentlicht, in dem die Problematik dieser Besteuerung näher erläutert wird.

„Reiche" sollen stärker besteuert werden:
Bei genauem Hinsehen zeigt sich, dass bereits heute ein Ungleichgewicht besteht und die nachteiligen Wirkungen einer zusätzlichen Vermögensteuer unterschätzt werden.

Wer trägt die steuerliche Hauptlast?
Schon heute tragen „starke Schultern" mehr: Die oberen 10 % der Steuerpflichtigen zahlen mehr als 50 % des Aufkommens. Der Spitzensteuersatz greift schon bei rund 53.000 EUR, das heißt bei knapp dem doppelten Durchschnittseinkommen – 1965 erst beim 12-fachen.

Neben der „reinen" Vermögensteuer gibt es noch andere vermögensbezogene Steuern, insbesondere Grundsteuer und Erbschaftsteuer. Die reine Vermögensteuer ist allgemein auf dem Rückzug.

Obere ... % der Steuerpflichtigen	Einkünfte ab ... €	Anteil an der ESt in
5	92.000	42 %
10	70.000	55 %
25	44.000	77 %
50	26.000	95 %

Quelle: BMF, Datensammlung zur Steuerpolitik (Ausgabe 2012)
Hauptlast auf wenigen Schultern

Wo gibt es noch reine Vermögensteuern?
In der EU wird die Vermögensteuer nur noch in Frankreich erhoben (Spanien befristet bis Ende 2012):

Die Vermögensteuer trifft nicht nur vermögende Privatpersonen. Rund 90 % des Aufkommens entfallen auf das Betriebsvermögen (wenn Betriebsvermögen nicht gesondert verschont wird).

Sollten ertragsschwache Unternehmen zusätzlich belastet werden?
– Je geringer die Rendite eines Unternehmens, desto stärker wirkt die Vermögensteuer.
– Die Vermögensteuerzahlung belastet die Liquiditätslage der Unternehmen.
– Bei Verlusten ist sie sogar aus der „Substanz" zu zahlen, womit Unternehmenswerte vernichtet werden.

Steht der Erhebungsaufwand im Verhältnis zum Aufkommen?
Die Erhebungs- und Vollzugskosten wären für Bürger, Unternehmen und Finanzverwaltung enorm: Der Grund liegt vor allem in dem Erfordernis einer jährlichen Bewertung aller Vermögensarten nach Verkehrswerten.

Wirkungen der Vermögensteuer
Wie hoch würde der Ertrag steuerlich belastet?

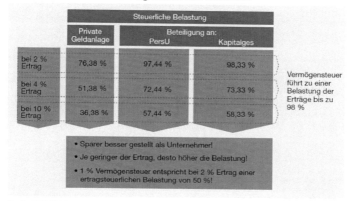

	Steuerliche Belastung		
	Private Geldanlage	Beteiligung an:	
		PersU	Kapitalges
bei 2 % Ertrag	76,38 %	97,44 %	98,33 %
bei 4 % Ertrag	51,38 %	72,44 %	73,33 %
bei 10 % Ertrag	36,38 %	57,44 %	58,33 %

Vermögensteuer führt zu einer Belastung der Erträge bis zu 98 %

- Sparer besser gestellt als Unternehmer!
- Je geringer der Ertrag, desto höher die Belastung!
- 1 % Vermögensteuer entspricht bei 2 % Ertrag einer ertragsteuerlichen Belastung von 50 %!

Quelle: BDI, Oktober 2012

Keine andere Steuer ist bei ihrer Erhebung auch nur annähernd so teuer wie eine Besitzabgabe, denn diese wird Prozesse am Fließband produzieren weil jede Bewertung von Vermögen unterschiedlichste Meinungen garantiert. Da die meisten Unternehmen gerade so über die Runden kommen, würde schon eine Abgabe von 1,5 % im Jahr diese in Insolvenz treiben. Für Freiberufler und kleinere Unternehmer entsteht ein gewaltiger Bürokratie-Wust, denn sie müssen erst einmal – zunächst mit teuren Gutachten – nachweisen, dass Sie unter die Freibeträge fallen. (Zitatende)

Mir scheint es, als ob wir mehr Energie dafür aufwenden, erfolgreichen Menschen Grenzen in ihrem Vorwärtsstreben zu setzen, als uns zu bemühen jenen zu helfen, die sich am Rand der Gesellschaft befinden. Dabei geht viel wertvolle Energie verloren, die besser eingesetzt wäre, um jenen zu helfen, die wirklich Hilfe brauchen. In unserer globalen Welt kann kein Land, keine Gesellschaft Menschen einzäunen, die besonders erfolgreich, talentiert oder wohlhabend sind. Die besten und kreativsten Persönlichkeiten aus Wissenschaft, Kunst, Sport und Wirtschaft werden in der ganzen Welt gesucht. Sie können heute überall leben und wir können es ihnen nicht zum Vorwurf machen, wenn sie sich für Länder entscheiden, in denen sie mehr Geld verdienen können.

Dasselbe gilt für Unternehmen. In einer Gesellschaft, die die Menschen in ihrer Produktivität, Kreativität und ihrem Erfindergeist behindert, wird der Lebensstandard unweigerlich zurückgehen. Aus diesem Grund dürfen wir nie aufhören, darüber nachzudenken, wie wir konkurrenzfähigere Bedingungen schaffen können, damit die besten Köpfe und Firmen im Lande bleiben. Qualifizierte Menschen und Investitionen sind das Rückgrat einer starken Wirtschaft. Mit anderen Worten: Wir müssen Gehirne und Geld im Lande halten, nur dies erhält bestehende und schafft neue Arbeitsplätze.

Erbschaftsteuer

Familienunternehmen müssen und wollen Geld verdienen, aber sie haben einen langfristigen Ansatz. Schließlich will der Senior seinen Betrieb den Nachkommen intakt übergeben. Sie sind am schnellen Geld nicht interessiert, sondern sie wollen Nachhaltigkeit und das ist etwas, was sich viele in der Wirtschaft wünschen. Richtig ist: Über Generationen kann durch Vererben Vermögen entstehen, aber niemals ohne Automatismus, weil das unternehmerische Risiko dabei hoch ist, wenn sich Märkte und Technologien ändern. Das zeigen die Schicksale von Oppenheim, Schlecker oder Karstadt.

Unternehmerisches Vermögen ist Verantwortungseigentum: Alle haben einen Nutzen davon weil es am Ende Jobs, Ertragssteuern und soziale Stabilität sichert. Unter den Industriestaaten gehört Deutschland zu dem Drittel mit den höchsten Erbschaftsteuern, Österreich und Schweden verzichten auf sie. Auch unser Staat könnte die Einnahmen verschmerzen, die nur 7 ‰ des Steueraufkommens ausmachen. Deswegen: Schafft die Erbschaftsteuer ab, das stärkt die Wirtschaft und damit die Basis für wünschenswerte Sozialabgaben und weitere Investitionen.

Öffentliche Diskussion: „Mehr Steuern" mit Brandt, Nef, Puster und Timm

Zum Thema „Lieber arm als reich" erschien von Uwe Timm, dem Herausgeber der libertären Zeitschrift Espero am 19. September der folgende Leserbrief in DIE WELT:

„Lebensstandard und Wohlstand sind gestiegen, eine gute Nachricht. Trotzdem wird der Blick auf die „Reichen" gelenkt. Eine öffentliche Diskussion mit Augenmaß ist nicht zu erwarten. Es ist auch nahezu unbekannt, dass die Mehrheit der Millionäre in Deutschland sich durchaus ihrer sozialen Verantwortung bewusst ist. Allerdings wollen Sie auch wissen, wofür ihr Geld verwendet wird, wenn sie etwas für das Gemeinwohl tun, sei es mit Spenden oder durch Stiftungen.

Der Schrei nach mehr Steuern ist immer groß. Die deutsche Neidkultur besitzt viele Varianten. Abraham Lincoln brachte es auf den Punkt: „Ihr werdet die Schwachen nicht stärken, indem ihr die Starken schwächt. Ihr könnt den Menschen nie auf Dauer helfen, wenn ihr für sie tut, was sie selber für sich tun sollten und können..."

Die anvisierten Steuersätze werden dafür sorgen, dass sich Verdienen nicht mehr lohnt. Für das Gemeinwohl hat das einen entscheidenden Nachteil: Wohlhabende werden auf Investitionen verzichten."
Uwe Timm

Daraufhin hat der Vorsitzende der Münchner Attac-Gruppe, Herr Dr. Joachim Brandt, geantwortet. Es ist eine intensive Replik von Robert Nef und Frau Dr. Edith Puster entstanden, die ich dem Leser nicht vorenthalten möchte, zumal die Themen *Umfairteilung* und *Reichensteuer* im bevorstehenden Bundestagswahlkampf Hauptthemen sein werden.

Wer sind die Diskussionsteilnehmer?

Dr. Joachim Brandt:
24 Jahre Ingenieur bei Siemens, heute Vorsitzender der Münchner Gruppe von Attac,

Robert Nef:
Präsident der Stiftung für abendländische Ethik und Kultur, ehemaliger Mitarbeiter am Lehrstuhl für Rechtswissenschaften an der ETH Zürich,

Dr. Edith Puster:
Dozentin an der Uni in Hamburg.

An diesen im Internet veröffentlichten Leserbriefen möchte ich meine Leser teilhaben lassen, um sich ein eigenes Weltbild machen zu können, welcher Weg für Deutschland in Zukunft der Beste ist: *Freiheit für alle* oder *Gleichheit für alle*.

Replik Achim Brandt (Attac)

Lieber Uwe Timm,
die Forderung, dass sich die Wohlhabenden, die mehr als 1 Mio. EUR zum „Spielen" (frei disponierendes Geldvermögen haben) an den Kosten für das Allgemeinwohl mehr als bisher beteiligen sollen – noch dazu, wo solch große Vermögen ja kaum durch eigener Hände Arbeit zustande gekommen sind, sondern viel eher durch die Hände der Mitmenschen, die gnädiger weise mit dem Produktivkapital dieser Reichen arbeiten durften – gegen Gebühr – hat mit Neid nichts zu tun, sondern mit einem Ernstnehmen der Demokratie. Denn was ist das für eine Demokratie, wo sich die Mehrheit der Bevölkerung mitsamt den Politikern ständig bemühen muss, die „oberen" 1 oder 10 % Vermögenden bei Investitionslaune zu halten durch Liefern der gewünschten Renditen?

Ihre Befürchtung „Wohlhabende werden auf Investitionen" verzichten, würde ich kontern mit dem Satz: Wir sollten die Wohlhabenden von dieser schweren Entscheidung, ob sie nun investieren wollen oder nicht, befreien – entweder durch Verpflichtung zu gemeinwohlförderlichem Gebrauch ihres Eigentums (nach § 14 GG), notfalls zum Nullzins – oder indem wir ihnen dieses Eigentumsrecht deutlich einschränken. Das Eigentumsrecht kommt nicht vom Himmel, sondern ist eine Übereinkunft der Mehrheit und wird bisher mit Staatsgewalt gesichert. Ohne Staat gibt´s kein Eigentum und keinen Markt. Die Mehrheit gewährt den Millionären das Eigentum; sie hat´s gegeben – sie kann´s auch wieder nehmen.

Replik von Robert Nef

Lieber Achim Brandt,
die Auffassung, die zwangsweise Entreicherung der Wohlhabenden durch hohe Steuern fördere in irgendeiner Weise das Gemeinwohl ist der verhängnisvollste Irrtum der sozialistischen Umverteilungsideologie. Der tatsächlich gemeinwohlförderliche Gebrauch des Eigentums ist die Investition in gewinnbringende Unternehmungen. Die Auswahl der Unternehmungen, die entweder Gewinne bringen oder Verluste, erfolgt im offenen Wettbewerb. Er gewährt jenen Lernprozess, bei dem Erfolg belohnt und Misserfolg bestraft wird. Was sich in Zukunft als erfolgreich erweisen wird, kann keine politische Instanz voraussehen.

Wer den Reichen zwangsweise etwas wegnimmt, um es via Staat an Nichtreiche umzuverteilen, schädigt das Gemeinwohl in mindestens vierfacher Hinsicht. Wenn das gesellschaftlich wichtige „Prinzip Hilfe" an den Staat delegiert wird, verlieren die zwangsweise entreicherten Reichen das soziale Verantwortungsbewusstsein, das auf persönlicher Sympathie beruht. Glücklicherweise dauern solche Zerfallsprozesse Generationen.

Dass die entreicherten Reichen nicht mehr gleich viel in produktive Unternehmungen investieren können und allenfalls auch ihre Leistungsmotivation und -bereitschaft sinkt, ist ebenfalls ein Schaden für alle. Letzterer wird allerdings eher überschätzt. Es braucht sehr viel Hochbesteuerung bis die Leistungsbereitschaft der Erfolgreichen generell abnimmt. Das zwangsweise Wegnehmen ist also nicht der größte Schaden.

Ein erheblich größerer Schaden wird durch Umverteilung bei jenen angerichtet, die von Staatsgnaden ohne Gegenleistung eine Zuwendung erhalten und oft definitiv vom Prinzip der wirtschaftlichen Eigenständigkeit abgekoppelt werden. Diese ist ein wesentlicher Bestandteil der Menschen-

würde. Umverteilungsempfänger werden damit via Staat von Dritten abhängig (und manchmal auch geradezu süchtig) und erhalten Geld als Staatsrente statt als Gegenleistung für eine produktive Tätigkeit. Das Motiv wird paradoxerweise „soziale Gerechtigkeit" genannt. Das ist die zweitschlimmste Folge von staatlichen Umverteilungssystemen.

Die schlimmste Folge wird meist übersehen oder mindestens unterschätzt. Durch die Umverteilung entsteht eine neue politische Klasse: die Umverteiler. Sie verteilen das Geld, das sie Dritten zwangsweise weggenommen haben an eine immer umfassender definierte Gruppe von „Bedürftigen", die dann ihrerseits von den Umverteilern abhängig werden. Wenn diese Gruppe einmal mehr als die Hälfte der Wählerschaft umfasst, ist auch das demokratische Mehrheitsprinzip korrumpiert. Politik degeneriert dann zum reinen finanziellen Verteilungskampf, der angeblich der „sozialen Gerechtigkeit" dient, aber effektiv vom Neid angetrieben wird. Wer nimmt wem wie viel weg, um es (ohne produktive Gegenleistung) an wen zu verteilen? Je mehr abhängige Empfänger, desto besser für die Umverteiler. Die einzige Gegenleistung der Umverteilungsbegünstigten besteht in der politischen Wiederwahl der Umverteiler, die sich aus dem Umverteilungstopf meist reichlich selbst bedienen und damit die mediale und universitäre Propagierung dieses Fehlsystems mitfinanzieren. Wahrscheinlich geht bei der Umverteilung schon mehr als die Hälfte des Gesamtvolumens an die Umverteiler und nicht an die „Bedürftigen". Das Geld versickert buchstäblich in der bürokratischen „Sozialindustrie", die ihrerseits vielfältige Systemabhängigkeiten und interne Loyalitäten für die neue Klasse der Umverteiler schafft. Dass dieser Umverteilungskampf längst nicht mehr reicht und dass wir in Europa via Staatsschulden die potentiellen Leistungen künftiger Generationen verschleudern und fehlinvestieren, ist nur eine weitere Facette dieses politökonomischen Teufelskreises.

Replik von Achim Brandt

Großartig, wie in diesem kurzen Mail-Wechsel die wichtigsten ideologischen Vorurteile versammelt sind, mit denen die krasse Ungleichverteilung des Reichtums, sowie die Kapitaleinkommen auf Kosten derer, die mit Arbeit Geld verdienen, verteidigt werden. Ich will mal kurz darauf eingehen:

1. Vorurteil:
„Die Beschränkung des Reichtums der Spitzenvermögenden ist ein unzulässiger staatlicher Eingriff."

Antwort: Der größte Eingriff des Staates in das friedliche Zusammenleben der Menschen besteht darin, dass er den fundamentalen Eigentumsbegriff, auf dem die kapitalistische Wirtschaft beruht, mit seiner Staatsgewalt verteidigt. Das Fundamentale an unserem Eigentumsbegriff besteht darin, dass das Eigentum an einem Konzern oder an einem Quadratkilometer Land gleichgesetzt wird mit dem Eigentum an meiner Zahnbürste – und dass mit dem Recht auf Eigentum auch noch das Recht auf profitable Anlage des Eigentums zum Zwecke der Erzielung leistungsloser Einnahmen mit garantiert wird.

Wenn also ein Großgrundbesitzer die Kleinbauern, die auf das Ackerland angewiesen sind, nur gegen eine saftige Pacht auf sein Land lässt und Landbesitzer, die die Pacht nicht zahlen, nicht dulden will, dann verteidigt der Staat mit Polizei, Militär oder Todesschwadronen (je nach dem in welchem Erdteil wir uns befinden). Wenn eine Autofabrik eine Kapitalrente von 5 % erzielt und die Aktionäre meinen, die Rendite sollte aber mindestens 10 % sein und die Fabrik sollte daher geschlossen und die Arbeiter entlassen werden und wenn dann die Arbeiter trotzdem an ihre Arbeitsplätze zurückkehren und die Fabrik als Genossenschaft weiterbetreiben wollen, wer verjagt sie dann aus der Fabrik und steckt sie ins Gefängnis wegen Verletzung des Eigentums? Das macht der Eigentümer mit seinem Werkschutz oder gleich die staatliche Polizei.

Nicht die Beschränkung des Eigentumsrechts ist ein staatlicher Eingriff, sondern die gewaltsame Durchsetzung des Eigentums der Wenigen gegen die große Mehrheit, die keine nennenswerten Produktionsmittel besitzen.

2. Vorurteil:
„Wer die zunehmende Schere zwischen der mehr oder weniger armen Mehrheit und eine superreichen Minderheit wieder schließen will, betreibt Umverteilung."

Antwort: Umverteilung findet täglich statt. Und zwar die Umverteilung von unten nach oben (von arm zu reich) durch mehrere Mechanismen.

a) Primärverteilung: Ein immer größer werdender Anteil des BIP geht nicht an die Arbeitenden, sondern an die Kapitalanleger. Die Lohnquote sinkt.

b) Neoliberale Steuerpolitik: Steuern auf Kapitaleinnahmen wurden systematisch gesenkt, Steuern auf Arbeitseinkommen nicht. Dabei sind Kapitaleinnahmen leistungslos erzieltes Einkommen, die eigentlich grundsätzlich fragwürdig sind. Normalerweise sollten Einkommen nur mit Arbeit erzielt werden können – oder wegen Bedürftigkeit. Wieso ich, falls ich Geld übrig habe, auch einfach „Geld" für mich arbeiten lassen kann – was in Wirklichkeit heißt, andere Menschen für mich arbeiten zu lassen – ist im Grundsatz fragwürdig. Und dann werden diese Einnahmen auch noch geringer besteuert als die Einkommen aus Arbeit. Absurd.

c) Bankenrettung: Die Verluste der Banken wurden sozialisiert: Der Steuerzahler, also die breite Bevölkerung, zahlt für die Schulden der Finanz-Zocker. Hierfür verschuldet sich der Staat bei den Geldanlegern, also wiederum bei denen, die ihr Geld für sich arbeiten lassen. Unsere Steuergelder fließen also als Zinseinnahmen in die Taschen derer, die eh schon mehr als genug haben.

d) Ausbeutung armer Länder durch die reichen Länder. Das ist Umverteilung von arm zu reich im Weltmaßstab.

Wenn nur Attac und andere diese Umverteilung, von unten nach oben, also von arm zu reich, stoppen und möglicherweise ein wenig rückgängig machen wollen, dann wird ausgerechnet denen, die die ständige Umverteilung beenden wollen, „sozialistische Umverteilungsideologie" vorgeworfen.

3. Vorurteil:
„Der tatsächlich gemeinwohlförderliche Gebrauch des Eigentums ist die Investition in gewinnbringende Unternehmungen."

Antwort: Nein. Gewinn allein ist nicht alles. Es kommt darauf an, womit ein Unternehmen Gewinn erzielt: Durch Abholzen von Regenwäldern und Verkauf von Tropenholz? Durch Betreiben von „Sweat-Shops" in der Dritten Welt, wo minderjährige Kinder Kleidung nähen, die bei H&M gewinnbringend verkauft werden? Durch Entlassung von Mitarbeitern, die zur Kapitalrendite nicht genug beitragen? Durch Herstellung von Tellerminen? Durch Erfinden undurchsichtiger „Finanzprodukte", mit denen Rentner um ihre Alterssicherung gebracht werden? Durch Massentierhaltung, in denen jährlich 1.700 Tonnen Antibiotika eingesetzt werden, damit die Tiere den Stress bis zur Schlachtung aushalten? Investitionen sind nur dann gemeinwohlförderlich, wenn die Unternehmen sich – neben der Gewinnerzielung – gemeinwohlförderlich verhalten.

Außerdem brauchen wir keine reiche Kapitalanlegerklasse, um solche Investitionen zu tätigen. In einer richtigen Demokratie verfügt die Bevölkerung selber oder auch die Belegschaft der Firmen, über Investitionsmittel und kann über sie bestimmen, und die Kapitaleinnahmen aus den Investitionen fließen wiederum der Belegschaft oder der ganzen Bevölkerung zu, oder es gibt gar keine Einnahmen aus Kapitalanlagen mehr sondern alle Firmeneinnahmen stehen der Belegschaft zu, die dann entscheiden kann, wie viel davon wieder investiert wird und wie viel der Gewinne an die Mitarbeiter ausgeschüttet wird.

4. Vorurteil:
„Umverteilungsempfänger werden damit via Staat von Dritten abhängig und erhalten Geld als Staatsrente statt als Gegenleistung für eine produktive Tätigkeit".

Hier sind wohl Empfänger von „Transferleistungen" wie z. B. Grundsicherung (in Deutschland Harz IV) gemeint und es wird unterstellt, dass die Empfänger dieser Gelder jederzeit auch mit Arbeit ihr Geld verdienen könnten. Das ist eine boshafte Unterstellung. Ich bin sicher, der Schreiber dieser boshaften Aussage war noch niemals in der Lage, ohne Anstellung und ohne Vermögen dazustehen und beim Staat um Stütze zum Lebensunterhalt ersuchen zu müssen. Die meisten dieser armen Menschen würden liebend gerne wieder mit eigener Hände Arbeit ihr Geld verdienen – aber die Arbeitgeber, die über die Verwendung des Produktivkapitals im Lande bestimmen, lassen diese Arbeitssuchenden nicht an die Produktionsmittel heran. Sie können sich 500 Mal bewerben und kriegen doch keine Arbeit – weil sie angeblich zu alt sind oder zu viele Jahre mit Kindererziehung verbracht haben oder sonst was.

Wer hier fordert, dass man den Leuten auch noch die Grundsicherung streicht, damit sie nicht von Dritten (von wem?) abhängig werden, ist ziemlich kaltherzig.

5. Vorurteil:
„Umverteilerklasse"

Antwort: Das sind mir die richtigen: Von einer „Kapitalistenklasse", die es wahrlich gibt (die Menge aller Personen, die allein von ihren Kapitaleinnahmen fürstlich leben können – egal ob sie zusätzlich arbeiten oder nicht), nichts wissen wollen – aber von einer hypothetischen „Umverteilerklasse" schwadronieren. Aus solchem Gedankengut speist sich in den USA die durchgedrehte Tea Party-Bewegung. In den USA ist solche Ideologie so weit verbreitet, dass sogar die Obdachlosen, die nun wirklich von einem ordentlichen Sozialstaat, der sich aus ordentlichen Steuern auf Kapitaleinkommen finanziert und die Einnahmen gemeinwohlförderlich einsetzt, profitieren würden, die Republikaner wählen, also Politiker, die den Sozialstaat schleifen wollen. Ich hoffe, die Ideologie vom wohlverdienten Eigentum der Superreichen wird in Europa nicht so viel Unvernünftige finden, die ihr auf den Leim gehen.

Replik von Robert Nef

Großartig, wie Sie in Ihrer Antwort fast alle paläosozialistischen Klischees aus der Mottenkiste der Vergangenheit holen, wie wenn der Sozialismus bisher auf eine einzigartige Erfolgsgeschichte zurückblicken könnte. Für die Widerlegung dieser „Widerlegung" braucht es keine ideologischen Argumente, die sich stets am umstrittenen Kriterium der Gerechtigkeit orientieren. Es genügt die Beobachtung dessen, was funktioniert und dessen, was nicht funktioniert. Was in der Praxis nicht funktioniert, kann nämlich auch nicht gerecht sein.

1) Jeder Versuch eine real existierende Eigentumsverteilung durch zwangsweise Enteignung einer bestimmten Klasse oder Menschengruppe und durch eine Neuverteilung „sozial gerechter" zu machen, hat bisher nur zu neuen Ungerechtigkeiten und zu neuen Klassen geführt und zu einem generellen Rückgang der Produktivität und des allgemeinen Wohlstands.

2) Die immer wieder als Argument benutzte „sich öffnende Schere" zwischen einer armen Mehrheit und einigen wenigen Superreichen ist historisch in den letzten 200 Jahren nicht nachzuweisen. Es trifft zu, dass der Reichtum weniger weltweit zugenommen hat und weiter zunimmt, aber der untere Teil der Schere hat sich ebenfalls markant angehoben. Die angeblich global festgestellte Zunahme der Armut beruht auf einer Neudefinition von Armut. Die Zustände, die man heute als „relative Armut" bezeichnet, hat man vor einer Generation für durchaus erträglich und normal gehalten. Der Anteil der Menschen, die unter Hunger, schlechten Klimabedingungen und Mangelkrankheiten leiden, hat unter dem Einfluss einer relativ freien Wirtschaft weltweit abgenommen und er ist in den wenigen Ländern, die noch am Sozialismus festhalten, eindeutig am höchsten.

3) Kein Befürworter einer kapitalistischen Eigentumsordnung behauptet, dass dadurch alles automatisch für alle immer besser werde. Es gibt in einer freien und offenen Gesellschaft und in einer kapitalistischen Wirtschaftsordnung weiterhin Ungleichheiten und Ungerechtigkeiten und menschliche Not verschwindet nicht subito und auch nie restlos. Eine funktionierende Gesellschaft bleibt auf sozial verantwortliche, hilfsbereite Menschen angewiesen. Je mehr soziale Verhaltensweisen aber staatlich erzwungen werden, desto mehr verkümmern sie. Der Sozialstaat hat die Menschen nicht sozialer gemacht. Im Gegenteil, er ist zu einem Teufelskreis geworden, zu einer wachsenden zwangsweisen Umverteilungsmaschinerie, die immer weniger Menschen wirklich zufriedenstellt und durch Verschuldung die sozialen und finanziellen Probleme auf die nächste Generation umlagert.

4) Die meisten Missstände, die man dem Kapitalismus anlastet, gehen auf untaugliche staatliche Interventionen zurück und auf ein korporatistisches Zusammenwirken von politisch Mächtigen und wirtschaftlich Einflussreichen. In Kooperation mit mächtigen Gewerkschaften haben sie einen neuen Typus von bürokratischem Wirtschaftsfeudalismus hervorgebracht, der sich nicht auf tatsächlich wirtschaftliche Produktivität abstützt, sondern auf politische geknüpfte Netzwerke.

5) Niemand bestreitet, dass auch in einer Eigentümergesellschaft permanent umverteilt wird (von relativ arm zu relativ reich und umgekehrt) das Resultat dieser auf freiwillig abgeschlossenen Verträgen beruhenden Verteilungsordnung sei in einem übergeordneten Sinn „gerecht". Diese Ordnung ist aber lern- und entwicklungsfähig und sie ist insgesamt so produktiv, dass alle davon profitieren, wenn auch nicht alle gleich.

6) Das Phänomen der Arbeitslosigkeit ist weitgehend auf eine gutgemeinte Überregulierung und Fehlregulierung der Arbeitsmärkte zurückzuführen. Es ist kein Zufall, dass die Arbeitslosigkeit in Ordnungen mit offenen Arbeitsmärkten markant geringer ist als in Ordnungen mit hoher Regulierung und hohem Arbeitnehmerschutz. Die staatlich erzwungene Vollbeschäftigung im Sozialismus beruhte auf einer bürokratisch organisierten Verschwendung von Humankapital und Ressourcen.

7) Gewinn ist nicht alles, aber ohne Gewinn ist alles nichts. Das ist kein blöder Spruch eines neoliberalen Zynikers, sondern die Grundlage einer auf Produktivität, auf Leisten, auf Lernen, auf Sparen und auf sich vernünftig Reproduzieren aufbauenden Ordnung. Wer trotz sinkenden oder fehlenden effektiven Gewinnen weiterproduziert, verhält sich nicht sozial, sondern fördert die sozial- und umweltschädliche Verschleuderung von Humankapital und Ressourcen. Der Gewinn ist ein Indikator (keine Garantie), dass etwas Nützliches produziert wird, für das eine Nachfrage besteht.

8) Die von staatlichen Zuwendungen abhängig gemachten Klienten und Sozialhilfeempfänger sind weder Faulpelze noch Schmarotzer, aber sie sind Opfer eines möglicherweise gut gemeinten, aber nicht nachhaltig prakti-

zierbaren Umverteilungssystem, das ihnen keine Chance offeriert, sich aus eigenen Kräften rechtzeitig wieder in den eigenständigen Kreislauf des Lernens, Leistens und Sparens einzufügen. Dieses Fehlsystem kann nicht plötzlich gestoppt und von der galoppierenden Verschuldung abgekoppelt werden. Es braucht im Interesse aller, aber vor allem im Interesse der kommenden Generationen, ein taugliches Ausstiegsszenario. Das ist das Gegenteil dessen, was von sozialistischer Seite nach dem Motto „mehr vom Gleichen" gefordert wird.

Replik Achim Brandt

Nach erstem Durchlesen stelle ich fest, dass unsere Vorstellungen weit auseinander liegen. Ich glaube nicht, dass eine Annäherung möglich ist. Denn offenbar wollen wir Verschiedenes, wir haben verschiedene Ziele. Ich möchte eine Welt, in der sich Arbeit wieder lohnt. Heutzutage müssen viele Menschen hart und mühsam arbeiten und werden dafür kärglich entlohnt, weil ihnen z. B. die modernen Produktionsmittel fehlen, um im Wettbewerb mithalten zu können, oder sie kriegen die Produktionsmittel nur unter der Bedingung, dass sie mit einem kärglichen Lohn zufrieden sind und unbezahlte Überstunden leisten. Kurz gesagt, die Arbeit wird nach wie vor ausgebeutet durch diejenigen, die über Arbeitsplätze, das Geld, das Kapital bestimmen. Das widerspricht dem Grundsatz der Leistungsgerechtigkeit. Es ist nicht leistungsgerecht, wenn die meisten Menschen das Ergebnis ihrer Arbeit nicht voll genießen können, weil irgendwelche Firmeneigner oder Kapitalanleger einen Großteil der Ergebnisse – ohne eigene Leistung außer der, ihr Geld angelegt zu haben – für sich beanspruchen. Diese tägliche Ausbeutung ist verbunden mit anderen Ursachen, die ich unter a) und c) hier oben genannt habe, die Ursache für eine laufende, tägliche Umverteilung von Wertschöpfungsergebnissen hin zu denjenigen, die sowieso reich sind. Gegen diesen Missstand kann man wie folgt vorgehen: Erstens eine einmalige Abgabe, die Vermögenden sollen einen Teil des Reichtums, der ihnen leistungslos durch den geschilderten Mechanismus zugeflossen ist, wieder zurückgeben an die Mitmenschen, die den Reichtum erarbeitet haben. Zweitens muss die Ursache, der Mechanismus selber, in Angriff genommen werden. Wir sollten also z. B. Wege finden, wie die Firmen und

Unternehmen von den drückenden Kapitalkosten, vom Zwang, Profite an die Kapitalgeber abzuliefern, entlastet werden können.

Ein Weg hierzu wäre, dass die Firmen in das Eigentum der Belegschaften übergehen. Dann sind die Mitarbeiter selbst die Eigentümer und die Gewinne fließen niemand anderen zu als den Arbeitenden. Oder wir ändern das Kreditwesen und schaffen eine Demokratische Bank oder einen „National Investment Fund", die den Genossenschaften zinslose Kredite gewährt. Kapitalmittel einer solchen Bank können über eine Kapitalnutzungsgebühr hereinkommen, die alle Firmen anstelle eines Zinses zu zahlen haben – wobei die Bankmittel vollständig wieder an die Firmen zurückfließen, so dass es unterm Strich kein Abstrich an den Einnahmen der Arbeitenden ist – im Gegensatz zu den heutigen Kapitalkostenzahlungen, die weitgehend an externe Kapitalgeber abfließen, die für die Firma nichts geleistet haben außer ihr zu erlauben, das Kapital werterhaltend oder noch wertsteigernd zu benutzen.

Da Sie aber mein Interesse nicht teilen, hier Gerechtigkeit zu schaffen, so dass die Menschen, die nur mit Arbeit Geld verdienen, nicht mehr über den Tisch gezogen werden, werden wir nicht auf einen gemeinsamen Nenner kommen. Rationale Argumente werden nichts nützen. Sie haben aus irgendeinem Grund NICHT das Interesse an Gerechtigkeit. Sie sagen es selber explizit: „... Argumente, die sich am stets umstrittenen Kriterium der Gerechtigkeit orientieren", lehnen Sie ab. Stattdessen verweisen Sie darauf, was bisher funktioniert oder nicht funktioniert hat.

Dabei kann man wirklich nicht sagen, dass der Kapitalismus gut funktioniert. Fragen Sie mal die Milliarden Hungernden in der Dritten Welt, an denen der Kapitalismus sein Interesse verloren hat, so dass ihnen jeglicher Zugang zu Nahrung, fruchtbarem Ackerland, modernen Maschinen usw. vorenthalten wird. Oder fragen Sie die Millionen Arbeitslosen in den Industrieländern. Oder die perspektivlosen Jugendlichen, auch in Europa. Nennen Sie das „funktionieren"? Der bisherige Realsozialismus hat nicht gut funktioniert – obwohl die UdSSR immerhin 80 Jahre überlebt hat trotz der anfänglichen Rückständigkeit nach dem 1. Weltkrieg und trotz der deutschen Invasion im 2. Weltkrieg. Aber sagt das etwas aus über die Notwendigkeit und Möglichkeit, den Kapitalismus durch eine gerechtere Wirtschaftsform zu ersetzen, z. B. durch eine Wirtschaftsdemokratie, die nach wie vor Geld, Waren und den Markt mit Wettbewerb beinhaltet, wo aber das Produktivkapital breit gestreut und die Arbeitswelt und das Kreditwesen von der Dominanz der reichen 10 % befreit sind?

Man kann vom Scheitern des Realsozialismus lernen – aber nicht, dass der Kapitalismus die beste aller Wirtschaftsformen und das Ende der Geschichte sei. Das wäre ein Fehlschluss.

Wenn Sie nur dasjenige in Betracht ziehen wollen, was bereits erfolgreich funktioniert hat, dann wären wir noch im Feudalismus des 18. Jahrhunderts. Denn damals haben weitsichtige Aufklärer die Demokratie, Freiheit, Gleichheit und Brüderlichkeit gefordert und die Entmachtung der Aristokraten. Sie hätten damals geantwortet: Das hat noch nie funktioniert. So wären wir heute noch im Mittelalter. So erreicht man keine bessere Zukunft.

Aber wie gesagt, Sie werden das alles nicht nachvollziehen können, weil Sie es nicht nachvollziehen können. Sie lehnen das Ziel „Gerechtigkeit" als fragwürdig ab. Wahrscheinlich ist Ihnen auch die Demokratie suspekt, denn eine echte Demokratie, in der die Mehrheit das Sagen hat, würde ja Privilegien einer Minderheit gefährden. Das würde auch die Minderheit der „Reichen" manche sagen auch, die Kapitalisten, in ihrer Existenz gefährden. Wahre Kapitalismusfreunde sind daher konsequenterweise gegen eine vollständige Demokratie, in der das Eigentumsrecht von Milliardären kein Tabu mehr wäre. Nun aber Schluss der vergeblichen Worte.

Auf die vorliegenden Texte zum Thema „mehr Steuern" geht Frau Edith Puster in ihrem Brief ein:

Sehr geehrter Herr Brandt,
den Rahmen einer sachlichen (politischen Diskussion) verlässt, wer seinem Gegenüber unmoralische, niedere Motive unterstellt. Wer an Wahrheit interessiert ist, sollte das nicht tun. Sie tun es.

Freilich kommt es mitunter vor, dass sich ein Diskussionspartner selbst der Unmoral überführt, und es ist mir nicht entgangen, dass Sie der Meinung sind, Herr Nef habe genau dies getan. Denn Sie schreiben „Sie (Herr Nef) haben aus irgendeinem Grund nicht das Interesse an Gerechtigkeit". Doch bevor man zu einer solchen – die Basis des Diskurses zerstörenden – Diagnose greift, sollte man wirklich genau hinsehen. Herr Nef schrieb: „Für die Widerlegung dieser (Ihrer) „Widerlegung" braucht es keine ideologischen Argumente, die sich stets am umstrittenen Kriterium der Gerechtigkeit orientieren." (Hervorheb. von mir, E. P.) Sie machen daraus: „...Argumente, die sich am stets umstrittenen Kriterium der Gerechtigkeit orientieren", lehnen Sie (Herr Nef) ab."

Herr Nef hat ersichtlich nicht gesagt, dass Gerechtigkeitsfragen irrelevant sind. Vielmehr fährt er ja fort: „Es genügt die Beobachtung dessen, was funktioniert und dessen, was nicht funktioniert. Was in der Praxis nicht funktioniert, kann nämlich nicht gerecht sein." Herrn Nefs These ist demnach: Ihre Position, Herr Brandt, scheitert allein schon deswegen, weil die von Ihnen vorgeschlagenen Mittel untauglich sind; zu Gerechtigkeit führen können diese Mittel dann a fortiori nicht. Damit wird klar: Ihre Unterstellung ist aus der Luft gegriffen.

Nun gut, dann haben Sie eben einmal nicht so ganz genau gelesen. Kann ja vorkommen. Doch es fällt auf, dass Sie sich keineswegs erst in Ihrer letzten Mail moralisch auf's hohe Ross setzen. Bereits in Ihrer ersten Mail ist das der Fall, und überdeutlich wird es in der zweiten – etwa in ihrem Punkt, wo Sie Herrn Nef attestieren, in boshafter Weise unterstellt zu haben, dass Hartz-4-Empfänger ihr Geld auch jederzeit durch Arbeit verdienen könnten (was Herr Nef nicht getan hatte). Unverschämt werden Sie auch in Ihrem 5. Punkt mit dem Satz: „Das sind mir die richtigen: Von einer „Kapitalistenklasse", die es wahrlich gibt (...) nichts wollen – aber von einer hypothetischen „Umverteilerklasse" schwadronieren." (Wie Sie hier auf „hypothe-tisch" kommen, ist mir übrigens schleierhaft: Dass staatliche Bürokratien Unmengen von Steuergeldern verschlingen, möchten Sie doch sicher nicht bestreiten.)

Alles in allem machen Ihre Mails überdeutlich: Sie sehen sich selbst als den guten Menschen, dem das Wohl seiner ärmeren und ganz armen Men-schen am Herzen liegt, und Sie sehen alle Liberalen als diejenigen, denen es nur darum zu tun ist, den Reichen Privilegien zu sichern. Während die Liberalen in dieser Debatte Ihre guten Absichten und Ihr gutes Herz nicht in Frage gestellt haben, erlauben Sie sich umgekehrt, deren gutes Herz in Frage zu stellen, obgleich Sie dafür keinerlei Beweise vorlegen können.

Nun pflege ich mit Menschen, die sich in einer solchen Weise moralisch über mich erheben, überhaupt nicht zu reden. Warum tue ich es hier trotz-dem? Weil Ihre moralische Überheblichkeit meiner Einschätzung nach auf einem Irrtum basiert, und weil irren keine moralische Untat ist. Ich sehe dieses Irren also als eine Art Entschuldigung für Ihr anmaßendes Verhalten. Und weil ich den fraglichen Irrtum außerdem für fundamental halte und mir von seiner Ausräumung verspreche, den Boden für eine Kooperation all derer zu bereiten, denen es ernstlich um die Armen und die Ärmsten geht, möchte ich nun versuchen, ihn namhaft zu machen.

Nehmen wir einmal an, ein allmächtiges Wesen hat 100 Kinder, und es teilt diesen Kindern nun in einer endgültigen und durch nichts mehr modifizier-baren Weise materielle Güter zu. Wenn dieses Wesen nun (sagen wir:) 20 Kinder mit Gütern überhäuft und die anderen 80 so kärglich ausstattet, dass sie verhungern müssen, dann erfasst uns moralische Empörung über solche (Verteilungs-) Ungerechtigkeit (wenn wir moralisch normal empfin-den).

Mein Eindruck ist nun, dass Sie, Herr Brandt, die Situation in unserer realen Welt im Prinzip für anolog halten. Es gibt sehr reiche Menschen und es gibt sehr arme Menschen und ein mit Durchsetzungsmöglichkeiten ausgestat-teter Staat, der hieran nichts ändert, ist ein ungerechter Schuft (genauer natürlich: die für diese Entscheidung verantwortlichen Menschen). Und da ein Liberaler für uneingeschränkten Eigentumsschutz ist, würde er, falls er über das Gewaltmonopol verfügte, an besagter Ungleichverteilung nichts ändern. Mithin ist er genau in demselben Sinne ein Charakterschwein wie jenes imaginäre allmächtige Wesen.

Freilich unterstelle ich Ihnen, Herr Brand, nicht, dass Ihr Weltbild insgesamt so schlicht gestrickt ist; es ging mir nur darum, den moralischen Trumpf, den Sie zu haben glauben, so deutlich wie möglich herauszustellen. Und in der Tat: Ginge es in der moralischen Frage, wer in unserer Welt wie viel Wohlstand haben soll bzw. behalten darf, um Verteilungsgerechtigkeit der skizzierten Art, dann hätten Sie völlig Recht und säßen zu Recht moralisch auf dem hohen Ross.

Was die Liberalen bestreiten, ist die Angemessenheit der vorgenommenen Analogisierung der realen Welt zu jener Welt der 100 Personen. Und es sind zwei Hinsichten, in denen er eine Disanalogie sieht, wobei die zweite Hinsicht die wichtigere ist.

These 1: Es gibt moralisch einwandfreie Weisen, zu Reichtum zu kommen (und dazu gehört nicht die Weise, dank staatlicher Privilegien reich zu werden). Wenn Reichtum so entstanden ist, ist es sehr viel schwieriger, Enteignung moralisch zu legitimieren als im Falle jenes allmächtigen Wesens, das einige seiner Kinder grundlos privilegiert.

These 2: Den Wohlstand (auch die Menge der vorhandenen Güter), den die Sozialisten umverteilen möchten, gäbe es nicht, wenn die Chance Reichtum anzuhäufen, nicht gegeben wäre. Und mehr noch: Den Wohlstand, den die Sozialisten umverteilen möchten, wird es nicht mehr geben, wenn die Chance, Reichtum anzuhäufen, nicht mehr gegeben ist.

Um diese beiden Punkte zu verdeutlichen, imaginiere ich erneut eine nicht-reale Welt. Nehmen wir an, jenes allmächtige Wesen habe alle vorhandenen Güter gerecht auf seine 100 Geschöpfe verteilt, diese Verteilung habe dieses Mal aber nicht das Charakeristikum, endgültig und unmodifizierbar zu sein, vielmehr sei es den Menschen nun möglich, durch eigenes Handeln Veränderungen herbeizuführen. Sagen wir, es handle sich um 100 gleich große Gärten mit gleich großer Ernte im ersten Jahr, welche eine Person ein Jahr lang zu ernähren vermag.

Schon im ersten Jahr nun werden einige Personen die Ernte nur unvollständig einfahren und in der Folge darben müssen. Angenommen, diese Personen sind nicht weniger selbstversorgungsfähig als die übrigen, haben wir dann wirklich die Intuition, dass es moralisch richtig wäre, wenn der Allmächtige eingriffe und umverteile? Ich meine nein.

Im zweiten Jahr nun pflegen einige ihre Gärten besonders sorgfältig und es gelingt ihnen, neue Obst- und Gemüsearten zu züchten, die von allen begehrt werden, so dass sie durch blühenden Tauschhandel reich werden. Andere ziehen es vor, ihre Zeit in Muße zu verbringen und fahren in der Folge eine kümmerliche Ernte ein. Haben wir dann wirklich die Intuition, dass es moralisch richtig wäre, wenn der Allmächtige eingriffe und umverteile? Ich sage nein.

Dieses Gedankenexperiment zeigt: Manchmal ist es unmoralisch, Reichtum zu enteignen. Die oben angewendete Kategorie der Verteilungsgerechtigkeit (in einer „Manna-from-heaven"-Situation ist nicht angemessen, wenn es um Ungleichverteilungen geht, die auf moralisch einwandfreie Weise zustande gekommen sind. Wohlstandsunterschiede sind moralisch in Ordnung, wenn sie sich aus gewaltfreiem Handeln (einschließlich freiwilliger Tauschhandlungen) unter Verwendung von vorhandenem Eigentum ergeben – sofern dieses Eigentum rechtmäßig ist. (Zumindest sind sie dann moralisch in dem Ausmaße in Ordnung, dass es moralisch verwerflich wäre, diese gewaltsame Enteignung vorzunehmen.) Damit ist meine obige These 1 etabliert.

Bevor ich These 2 begründe, sind noch einige Ernten einzufahren. Meine zweite Geschichte – die der 100 Gärten – ist m. E. durchaus hinreichend nahe an der Realität, um von hier aus drei Punkte plausibilisieren zu können, die Sie, Herr Brandt, bestreiten.

a) Die Unterscheidung von „gutem" Privateigentum, das niemand genommen werden darf (meine Zahnbürste), und „schlechtem" Privateigentum, über das der Eigentümer nicht uneingeschränkt verfügen darf (mein Kapital, meine Produktionsgüter), ist sachlich nicht zu rechtfertigen: Wer nur sich selbst durch seinen Garten versorgt, dürfte seine Garten und dessen Produkte demnach behalten, wer dagegen sein Land so bestellt, dass er einen Überschuss an begehrten Tauschgütern erzielt (und vielleicht noch andere beschäftigen kann, die sich freiwillig auf einen solchen Arbeitsvertrag einlassen, weil sie sich dadurch besser stellen als durch Arbeiten in ihrem eigenen Garten), wäre ein böser Kapitalist und müsste enteignet werden. Und das, obwohl er so vielen Menschen mit seinen Produkten eine Bedürfnisbefriedigung (und also Wohlstand) verschafft. Mit Verlaub, aber das ist doch offensichtlich Quatsch.

b) Moralisch rechtmäßiges Eigentum kann es ohne Staat geben. Zwar weist Gott nicht die Gärten zu, doch lässt sich m. E. nicht sinnvoll bestreiten, dass es irgendeine Form von moralisch legitimer Erstaneignung von Gütern geben muss, z.B. durch das Pflücken herrenloser Beeren oder durch Finden herrenloser und unumkämpfter Güter und Bearbeiten derselben im Schweiße des eigenen Angesichts. Und wer auch nur dies zugibt, der hat damit schon die Basis von Tauschhandlungen eingeräumt: Eigentum, das mir gehört (weil ich die Beeren gepflückt, den Hasen elegt, den Stein bearbeitet habe) und das ich nun im freiwilligen Tausch hingeben dafür Eigentum, das einem anderen gehört (weil er den Fisch gefangen hat). Und da der freie Markt nichts anderes ist als der Inbegriff aller Tauschhandlungen, zeigt sich: Eigentum und Markt sind begrifflich wie moralisch nicht vom Markt abhängig.

(Allenfalls mag es eines Staates bedürfen, der Eigentum schützt, damit die Arbeitsteilung zum Wohle aller vorangetrieben werden kann, d. h. damit Menschen sich hinreichend sicher fühlen und motiviert sein können, Dinge – mit Aussicht auf Tausch – herzustellen, die nicht unmittelbar der Lebenserhaltung dienen. Denn ohne solchen Schutz liefen sie Gefahr zu verhungern.)

c) Immerhin ein Stück weit plausibilisieren kann ich an dieser Stelle auch die These der Verfehltheit der Marxschen Mehrwert-Lehre. Wenn ich ein lausiger Gartenbauer bin und deshalb freiwillig meine Arbeitskraft für den Preis von so und so vielen Lebensmitteln einem erfolgreichen Blumenkohl-Anbauer als Gießkannenträger zur Verfügung stelle (in der Meinung, mich dadurch besserzustellen; denn sonst täte ich es ja nicht), welchen moralischen Anspruch könnte ich dann noch anmelden auf einen Anteil aus dem Blumenkohl-Verkauf? Gar keinen! (Ganz zu schweigen von dem Risiko des Blumenkohl-Anbauers, dass Schädlinge seinen Kohl zerstören oder irgendwelche Propheten den Menschen den Blumenkohl madig machen, so dass er sich schlecht verkauft!)

Nun zu These 2. Hier ist sie noch einmal:
These 2: Den Wohlstand (auch die Menge der vorhandenen Güter), den Sozialisten umverteilen möchten, gäbe es nicht, wenn die Chance, Reichtum anzuhäufen, nicht gegeben wäre. Und mehr noch: Den Wohlstand, den Sozialisten umverteilen möchten, wird es nicht mehr geben, wenn die Chance, Reichtum anzuhäufen, nicht mehr gegeben ist.

Selbst wer der extremsten hier denkbaren moralischen Institution zuneigt, nur eine Gleichverteilung aller Güter könne gerecht sein, wird doch zögern hinzuzufügen „Koste es, was es wolle". Das heißt: Sollten die Dinge so liegen, dass unweigerlich alle, einschließlich der armen Bevölkerungsschichten, durch Umverteilung langfristig ärmer werden, dann bricht die Umverteilungs-Intuition in sich zusammen. Niemand kann Gleichverteilung um den Preis gutheißen, dass alle verhungern, wenn die Alternative darin besteht, eine Ungleichverteilung in Kauf zu nehmen, die auch die Armen besser stellt, als sie in einer mit Zwang durchgesetzten Gleichverteilungsgesellschaft gestellt wären. (Analoges gilt auch für die moderate Forderung nach weniger radikaler Umverteilung.) Und dass die Dinge genauso liegen, dafür hat Ludwig von Mises in seiner „Nationalökonomie" allgemeinverständlich und überzeugend argumentiert.

Ganz wichtig: Es ist nicht die normative These einer moralischen Überlegenheit der liberalen Gesellschaftsordnung (mit Eigentumsschutz, Kapitalismus und freien Märkten) die Mises etabliert. Sondern es ist die deskriptive These, dass eine illiberale Gesellschaftsordnung den wohlstandsgenerierenden Motor abwürgt, der allein dafür sorgen kann, dass Massenwohlstand möglich sein wird.

Freilich kann ich hier Mises Argumentation nicht nachzeichnen. Doch einen ersten Zugang zu einer Beweisidee kann man schon aus dem 100-Gärten-Beispiel gewinnen. Nehmen wir an, es gelingt Hans, in seinem Garten dicke und wohlschmeckende Erdbeeren zu züchten, wie es sie zuvor nicht gab. Die produzierten Mengen gehen über den Eigenbedarf hinaus, die Erdbeeren sind begehrt und durch Tauschgeschäfte wird Hans reicher als alle anderen. Selbst wenn er als (noch) Monopolist unverschämte Preise fordert, gilt: Nur Menschen, denen es dieser Preis wert ist, werden sich auf den Tausch einlassen. Wer also bei Hans Erdbeeren kauft (eintauscht), hat sich dadurch besser gestellt. (Sobald die Preise für diese tollen Erdbeeren durch Konkurrenz sinken, gilt das natürlich erst recht; und dann werden sich auch verhältnismäßig Arme diese Erdbeeren leisten können. Viele Menschen kommen so in den Genuss des „Erdbeeren-Wohlstands" und das, obwohl Hans, als er die Produktion ausbaute, nur an sich gedacht hat, nur von seiner Gewinngier getrieben war.

Und nun lassen wir den Staat auftreten und lassen ihn Hans zwingen, seine überschüssigen (d. h. über den Eigenbedarf hinausgehenden) Erdbeeren zu verschenken. Und Franz muss seinen überschüssigen Blumenkohl verschenken usw. Alle, die in ihren Gärten erfolglos waren, erhalten demgegenüber das Notwendige geschenkt. Ich glaube, es ist klar, was dann geschieht. Der Staat hat Hans den Anreiz für seinen Extra-Einsatz genommen. Und gesetzt, dass es dem Staat sogar noch gelänge, Hans dazu zu zwingen, weiterhin diese tollen Erdbeeren anzubauen – seinen Ehrgeiz in die Hervorbringung ebenso toller Himbeeren zu setzen, dazu kann er nicht auch noch gezwungen werden (denn es weiß ja niemand, ob und wie dies überhaupt ginge). Weiter: Wer mit seinem Garten nicht so gut zurechtkommt, dem wird jeder Anreiz genommen, es überhaupt noch zu versuchen, denn durch staatliche Zwangsmaßnahmen wird er ja gegenleistungslos ernährt, sobald er gar keinen Ertrag mehr erzielt.

Also: Auf dem freien Markt haben die Menschen durch das Gewinnmotiv den Anreiz herauszufinden, welche Güter ihre Mitmenschen gerne kaufen würden und diese dann produzieren. So wird Wohlstand generiert. Dieser Prozess wird durch staatliche Umverteilungs-Eingriffe abgewürgt.

Freilich war dies ein Puppenstuben-Modell. Doch ist bereits dieses schlichte Modell mächtig genug, These 1 und These 2 zu etablieren und damit eine Reihe von Irrtümern in Ihrer Argumentation aufzudecken. Wer hier gegenhalten möchte, der möge beachten: Zur Widerlegung meiner Thesen genügt nicht der Hinweis, dass die empirische Realität komplexer ist. Das ist geschenkt. Gezeigt werden müsste vielmehr, dass die von mir aufgewiesenen Grundmuster in der komplexen Realität gar nicht mehr vorliegen.
(Ende der Diskussion)

Meine Schlussfolgerung aus dieser Diskussion:
Besonders beeindruckt hat mich das „Gartenmodell" von Frau Puster. Es ist nun einmal so – es sind nicht alle Menschen gleich; sie verhalten sich unterschiedlich und haben unterschiedliche Ziele. Wofür ich stehe habe ich mein Leben lang vorgelebt und in meinem ersten Buch beschrieben.

Schon meine Eltern haben mich in diesem Sinn erzogen – dafür brauche ich keine „nichthaftenden" Politiker, die immer von den anderen fordern: Kapital/Vermögen verpflichtet. Ich verhalte mich sozial, wenn ich damit Arbeitsplätze schaffe und/oder auch Arbeitsplätze erhalte. Das ist in der heutigen Zeit schwieriger, als Arbeitsplätze zu schaffen.

Leistung – sei es durch körperliche oder geistige Arbeit, sei es durch Einsatz von Kapital – muss belohnt werden können. Eine Verteilung der Leistungsüberschüsse durch einen allmächtigen, bürokratischen Staat ist kontraproduktiv.

Während meiner Ausbildung in England – als 17-jähriger – habe ich anlässlich meines Praktikums bei der größten Ziegelei der Welt, London Brick Company in Bedford den wunderbaren Wildpark „Woburn-Parc" des Duke of Bedfordshire bewundert. Dabei konnte man auch das Schloss des Dukes besichtigen und gegen eine Extragebühr eine Besichtigung der Privaträume durchführen. Die Duchess stand unten im Verkaufsraum und hat Tickets und Souvenirs verkauft. Von diesem persönlichen Engagement war ich sehr beeindruckt und als ich dann noch hörte, dass die Familie des Dukes sich persönlich so einsetzen musste, weil die damalige englische Erbschaftsteuer praktisch den Verlust des Besitzes bedeutet hätte, hatte ich noch mehr Respekt vor dieser Familie.

Die hohen Steuern auf Haus und Grund, sind auch der Grund dafür, dass in England eine nationale Gesellschaft gegründet wurde „The National Trust". Sie übernimmt nicht wirtschaftlich zu betreibende Schlösser und Parks zum Nulltarif und verpflichtet sich im Gegenzug dafür, dieses Erbe ein Leben lang zu unterhalten und zu pflegen. Man kann aber sein Vermögen nicht nur einfach an diesen Trust verschenken, sondern muss gleichzeitig einige Millionen Pfund mit überweisen – und das machen die traditionsbewussten Engländer, damit ihre Schlösser nicht verfallen und zu Bauruinen werden. Man muss also zusätzlich liquide Mittel haben, um etwas zu verschenken!

Wirtschaftsjunioren IHK

Wenn ich die vorhergehenden Diskussionsbeiträge zum Thema „Lieber arm als reich" lese, werde ich an meine Zeit als Mitglied der Wirtschaftsjunioren der IHK (Industrie- und Handelskammer, Mainz) in den 60er und 70er Jahren erinnert.

Die Wirtschaftsjunioren, alles junge Unternehmer oder beauftragte Unternehmer (= leitende Angestellte) haben für die freie soziale Marktwirtschaft geworben als Garant für den unglaublichen Wiederaufstieg Deutschlands nach dem 2. Weltkrieg.

Mit der 68er Generation haben wir im Clinch gelegen, wir haben Podiumsdiskussionen gemacht oder auf diversen Veranstaltungen mit deren Vertretern diskutiert. Damals habe ich gespürt wie die linke Seite dialektisch geschult war, während wir Wirtschaftsjunioren praktische Arbeit in den Betrieben, Akquise bei den Kunden, Verhandlungen mit den Banken gemacht haben. Die wenigsten von der Gegenseite haben in einem Betrieb gearbeitet, sondern waren reine Theoretiker, direkt von den Universitäten. Damals haben wir diese Leute nicht von der sozialen Marktwirtschaft überzeugen können; es beruhigt mich aber, dass die meisten von ihnen – nachdem sie eine Familie gründeten und Geld verdienen mussten – sich doch wieder mit dem System arrangierten, aber der Staat und nicht das Individuum sollte es richten.

Lincoln brachte es auf den Punkt:

„Wer die Sicherheit der Freiheit vorzieht, verdient beides nicht, weder Sicherheit noch Freiheit."

Deutsche Bürger lieben nicht die Freiheit. Sie suchen ihr Glück in der Sicherheit der Gleichheit. Verantwortlich für ihr Wohl und Schicksal ist der Staat.

Die 10 größten Kapitalismus-Irrtümer

Ist der Kapitalismus wirklich eines der scheinbar größten Übel der Geschichte oder lassen sich die gängigen Vorurteile doch eher auf mangelnde Beschäftigung mit dem Thema und fehlendes Wissen zurückführen?

Ulrich Chiwitt bringt uns die Vorzüge des Kapitalismus wieder näher, ohne die Probleme außen vor zu lassen. Dabei geht es vor allem auch um die ideellen, moralischen und sozialen Vorzüge, die deutlich machen sollen, dass es entgegen aller Vorurteile gerade der „Kleine Mann" ist, der vom Kapitalismus profitiert.

Dr. phil. Ulrich Chiwitt leitete 30 Jahre ein mittelständisches Unternehmen und ist nach seinen Abschlüssen in Wirtschaftswissenschaften, Philosophie und Politikwissenschaft seit zehn Jahren als Dozent für Wirtschaftsethik an verschiedenen deutschen Universitäten tätig.

Hier folgen zehn von insgesamt 37 Irrtümern über den Kapitalismus, wie sie Chiwitt in seinem 2010 bei Wiley erschienenen Buch „Kapitalismus –

eine Liebeserklärung" (ISBN 13: 978-3-527-50551-7) beschreibt, entnommen dem Mittelstandsmagazin 20/2010:

Irrtum 1: Im Kapitalismus wird der Egoismus belohnt.
Adam Smith entdeckte als grundlegende Triebkraft allen menschlichen Handelns das Eigeninteresse. Anders als der Egoismus ist es aber nichts Negatives, sondern eine mehr oder weniger neutrale Kraft. Sie zeigt sich auch in Politik, Wissenschaft, Kunst, Sport etc. Das Eigeninteresse ist die treibende Kraft jeder menschlichen Entfaltung. Ein Unternehmer, der mit seinen Produkten andere Menschen gesund macht, ihnen das Leben erleichtert oder Freude bereitet, leistet einen wichtigen Beitrag zum gesellschaftlichen Wohl. Er trägt, wenn auch völlig unbeabsichtigt, dazu bei, dass es den Menschen besser geht. Und für diese Leistung wird er entsprechend belohnt. Er wird aber auch hart bestraft wenn es ihm nicht gelingt, unter Umständen sogar mit einer Insolvenz.

Irrtum 2: Soziale Marktwirtschaft ist ok, Kapitalismus ist schlecht.
Inhaltlich gibt es keinen Unterschied zwischen den beiden Begriffen, die unser Wirtschaftssystem beschreiben. Tatsächlich wurde bei der Einführung der Marktwirtschaft in Deutschland das Wort „sozial" nur aus kosmetischen Gründen hinzugefügt, um der skeptischen Bevölkerung das neue und äußerst skeptisch betrachtete wenig beliebte Wirtschaftssystem schmackhaft zu machen. Tatsache ist, dass die Väter unserer sozialen Marktwirtschaft die Marktwirtschaft an sich für sozial genug hielten, und zwar allein aufgrund ihrer Fähigkeit, breiten Wohlstand zu schaffen.

Irrtum 3: Der Kapitalismus dient vor allem den Unternehmen.
Sinn und Zweck des Kapitalismus ist ausschließlich das Wohl der Konsumenten, nicht das der Produzenten. Diese sind lediglich Mittel zum Zweck. Ihr Gewinnstreben wird eingesetzt, um das eigentliche Ziel, die optimale Versorgung der Menschen, zu erreichen. Der Kapitalismus ist also alles andere als eine exklusive Veranstaltung zugunsten der Unternehmer. Er ist vielmehr eine soziale Einrichtung zum Wohle aller.

Irrtum 4: Im Kapitalismus spielt Moral keine Rolle.
Der Kapitalismus nutzt ein moralisch nicht unbedingt hoch angesehenes, aber sehr starkes Motiv – das Eigeninteresse –, um ein ethisch hehres Ziel, die Bekämpfung der Armut, zu erreichen. Die Moral ist nicht mehr vom guten Willen des Einzelnen abhängig, sondern bereits im System verankert. Dessen Mechanismus sorgt automatisch dafür, dass das wichtigste moralische Anliegen einer Gesellschaft, das Wohl aller, verwirklicht wird. Damit ist die Marktwirtschaft ethisch begründet. Sie besitzt aus sich heraus eine hohe moralische Qualität. Außerdem können die Konsumenten großen Einfluss auf das moralische Verhalten von Unternehmen ausüben.

Irrtum 5: Geld macht nicht glücklich.
Die Menschen in den ärmeren Ländern sind viel zufriedener als wir.

Sind sie nicht. Im Gegenteil, die Menschen in Afrika sind nicht nur die ärmsten, sondern auch die unglücklichsten der Welt. Verschiedene Universitäten und Institute führen seit Längerem weltweit Untersuchungen zur Lebensfreude und Zufriedenheit der Menschen durch. In zahlreichen Studien und mithilfe besonderer Messziffern erforschen sie das Lebensglück der Menschheit. Durchgängige Erkenntnis aller Studien: Die Menschen rund um den Globus sind eher glücklich als unglücklich. Spitzenreiter in Sachen Zufriedenheit sind die Europäer, die immerhin siebenmal in den Top-Ten vertreten sind, darunter mit allen skandinavischen Ländern. Angeführt wird die Weltrangliste des Glücks schon seit Jahren von Dänemark mit einem Wert von 8,2. Die Dänen sind also die glücklichsten Menschen der Welt, die Simbabwer hingegen mit nur 3,3 Punkten die unglücklichsten. In einem aber sind sich die Wissenschaftler einig: Die entscheidende Rolle spielt die wirtschaftliche Situation beziehungsweise eine gewisse ökonomische Sicherheit. Menschen in reichen Ländern sind eindeutig insgesamt glücklicher als diejenigen in armen.

Irrtum 6: Im Kapitalismus setzt sich der Starke durch, und der kleine Mann bleibt auf der Strecke.
Erfolg im Kapitalismus entsteht nicht auf Kosten, sondern zum Nutzen anderer. Wer in der Marktwirtschaft ein hohes Einkommen erzielt, hat

dies nicht zu Lasten anderer, sondern zu deren Vorteil getan. Er hat niemanden etwas weggenommen, sondern etwas geschaffen und gegeben, nämlich mehr Wohlstand für alle. Wenn also im Kapitalismus etwas auf der Strecke bleibt, dann sind es schlechte Produkte und Leistungen. Und das gilt für große Unternehmen genauso wie für einzelne Personen. Wenn ein Unternehmen über längere Zeit hinweg etwas anbietet, was niemand haben will, so wird es vom Markt verschwinden, und zwar zu Recht und zum Vorteil aller. Wenn ein Einzelner nichts anbieten kann oder will, was einen anderen interessiert, so wird er keine Arbeit finden. Aber selbst in diesen Fällen bleiben die Betroffenen nicht auf der Strecke, sondern werden von einem Sozialsystem aufgefangen, das ihnen ein angemessenes und menschenwürdiges Leben erlaubt und überdies die Chance gibt, etwas Neues zu versuchen. Die Kraft und Effizienz des Kapitalismus machen es möglich.

Irrtum 7: Der Kapitalismus zerstört die Natur.
Verantwortlich für die Situation ist der Mensch, nicht der Kapitalismus. Die Vorstellung, dass ein nicht-kapitalistisches System die Umwelt weniger belaste, ist durch die Geschichte eindrucksvoll widerlegt worden. Umweltgüter, also Wasser, Luft, Klima oder bestimmte Rohstoffe, unterscheiden sich in einem Punkt von allen anderen. Sie sind sogenannte „öffentliche Güter", das heißt, sie gehören niemandem, und niemand kann von ihrem Verbrauch ausgeschlossen werden. Solange die Umwelt keinen Preis hat, solange also derjenige, der sie verbraucht, dafür nichts aufwenden muss, wird sich die Umweltzerstörung logischerweise fortsetzen. Es ist also nicht der Marktmechanismus, der die Umwelt zerstört, sondern gerade sein Fehlen. Wir sollten also den Marktmechanismus nutzen, um unsere Natur zu retten.

Irrtum 8: Die Bankenkrise zeigt doch, wohin die wirtschaftliche Freiheit führt.
Die aktuellen Krisen, vor allem die Banken- und Finanzkrise, sind – auch wenn es viele glauben – kein Beweis dafür, dass der Kapitalismus endgültig abgewirtschaftet hat. Die Ursachen sind andere, nämlich fehlende Regeln, vor allem aber kriminelle Energie und grobe Unfähigkeit,

und dagegen ist auch die beste Ordnung nicht gefeit. Außerdem sind Krisen der Preis für offene und freiheitliche Systeme, politisch wie wirtschaftlich.

Irrtum 9: Die Globalisierung geht auf Kosten der armen Länder.
Stimmt nicht. Nicht nur die wirtschaftliche Situation der Menschen verbessert sich, sondern auch ihre rechtliche. Arbeitnehmervertretungen entstehen, ausländische Unternehmen bringen ihrerseits die sozialen und rechtlichen Standards ihrer Heimatländer mit ins Land und tragen so ebenfalls dazu bei, dass sich ganz allmählich rechtsstaatliche und demokratische Strukturen entwickeln können. All das geschieht natürlich langsam, aber es geschieht. Indien, China und die Tigerstaaten sind diesen Weg bereits gegangen, andere, wie einige Länder Südamerikas und Afrikas, haben ihn erst vor kurzem beschritten. Sie alle haben sich als arme Länder dem Weltmarkt geöffnet und sich mit dem, was sie am besten können, am internationalen Handel beteiligt. Und sie haben dafür den Lohn erhalten, in Form von höherem Wachstum und steigendem Wohlstand. Die Alternative für die dort Beschäftigten ist ja nicht bessere, sondern gar keine Arbeit. 75 % der Menschen in Schwarzafrika sind der Meinung, dass die Globalisierung und die Anwesenheit ausländischer Unternehmen positiv für sie und ihr Land seien. Es gibt heute zwischen 300 und 500 Millionen weniger Arme auf der Welt als vor der Öffnung der Märkte. Die Vereinten Nationen haben in einer Studie festgestellt, dass die Armut in der Welt innerhalb der letzten 50 Jahre mehr abgenommen hat als in den 500 Jahren davor.

Irrtum 10: Die Aktienkurse steigen, wenn Menschen entlassen werden.
Falsch, auch wenn es gelegentlich vorkommt. Studien über den Zusammenhang zwischen der Ankündigung von Entlassungen und dem Börsenkurs haben aber gezeigt, dass die Kurse nach einer Ankündigung nur in wenigen Einzelfällen anstiegen, in der großen Mehrzahl der Fälle aber leicht fielen. Börsen belohnen also keine Entlassungen, sondern Bemühungen der Unternehmen, im Wettbewerb zu bestehen, und dazu gehören manchmal auch Entlassungen. (Zitatende)

Die Irrtümer des „Club of Rome".

Für uns Mittelständler gehört ein optimistisches Weltbild als Grundlage unseres Wirkens dazu. Negative Gedanken lähmen. Probleme sehen wir als Herausforderung und deren Lösung hilft uns, die Welt immer etwas besser zu machen. Weltuntergangsszenarien sind kontraproduktiv. Gerade die Kraft der kleinen und mittelständischen Betriebe zu Erneuerungen, sich auf Herausforderungen einzustellen, hat die Apokalyptiker widerlegt.

Im Jahre 1973 erschien ein Prognoseschocker "Die Grenzen des Wachstums" ein Bericht des Club of Rome zur Lage der Menschheit, herausgegeben von Denis L. Meadows. Es war ein Buch für die Ökologen wie die Mao-Bibel für die 68er Generation. Prognostiziert wurde quasi der Weltuntergang, der innerhalb der prognostizierten 40 Jahre passieren sollte.

Düstere Weltuntergangsszenarien, Umweltverschmutzung, Klimawandel, Artensterben wurden an die Wand gemalt. Bis zum Jahre 2000 sollten die wichtigsten Ressourcen aufgebraucht sein. Doch es geht uns seltsamerweise besser denn je. Obwohl nichts aus dem Buch eingetreten ist, hat der Club eine weitere Prognose bis zum Jahr 2052 erstellt mit ähnlichen, negativen Entwicklungen. Bei der ersten Studie waren Ressourcenknappheit und Überbevölkerung die größten Bedrohungen; jetzt ist es die Klimaerwärmung. Dass die Wettertemperatur seit über einem Jahrzehnt stagniert und der Meeresspiegel nicht ansteigt, wird von den Auguren ausgeblendet.

Der Zukunftsforscher Matthias Horx ist der Meinung, dass wir auch weiterhin Grund zum Optimismus für unsere Erde haben dürfen. In der Zeitschrift P.M. 3/2013 begründet er seine Meinung und sieht in dem Bericht von 1973 des Club of Rome fatale Irrtümer (wie sie scheinbar allen Prognosen anhaften und diese deshalb unglaubwürdig machen). Der Club of Rome hat den Zusammenhang von Wirtschaftswachstum und Umweltzerstörung im Verhältnis 1 : 1 betrachtet. Aber genau das Gegenteil ist der Fall. Menschlicher Erfindungsgeist, neue Techniken, neues Denken haben das Leben seit 40 Jahren lebenswerter gemacht. Matthias Horx sagt: „Dass wir den Planeten und uns selbst umbringen, ist die am weitesten verbreitete Größenwahn-Phantasie unserer Zeit."

Das Schlimme ist, dass diese negativen Prognosen immer auf Annahmen aufbauen, die sich wissenschaftlich niemals widerlegen lassen. Gott ist per Definition nicht widerlegbar, denn zu seiner Allmacht gehört ja auch seine Tarnfähigkeit. Leben nach dem Tod ist nicht widerlegbar weil niemand nachweislich wieder von dort zurückgekehrt ist. Der Glaube an den Sozialismus ist nicht widerlegbar, weil das Scheitern dieser Gesellschaftsform nur deshalb geschah, weil es nicht der richtige Sozialismus war.

Die vom Club of Rome propagierte „Angst vor dem Kollaps" funktioniert auf ähnliche Weise. Man kann immer nur beweisen, dass etwas definitiv gefährlich ist, aber nicht, dass es definitiv sicher ist. Das Echo in den Medien hat die guten Ansätze des Club of Rome übertönt. Durch drastische Extreme und Übertreibungen wurde Aufmerksamkeit erregt. Das ist der Grund, warum unsere heutigen Zukunftsdebatten alarmistisch verlaufen. Das schürt nicht Handlung sondern Ohnmacht, nicht Aufklärung sondern Paranoia.

Politologie – Was ist das?

Sozialismus:
Du besitzt zwei Kühe. Eine Kuh musst du deinem Nachbarn abgeben.

Kommunismus:
Du besitzt zwei Kühe. Die Regierung nimmt dir beide Kühe weg und verkauft dir die Milch.

Liberalismus:
Du besitzt zwei Kühe. Die Regierung nimmt dir beide Kühe weg und schenkt dir die Milch.

Nazismus:
Du besitzt zwei Kühe. Die Regierung nimmt dir beide Kühe weg und erschießt dich.

Bürokratismus:
Du besitzt zwei Kühe. Die Regierung nimmt dir beide weg und schlachtet eine Kuh ab. Die andere Kuh wird gemolken und die Milch wird vernichtet.

Kapitalismus:
Du besitzt zwei Kühe. Du verkaufst eine und kaufst dafür einen Bullen.

Hintergründe zur US-Immobilienkrise

Das Platzen der Immobilienblase in Amerika 2006 hat eine weltweite Finanzkrise ausgelöst und damit die Banken- und Eurokrise an der wir heute noch herumdoktern.

In vielen persönlichen Gesprächen stelle ich immer wieder fest, dass die wenigsten Menschen den Auslöser für diese Krisen der letzten Jahre kennen. Wir wissen, dass die Immobilienblase der Auslöser für die weltweiten Verwerfungen an den Finanzmärkten war. Die meisten Menschen machen die Banken dafür verantwortlich, aber dass es die amerikanischen Politiker und Präsidenten waren, ist nicht bekannt. Ich berichte deshalb darüber, weil es wieder Entscheidungen von Gutmenschen waren, die − und das streite ich nicht ab − wirklich etwas Gutes für ihre Mitmenschen tun wollten, aber die Konsequenzen nicht bedacht haben.

Nach den republikanischen Präsidenten Nixon und Ford wollte sich der Gutmensch Jimmy Carter, der 1976 zum Präsident gewählt wurde, als Demokrat ganz auf den Weltfrieden und Bürgerrechte konzentrieren. Für Jimmy Carter stand die Lösung des Rassenproblems an oberster Stelle, obwohl es Gesetze gab, die längst die Gleichstellung festgeschrieben hatten. Es fehlte aber an der Umsetzung.

Unter Jimmy Carter wurde ein System entwickelt, das sogenannten Unterprivilegierten Zugang zu Schulen, öffentlichen Institutionen, politischen Ämtern verschaffen sollte. Es wurde eine Vorzugsbehandlung von ethnischen Minderheiten und Frauen seitens öffentlicher Einrichtungen, einer bevorzugten Auftragsvergabe für Produkte und Dienstleistungen oder für Kredite an Kleinunternehmen und den Wohnungsbau eingeführt.

1977 wurde im Kongress ein Gesetz verabschiedet, dass Banken Hauskredite auch für jene bereitstellen sollten, die nicht über SICHERHEITEN, ERSPARNISSE oder einen JOB verfügten. Diese Entscheidung sollte sich langfristig − wie die meisten Wohltaten von Gutmenschen − fatal auswirken. Konnte ein Unterprivilegierter bis dahin bereits darauf bauen, bei einer Stellenbewerbung bevorzugt zu werden, so sollte es nun für ihn auch im privaten Bereich leichter werden, Hauseigentum zu erwerben als für andere. Für ihn sollte also das Geld billiger werden als für andere. Das Wohlstandsgefälle – so schien es – war nun per Gesetz ein Stück weit eingeebnet, die amerikanische Welt ein Stück gerechter geworden.

Dieses Gleichstellungsgesetz *affirmative action* war der erste Stein einer langen Dominokette, die erst Jahrzehnte später umkippen und uns die seither größte Wirtschafts- und Bankenkrise bescheren sollte.

Die Eindrücke von Carter auf seinen Wahlreisen von Stadtteilen und Landstrichen, die ähnlich aussahen wie weite Teile der DDR vor der Wende sollten schnellstens verbessert werden und er unterzeichnete ein Gesetz, den *Housing and Community Development Act*, der die staatliche Förderung von privatem Hauseigentum und das kommunale Wiederaufbauprogramm regelte. Berühmt wurde der Abschnitt VIII, genannt *Community Reinvestment Act*, der es Banken fortan untersagte, bei Kreditvergabe zwischen normaler Wohngegend und Slums zu unterscheiden. Carter ging es darum, die Gegenden die sich im Niedergang befanden, zu reanimieren.

Die Konsequenzen daraus gingen weit über die Wiederbelebung der verslumten Stadtteile hinaus. Die Aufforderung, bei der Kreditvergabe ein Auge zuzudrücken machte Schule. Immer mehr Banken fanden Gefallen an dem Geschäft mit dem hohen Risiko, das ja auch hohe Zinsen brachte. Da man vielerorts ohne die üblichen Sicherheiten an Geld kommen konnte, löste die wachsende Nachfrage einen Bauboom aus. Die wundersame Geldvermehrung hatte begonnen. Der nächste Anstieg der in schwindelerregende Höhen führenden Immobilienpreise begann mit Clintons Präsidentschaft und sollte erst enden als 2006 unter Busch die Immobilienblase platzte. Was sich besonders unter dem demokratischen Präsidenten Clinton explosionsartig vermehrt hatte, waren nicht nur gewöhnliche Immobilien, sondern auch die sogenannten *Suprime-Objects* das waren Objekte mit geringer Bonität und höherem Ausfallrisiko, deren Existenz mit dem Willen der US-Regierung und dem Einfallsreichtum der Kreditinstitute bis nach Europa schwappte – im negativen Sinn.

Suprime heißt wörtlich übersetzt: „Unterhalb des Bestmöglichen". Also eine beschönigende Darstellung wie sie für Politiker und andere PR-Fachleute typisch ist.

Clinton war auch ein Präsident, der „kleinen Leute", der mit dem Anspruch antrat, die Welt zu verbessern. Ihm ist anzulasten, dass er die letzten Barrieren niedergerissen hat, die sich dem Eigenheimerwerb entgegenstellten. Im Jahre 1995 stellte Clinton seine „nationale Wohneigentumsstrategie" vor, mit der er zwei Drittel der Bevölkerung zu Wohneigentümern machen wollte, was auch dank der niedrigen Hypothekenzinsen erstmals in der Geschichte erreicht wurde. Damals kamen auch jene Amerikaner in den Genuss von Krediten, die als Geringverdiener oder Arbeitslose weder über das nötige Einkommen noch über irgendwelche Vermögenswerte verfügten. Bei vielen dieser *Suprime-Hypotheken* wurden nicht einmal Tilgungsraten, sondern nur Zinsen gezahlt. Plötzlich konnte man sich leisten, was man sich eigentlich nicht leisten konnte. Die „Demokratisierung des Kredits" wurde in jenen Jahren ein gängiges Schlagwort.

Wenn eine Bank sich dieser populären Maßnahmen verweigerte, traten sofort Rechtsanwälte auf den Plan, die das Kreditinstitut wegen Diskriminierung verklagten. Immobilienkredite ließen sich einklagen wie Grundrechte. Kein geringerer als der Carter- und Clinton-Nachfolger Barrack Obama begann seine Karriere als Antidiskriminierungsanwalt und hat für die Durchsetzung des *Community Reinvestment Acts* erfolgreich gestritten.

Weil auch George W. Bush eine Wahl gewinnen wollte, übernahm er die demokratisch-populistische Eigenheim-Rhetorik. Bush setzte seinem Land das ehrgeizige Ziel, bis zum Jahre 2010 rund 5,5 Mio. ethnisch betroffenen Familien zu einem neuen Eigenheim zu verhelfen. Die nötigen Anzahlungen wurden ab 2003 durch Bushs *American Dream down payment act* gesichert. Für die langfristigen Kredite sollte der freie Markt sorgen. Tür und Tor waren damit geöffnet, den *Suprime-Credit* zur Refinanzierung bestehenden Eigentums einzusetzen. Das Haus wurde zum Esel-streck-Dich. Es garantierte die Altersvorsorge und schuf gleichzeitig einen großzügigen Kreditrahmen für den laufenden Konsum. Sparen – so glaubten die Amerikaner – war überflüssig geworden.

Dadurch, dass die Zinsen immer niedriger wurden, konnte die Rückzahlung des Darlehens durch den Wertzuwachs des Hauses bestritten werden. Eigenes Kapital war nicht mehr erforderlich; die Immobilie bezahlte sich von selbst. Amerika war zu einem Volk begeisterter Immobilienspekulanten geworden. Die Banken heizten die Hausse an, indem sie Häuser zu 100 % finanzierten, ja das geplante Objekt mit bis zu 125 % beliehen. Beim Hauskauf bekam man also noch Geld raus. Das Haus finanzierte der Käufer mit 100 % des Kredites und für die restlichen 25 % kaufte er sich z. B. den passenden Geländewagen.

Dieses fröhliche Leben auf Kosten anderer (man wusste eigentlich nicht von wem) war auch nahezu sorgenfrei, da der Hausbesitzer durch eine gesetzliche Haftungsbeschränkung geschützt war. Dank des *non-recourse loan* herrschte dort Regressfreiheit – der Traum jeden Verschwenders. Wenn der Kreditnehmer irgendwann die Hypothekenzinsen nicht mehr bezahlen konnte oder wollte, hat die leidtragende Bank lediglich auf die beliehene Immobilie Zugriff, nicht aber auf sein sonstiges Vermögen oder Einkommen, wie das bei uns in Deutschland der Fall ist.

Natürlich waren es nicht nur die *suprime-credits* die den Markt dermaßen aufblähten. Alle Gesellschaftsschichten waren an der Zockerei beteiligt und unzählige Luxuswohnanlagen mit ihren exklusiven Hochpreisprodukten waren einzig zu dem Zweck geplant worden, von den Käufern noch vor dem ersten Spatenstich an Zweitkäufer weitergereicht zu werden, die hofften, das profitable *Flipper-Game* weiterspielen zu können, ad infinitum.

Bekanntlich ist es soweit nicht gekommen. Als die Zinsen, die nach der Katastrophe vom 11. Sept. 2001 in den Keller gegangen waren, ab 2005 wieder kräftig anzogen, verloren die Immobilienzocker die Lust und die *suprime-credit*-Nehmer ihre Häuser. Der ganze ehrenwerte Plan der US-Präsidenten, den unterprivilegierten Minderheiten endlich ein Dach über dem Kopf zu spendieren, führte in ein Debakel millionenfacher persönlicher Bankrotte und Obdachlosigkeiten. Die Wirkung, die diese Krise auf Deutschland hatte, war nicht weniger verheerend. Es war die *suprime*-Blase an der unser Bankensystem fast zugrunde gegangen wäre. Ich muss es noch einmal betonen: Die eigentlichen Verursacher der Immobilienblase waren nicht die gierigen Banker, die blauäugigen Hauskäufer oder die gerissenen Makler. Am Anfang standen Politiker, die sich nicht lange mit der Diagnose gesellschaftlicher Fehlentwicklungen aufhielten, sondern forsch zur Behebung von Symptomen schritten, ohne die gefährlichen Nebenwirkungen ins Kalkül zu ziehen mit der Folge, dass ihre Rezepte, die anfangs scheinbar anschlugen und Linderung brachten, die Patienten am Ende fast umgebracht hätten.

Hier noch etwas zu den größten Hypothekenbanken der Welt, ich spreche hier von Fannie Mae (Federal Home Loan Mortgage Association) und Freddie Mac (Federal Home Loan Mortgage Corporation). Beide Organisationen hatten zwar eine private Rechtsform, wurden aber nach Vorgaben der Regierung als gemeinwirtschaftliche Unternehmen geführt. Diese Häuser wurden gegründet weil der Druck auf die Banken *suprime*-Kredite zu geben, offenbar nicht genügt hatte, um alle Institute zum Mitspielen zu bewegen. Aufgabe dieser beiden Organisationen sollte es sein, Kreditansprüche von Hypothekenbanken zu erwerben und das damit verbundene Risiko zu verstaatlichen. Um nicht auf den Risiken, die sich über Nacht in Schulden verwandeln konnten, sitzen zu bleiben, wurden die in ihrem Sammelbecken zusammengelaufenen Kreditansprüche VERBRIEFT und wie bei allen Hypothekenbanken als zinsbringende Wertpapiere auf den Markt geworfen. Als es zum Crash kam, saßen die beiden Staatsunternehmen auf Krediten im Wert von 5 Billionen Dollar – knapp die Hälfte des jährlichen Bruttosozialprodukts der USA.

Wie funktionierte diese Verbriefung? Die Hypotheken wurden in Risikoklassen eingeteilt, in verzinsliche Wertpapiere umgewandelt und mit *ratings* versehen. Dabei brachten die besonders wertvollen Immobilien mit hohen *ratings* naturgemäß weniger Zinsen als die riskanten *suprime*-Kredite von fragwürdiger Provenience. Doch aus Sicht der Käufer waren selbst die riskantesten Papiere noch attraktiv. Je schlechter das Rating, umso höher die Zinsen. Richtig problematisch wurde es aber erst, als man die einzelnen Papiere zu mischen begann und Papieren mit guten *ratings* schlechtere und auch ganz schlechte zur Seite stellte, womit – so glaubte man zumindest – die allgemeinen Risiken einigermaßen austariert seien. Die so entstandenen *asset backed securities (ABS)*, zu Deutsch: Forderungs- oder anlagenbesicherte Wertpapiere, hinter denen immerhin *assets* (Vermögenswerte) standen, brachten für den Emittenten (Herausgeber der Papiere) den Vorteil, dass am Ende niemand mehr durchschauen konnte, wie viel Wert die gesammelten Anlagen eigentlich hatten.

Durch die Niedrigzinsphase in Deutschland und dem übrigen Europa haben sich viele Banken auf diese ABS-Papiere gestürzt, teilweise die höheren Zinsen selbst eingesteckt oder diese Papiere mit einer Zinsmarge an ihre Kundschaft verkauft. Mit dem Umfallen der Lehman-Brothers-Bank in New York im Jahre 2008 begann die Bankenkrise. Interessant ist, dass in Deutschland am meisten die Länderbanken, also Staatsbanken betroffen waren, die nach der Krise teilweise zerschlagen wurden; aber auch Geschäftsbanken mussten von staatlicher Seite gestützt werden mit der Begründung, sie seien systemrelevant. Verbittert frage ich mich: „Wer hat uns in der Baukrise unterstützt?" Dass unter den Verliererbanken auch die IKB war, ist für mich eine kleine Genugtuung mit dem Unterschied: Wir haben es geschafft und die IKB kämpft weiter ums Überleben.

Unsere deutschen Politiker haben – was die Bauwirtschaft betrifft – genau das Gegenteil gemacht. Nach dem Motto „Deutschland ist gebaut" hat man Ende der 90er Jahre die Eigenheimzulage gestrichen und die AfA-Sätze bei Mietwohnungen gekürzt mit dem Effekt, dass laut Mieterbund heute (2013) ca. 200.000 Mietwohnungen/Jahr fehlen, weil auch jedes Jahr 200.000 Wohnungen abgerissen werden. Diese politischen Fehlentscheidungen haben zuerst die Bauwirtschaft stark verkleinert (Insolvenzen, Arbeitsplatzverluste) und durch Mangel Mietpreiserhöhungen erst möglich gemacht.

Energiewende

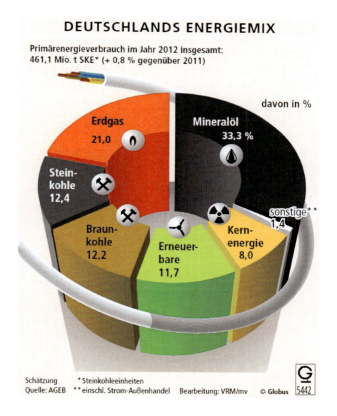

DEUTSCHLANDS ENERGIEMIX

Primärenergieverbrauch im Jahr 2012 insgesamt:
461,1 Mio. t SKE* (+ 0,8 % gegenüber 2011)

davon in %

Erdgas
21,0

Mineralöl
33,3 %

Stein-
kohle
12,4

Braun-
kohle
12,2

Erneuer-
bare
11,7

Kern-
energie
8,0

sonstige**
1,4

Schätzung   * Steinkohleeinheiten
Quelle: AGEB   ** einschl. Strom-Außenhandel   Bearbeitung: VRM/mv   © Globus   5442

Um es vorab zu sagen: Ich bin gegen die derzeit praktizierte Energiewende. Warum?

Das Industrieland Deutschland, ein Land mit der höchsten Bevölkerungs-
dichte und –zahl (80 Mio. Menschen) braucht als Hochtechnologieland
eine klare, sichere Energieversorgung zu wettbewerbsfähigen Preisen.
Dies wurde mit Atom-, Kohle-, Gas- und Wasserkraftwerken jahrzehnte-
lang gewährleistet. Die Liberalisierung des Strommarktes seit 1998 hat in
den ersten zwei bis drei Jahren eine Strompreisverbilligung herbeigeführt,
die dann vom Staat wieder zunichte gemacht wurde durch vielfältige Ab-

gaben und Stromsteuern. Ein typisches Beispiel dafür, wie man den Staatssäckel wieder auffüllt, indem man Preisnachlässe, die der Markt generiert, einfach wegsteuert. Das war für mich der Beginn der Planwirtschaft in der Stromwirtschaft!

Der von mir in der jetzigen Form abgelehnte Atomausstieg ist zu einer zentralen Komponente eines umfassenden Umbaus der Stromversorgung, auch als Energiewende bezeichnet, geworden. In Deutschland ergab sich der Atomausstieg in mehreren Phasen:

Zunächst beschloss im Jahr 2000 die damalige rot-grüne Bundesregierung den Atomausstieg im Rahmen einer Vereinbarung (Atomkonsens) mit den Kraftwerksbetreibern. Hierbei wurden gewisse Strommengen vereinbart, die noch erzeugt werden durften – wobei Reststrommengen alter Anlagen auf jüngere Anlagen übertragen werden durften. Das endgültige Abschaltdatum für die einzelnen Kraftwerke war damit nicht festgelegt.

In 2010 beschloss dann die schwarz-gelbe Bundesregierung eine erhebliche Verzögerung des Atomausstiegs, also eine Laufzeitverlängerung von 8 Jahren für die älteren Kraftwerke, gebaut vor 1980 und 14 Jahre für die neueren.

Kurz nach der Nuklearkatastrophe von Fukushima am 11.3.2011 beschloss dieselbe Bundesregierung in einer Nacht- und Nebel-Aktion dann doch einen wesentlich schnelleren Atomausstieg, nachdem die Akzeptanz der Kernenergie in der Bevölkerung massiv gelitten hatte (Anmerkung: ... und die Wahlen in Nordrhein-Westfalen standen an). Einige Monate später wurden mehrere der älteren Kraftwerke außer Betrieb genommen und die verbleibenden sollen spätestens Ende 2022 abgeschaltet werden.

Wenn ich diese Entwicklung rückwirkend betrachte, muss ich fairerweise zugeben, dass der Konsens, der durch die rot-grüne Regierung mit den Kraftwerksbetreibern ausgehandelt wurde, eine gute Lösung war um Schritt für Schritt ein tragfähiges Fundament für die Energiewende zu bekommen.

Fukushima wurde nicht durch ein Erdbeben zerstört, sondern durch eine Flutwelle, die in Deutschland niemals vorkommen kann. In Deutschland steht kein Kraftwerk am Meer, ein Kraftwerk in einer möglichen Erdbebenzone, wie in Koblenz, wurde schon nach einem Jahr Betriebszeit stillgelegt!

Die Stilllegung der Atomkraftwerke schafft die einzige Energieerzeugung ab, die ohne Emissionen von CO_2 auskommt. Wer Klimaschutz will, dürfte niemals solche Entscheidungen treffen oder glaubt selbst nicht daran, dass CO_2 ein Schadstoff ist (siehe „Plädoyer für das Molekül CO_2").

Ich werde oft gefragt: „Aber wohin mit dem Atommüll?" Bestimmt gäbe es in Deutschland sichere Einlagerungsstätten – aber will man die überhaupt? Die Umweltschützer kochen dieses Thema immer wieder hoch. Die Grünen würden bei einer Lösung der Endlagerung, ein wichtiges Argument für ihre Existenzberechtigung verlieren. Aber das wird noch dauern. Neben den naturwissenschaftlich-technischen Problemen gibt es auch politische Probleme. In der Regel fehlt die Akzeptanz der Bevölkerung in den betroffenen Regionen für ein Endlager, wie sich z. B. in und um Gorleben zeigt.

Durch riesige Subventionen in der Größe von 20 Milliarden EUR pro Jahr(!) werden jetzt Solar- und Windkraftanlagen (in parkähnlicher Planung) aufgebaut, deren Produktionskosten niemals an die Kosten der traditionellen Energieerzeugung herankommen werden. Nur wenn sich der Strom ständig verteuert – durch staatliche Auflagen – wird sich Naturstrom einmal rechnen, aber zu welchem Preis! Was für eine Perspektive: Durch staatliche Auflagen wird der Strom aus der Steckdose jedes Jahr teurer, um ihn dann wieder wettbewerbsfähig zu machen, fließen vielfältige Subventionen. Das ist Planwirtschaft pur und ich verstehe nicht, warum die Industrieverbände und die Bevölkerung gegen diesen Unsinn nicht Sturm laufen.

Nachdem im Raum Wöllstein ein Windpark mit 22 Windrädern aufgebaut wird, hat sich JUWÖ auch mit der Versorgung von Windstrom beschäftigt, aber nur unter dem Gesichtspunkt der Wettbewerbsfähigkeit.

Fazit aus diesen Überlegungen: Windstrom steht in unserem Raum nur zu 49 % zur Verfügung, weil in der übrigen Zeit nur wenig oder gar kein Wind weht. Die Investitionskosten pro Windrad von 4,7 Mio. EUR für 2,3 MW und die Pacht- und Wartungsverträge für die einzelnen Anlagen, werfen bei Fremdverzinsung (selbst bei den heutigen, sehr geringen Zinsen von 2,5 %) nur eine Rendite von ca. 1,2 − 1,7 % ab; das heißt die Rendite ist gleich Null, denn eine Investitionsplanung wird immer günstiger gerechnet, als die Realität nachher ist, insbesondere auch deshalb, weil es keine langfristigen Erfahrungswerte bezüglich der Haltbarkeit gibt. Und welcher Unternehmer investiert in eine Anlage, die nur zur Hälfte ausgelastet ist? Bei Solar- und Windstrom scheinen die Marktgesetze ausgesetzt zu sein.

Wie wichtig und existenzentscheidend Preise für Energie (Strom und Gas) für unser Unternehmen sind, ersehen Sie an unseren monatlichen Verbräuchen: Gas = 140.000 EUR, Strom = 80.000 EUR. Diese liegen heute sehr nahe an unseren gesamten Lohn- und Gehaltskosten.

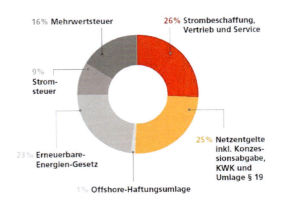

So setzt sich der Strompreis für einen N-ERGIE Kunden aus dem Dienstleistungsgewerbe mit einer Abnahme von 500.000 kWh im Jahr im Niederspannungsnetz zusammen.
Quelle: N-ERGIE

Schon vor der Energiewende ist eine Vielzahl von neuen Steuern, Abgaben und Regelungen von Seiten des Staates aufgestellt worden, z. B. Abgaben für Ökostrom, EEG (Erneuerbare Energien-Gesetz), KWK (Kraft-Wärme-Kopplung), Trassenzuschlag, Kaltreserve (für Winter).

Einher gehen zusätzliche Belastungen für die Unternehmen wie Energiemanagement, Monitoring für jährliche Reduktion von 1,3 %, Zertifizierungen, CO_2-Zertifikate. Mit einer Riesenbürokratie müssen wir der Behörde Einsparpotentiale nachweisen und zertifizieren lassen; als ob wir das nicht von selbst machen würden, um wettbewerbsfähig zu bleiben.

Energiebeschaffung ist heute so kompliziert geworden durch den Einkauf bei Energieversorgern und/oder die neu geschaffene Börse in Leipzig, dass wir das nicht mehr aus eigener Kraft schaffen können, sondern dafür wiederum eine Unternehmensberatung einsetzen mussten, die sich auf Energiefragen spezialisiert hat.

Schon vor 15 Jahren habe ich mit Mainzer Unternehmern, wie z. B. Nestlé, Cargill, Merz (Erdal), Römheld und Bericap zusammen einen Energie-Einkaufspool gegründet, der heute noch existiert und sich mit der Optimierung der Energiebeschaffung und deren Einsatz beschäftigt unter Mithilfe eines Energieberaters.

Für die mittelständische Industrie ist eine gesicherte und preiswerte Energieversorgung überlebensnotwendig, deshalb sehe ich in der Energiewende keine „Alternativlosigkeit".

Ich bekenne mich klar dazu, dass ich gegen die Energiewende in der heutigen Form bin, mit völlig aus dem Ruder gelaufenen Subventionen, die jetzt selbst die Befürworter der alternativen Energien – wegen der Kostensteigerungen in den letzten Jahren – zum Nachdenken zwingt.

Dem Leser versuche ich klarzumachen, dass eine Industrienation ohne preiswerte Energie keine Quellen sprudeln lässt, die zukünftigen Wohlstand generieren. Das ist übrigens der Grund warum Schwellenländer wie

Indien und China auf billigen Kohle- und Atomstrom setzen um ihre Wirtschaft anzukurbeln, was diesen Ländern auch in beispielloser Form – siehe jährliche Wachstumsraten – gelingt.

Abschließend möchte ich feststellen, dass wir das älteste Bauprodukt herstellen und heute den wärmsten Ziegel der Welt mit einem Lambda-Wert von 0,075 W/(mK) haben. Wir produzieren 24 Stunden, 7 Tage in der Woche, d. h. wir brauchen auch in der Nacht Strom, wenn die Sonne nicht scheint oder der Wind nicht bläst. Laut unserem neu aufgebauten Energie-Management-System (Gegenleistung für die teilweise Befreiung von der EEG-Umlage) betreiben wir per 31.12.2012 789 Elektromotoren von 0,25 – 250 kW. Das sind keine Peanuts.

Permanente Belastungen, seien es neue Steuern, Abgaben, Subventionen, die wiederum an andere fließen, können sehr leicht zum „Aus" eines Betriebes führen. Per 31.12.2012 beschäftigen wir 77 Mitarbeiter, darunter 3 Akademiker im kaufmännischen und 6 Akademiker im technischen Bereich, 4 Techniker, 6 Meister, 4 Teilzeitkräfte, 2 Azubis. Eine Region lebt von und mit uns seit 150 Jahren und ich hoffe, dass es noch einige Dezennien zum Wohle aller so weiter geht.

Die Energiewende mit ihrer völlig aus dem Ruder gelaufenen Subventionspolitik gebärt Tag für Tag neue Ungereimtheiten. Die staatlich verursachten Belastungen des Strompreises sind seit 1998 von 2 Mrd. EUR auf über 30 Mrd. EUR gestiegen. Allein in 2012 wurden für EEG-Umlagen ca. 17 Mrd. EUR bezahlt, obwohl der Strom nur ca. 4,7 Mrd. EUR Marktwert an der Strombörse hat.

Riesige Windkraftanlagen sind Offshore an der Küste entstanden und können nicht in Betrieb genommen werden, weil keine Stromleitungen zur Verfügung stehen. Der Stromverbraucher muss für den Stillstand dieser Anlagen wiederum eine neue Gebühr bezahlen. In einer Wettbewerbsgesellschaft wären diese Dinger gar nicht erst errichtet worden.

Höhepunkt dieses Irrsinns ist es nun, dass für sehr viel Geld neue Stromtrassen vom Norden in den Süden gebaut werden, die Milliarden kosten und im Süden werden die Atomkraftwerke, die neuester Bauart entsprechen und bestens eingefahren sind, abgeschaltet. Diese Verschwendung von öffentlichen Mitteln müsste bestraft werden. Wenn ein Unternehmer so wirtschaften würde, würde ihm der Prozess gemacht. Die Leute, die dies zu verantworten haben, haben es größtenteils aus ideologischen Gründen gemacht. Das „grüne Gewissen" ist heute eine Pseudo-Religion. Was immer diese Leute entscheiden, sie werden am Ende stets Recht haben – warum? Kommt es zur Klimakatastrophe werden sie sagen: „Wir haben es Euch immer gesagt". Kommt es nicht zur Klimakatastrophe werden sie sagen: „Nur wegen unserer Aktivitäten ist es nicht so weit gekommen."

Ich betrachte das, was in vielen Bereichen der Umweltpolitik geschieht, teilweise als Ökodiktatur. Für den Atomausstieg der großen Elektroversorgungsunternehmen kommen riesige Schadenersatzforderungen auf uns zu. Der schwedische Konzern Vattenfall will 3,5 Mrd. EUR für die Stilllegung von Krümmel und Brunsbüttel. Branchenführer EON fordert von der Bundesregierung mindestens 8 Mrd. EUR, Konkurrent RWE mindestens 2 Mrd. EUR Schadenersatz. Ich habe Verständnis für diese Forderungen, denn man kann nicht über Nacht eine Entscheidung treffen und den Ausstieg aus dem Ausstieg beschließen, nur um eine Wahl in Baden-Württemberg zu gewinnen (was auch prompt misslang).

Befreiung von der EEG-Umlage

Glücklicherweise hat unser Staat die Bedeutung der Energiepreise für stromintensive Betriebe erkannt und – je nach Energieverbrauch – entsprechende Befreiung von der EEG-Umlage (Erneuerbare-Energien-Gesetz) eingeführt. Diese Befreiung wird von den Grünen zum Anlass genommen, zu behaupten, dass der Strompreis für Privathaushalte gestiegen sei. Obwohl die Befreiung der energieintensiven Industrie nur 0,6 Ct/kWh beim privaten Verbraucher ausmacht, wird daraus ein politisches Drama gemacht und auch wieder populistisch um Stimmen gerungen.

Für JUWÖ bedeutet die Befreiung von der EEG-Umlage rund 400 TEUR/Jahr!!! Diese zusätzliche Belastung kann nicht auf die Preise umgelegt werden. Wir konkurrieren mit Produkten aus Belgien, Niederlande, Frankreich und England, deren Betriebe zu weit günstigeren Strompreisen produzieren können.

Will der Staat uns im Lande halten, muss er etwas dafür tun, denn die Energiekosten sind heute fast so hoch wie die Lohnkosten. Die Energiewende hat die Marktwirtschaft völlig ausgeschaltet. Auf diesem Sektor befinden wir uns in einer realen Planwirtschaft und wohin das führt, haben wir in der untergegangenen DDR fast 50 Jahre lang sehen können.

Um es klar auszudrücken: Die teilweise Befreiung der EEG-Umlage bekommen wir nicht umsonst! Dafür müssen wir ein teures Energiemanagement und Monitoring für jährliche Energieeinsparung von 1,3 % einführen. Dazu kommen hohe Antragsgebühren und zusätzliche Kosten für die Bestätigung des Wirtschaftsprüfers. Die folgende Pressemitteilung vom 1. Juli 2013 verdeutlicht wie ernst wir das Thema Energieeffizienz vorantreiben.

Energiemanagement durch TÜV SÜD zertifiziert

Die JUWÖ Poroton-Werke Ernst Jungk & Sohn GmbH verfügen über ein vorbildlich aufgebautes und lückenlos dokumentiertes Energiemanagement. Das bestätigt die TÜV SÜD Management Service GmbH, nachdem sie die Produktion des seit 150 Jahren erfolgreichen Ziegelherstellers eingehend unter die Lupe genommen hat. In einer kleinen Feierstunde überreichten jetzt Vertreter des TÜV SÜD eine Urkunde, die die erfolgreiche Zertifizierung nach DIN ISO 50001 belegt. JUWÖ zählt damit zu den ersten Unternehmen, die sich in Rheinhessen dieser Zertifizierung unterzogen haben. „Und wir sind der erste Ziegelhersteller im Südwesten Deutschlands, der diese Zertifizierung vorweisen kann", ergänzte Stefan Jungk, der Geschäftsführer des traditionsreichen Familienunternehmens.

Peter Stöß, der zuständige Auditor der Zertifizierung, stellte fest, dass bei JUWÖ das Thema Energiemanagement und -sparen im gesamten Unter-

nehmen gelebt wird und im Bewusstsein aller Mitarbeiter Eingang gefunden hat. Ein dafür zuständiges Team hat Stöß bei der Bestandsaufnahme unterstützt, gemeinsam mit ihm Modernisierungsprojekte eingeleitet und zum Teil schon abgeschlossen.

Michael Zimmer, der Leiter der TÜV SÜD Management Service GmbH in der Region Mannheim/Frankfurt, stellte anerkennend fest, das durch Einbau eines neuen Luft-Luft-Wärmetauschers eine Effizienzsteigerung von 30 % erreicht wurde, durch die 96.000 EUR pro Jahr gespart werden – ein wertvoller Beitrag zum Klimaschutz. Die neu installierte Schleifanlage in Werk 3 senkte den Energieverbrauch um 150.000 Kilowattstunden pro Jahr – das entspricht dem Stromverbrauch von 50 Haushalten. Diese Beispiele für verantwortungsvollen Umgang mit Energie erhöhten die Vorbildfunktion des Unternehmens und seiner Produkte, attestierte Zimmer.

Dann überreichten Zimmer und sein Kollege Stöß die Zertifizierungs-Urkunde an Firmenchef Stefan Jungk. Dieser dankte allen beteiligten Mitarbeitern und speziell dem Zertifizierungsteam, dass diese Prüfung durch den TÜV so erfolgreich verlaufen ist. „Wir werden hier oft zertifiziert – mal wegen neuer Produkte, mal durch andere Nationen. Da entwickelt man eine gewisse Routine", gestand Jungk. Die Arbeit durch Zertifizierungen sehe man positiv, denn sie biete die Chance, aus solchen Überprüfungen und den dabei gesammelten Erkenntnissen wertvollen Nutzen zu ziehen. So könne die jetzt erfolgte Zertifizierung des Energiemanagementsystems dazu beitragen, den sparsamen Umgang mit Energie zu dokumentieren, damit JUWÖ auch weiterhin zumindest teilweise von den Abgaben des Erneuerbare-Energien-Gesetzes (EEG) befreit werde. Dies ist für das Unternehmen von existenzieller Bedeutung. Jungk kündigte an, dass durch den Aufbau einer neuen Produktionsanlage, der im kommenden Jahr vorgesehen sei, das Thema Energiesparen im Wöllsteiner Ziegelwerk nochmals einen deutlichen Fortschritt machen werde.
(Zitatende)

JUWÖ-Geschäftsführer Stefan Jungk (Mitte) freut sich über die Zertifizierungs-Urkunde, die ihm durch die TÜV-SÜD-Mitarbeiter Peter Stöß (links) und Regionalchef Michael Zimmer (rechts) überreicht wurde. Das Team in der hinteren Reihe engagierte sich beim Aufbau des zertifizierten Energiemanagementsystems: (von links) Tobias Koch, Egon Klein, Heiko Paselt und Thorsten Eckert.
Foto: KruppPresse

Argumentation zur Entlastung energieintensiver Industriebetriebe

1. In der aktuellen Diskussion um die Kosten der Energiewende muss stärker zwischen den unterschiedlichen Entlastungsmechanismen differenziert werden. So unterscheiden sich zum Beispiel die Härtefallregelung bei der Umlage zur Förderung der erneuerbaren Energien (EEG-Härtefallregelung) und der Ökosteuer-Spitzenausgleich in Bezug auf die entlastungsberechtigten Betriebe erheblich. Die EEG-Härtefallregelung können nur besonders stromintensive Betriebe in Anspruch nehmen; sie erbringen hierfür wie auch für den Spitzenausgleich umfangreiche Gegenleistungen (Energiemanagement, Energieeffizienz). Und während beim EEG die Entlastung für energieintensive Industriebetriebe systembedingt zu einer Mehrbelastung der übrigen Verbraucher führt, ist dies beim Spitzenausgleich nicht der Fall.

2. Größter Kostentreiber beim Strompreis ist das EEG. Hauptursache der steigenden EEG-Kosten ist aber nicht die Entlastung der Industrie, sondern die Überförderung der erneuerbaren Energien. Insbesondere bei der Photovoltaik findet immer noch ein ungesteuerter Zubau statt. Da der notwendige Ausbau der Stromnetze mit der rasanten Entwicklung der erneuerbaren Energien nicht Schritt halten kann, birgt die Überförderung auch erhebliche Risiken für das Gelingen der Energiewende.

3. Die Entlastungen der Industrie sind dringend erforderlich, weil sie für die heimischen Produktionsstandorte aufgrund der hohen Strompreise in Deutschland lediglich einen gewissen Nachteilsausgleich im europäischen und internationalen Wettbewerb darstellen. So würde in der deutschen Zementindustrie ohne die EEG-Härtefallregelung jeder Arbeitsplatz mit über 8.000 EUR im Jahr belastet. (Bei der Ziegelindustrie sind es 18.000 EUR/Arbeitsplatz). Zum Vergleich: Momentan wird ein Durchschnittshaushalt durch die EEG-Umlage mit rund 200 EUR pro Jahr belastet.

4. Insgesamt ist der Anteil der EEG-Umlage, der auf die Entlastung der Industrie zurückgeht, relativ gering. Würde man die EEG-Härtefallregelung aufheben und die derzeit entlasteten Betriebe in vollem Umfang belasten, würde die EEG-Umlage lediglich um etwa 0,6 Cent/kWh sinken. Die EEG-Umlage beträgt derzeit 5,3 Cent/kWh und dürfte aufgrund des ungebremsten Ausbaus der erneuerbaren Energien in den nächsten Jahren dramatisch ansteigen. Aufgrund seines Stromverbrauches müsste JUWÖ eine Umlage von 400 TEUR/Jahr bezahlen!

5. Insgesamt ist ein Umbau des EEG-Fördersystems dringend erforderlich. Notwendig ist vor allem mehr Kosteneffizienz. Daher darf der Wettbewerb zwischen den verschiedenen erneuerbaren Energien nicht ausgehebelt werden. Dies ist aber im Moment der Fall. So belaufen sich die CO_2-Vermeidungskosten der Photovoltaik auf rund 350 EUR/t CO_2, während für Windenergie an Land lediglich 50 EUR/t CO_2 veranschlagt werden. Hinzu kommt, dass die Photovoltaik fast die

Hälfte des gesamten EEG-Fördervolumens von derzeit rund 20 Mrd. EUR jährlich beansprucht, jedoch nur 3 % zur deutschen Stromerzeugung beiträgt.

6. Eine erste Abhilfe könnte das vom Bundeswirtschaftsministerium vorgeschlagene Quotenmodell schaffen, wonach Energieversorger selbst bestimmen können, mit welcher erneuerbaren Erzeugungstechnologie sie die vorgegebene Quote erfüllen. Mittelfristig brauchen wir eine Europäisierung bei der Förderung erneuerbarer Energien, damit die unterschiedlichen Technologien dort zum Zuge kommen, wo dies am effizientesten ist (Beispiel: Photovoltaik in Südeuropa).

Fracking – neue Öl- und Gasquellen

Nichts ist so beständig wie der Wandel. Der Mensch wird mit Problemen konfrontiert und reagiert mit neuen Entwicklungen. Ein typisches Beispiel dafür ist die Entwicklung des Internet oder der Telekommunikation in den letzten 20 Jahren.

Ich kann mich noch an mein erstes Autotelefon erinnern, einen Riesenkasten, der die ganze Mittelkonsole in Anspruch nahm und trotzdem kaum Reichweite hatte. Heute ist in einem Handy bzw. Smartphone die Kapazität eines ganzen Computers gespeichert und neue Apps lassen mich jeden Tag erstaunen, welche Informationen man aus der Hosentasche bekommt.

Amerika hat sehr darunter gelitten, dass es riesiger Öleinfuhren bedarf, um die amerikanische Wirtschaft am Leben zu erhalten. Dort hat man nun ein neues, revolutionäres Gewinnungssystem, Öl- und Gasgewinnung aus Schiefergestein, das sogenannte „Fracking" entwickelt. Dabei handelt es sich um ein Kürzel für „hydraulische Frackturierung" und die hat das Potential, Realitäten der Gegenwart gründlich umzukehren.

Schon bis zum Jahre 2015 will die USA unabhängig von Ölimporten sein und bis zum Jahr 2020 der weltgrößte Energieexporteur werden. Die großen Schiefervorräte liegen in USA, Kanada, China und Australien, womit wir von dem Pulverfass „Naher Osten" nicht mehr abhängig wären.

Auch in Deutschland gibt es solche Gesteinsschichten in erheblichem Umfang, die „gefrackt" werden könnten, aber – der Leser wird sich nicht wundern – wer ist dagegen? Die grün beherrschten Bundesländer haben sich am 1.2.2013 im Bundestag dagegen ausgesprochen. Dieses Verfahren soll in Deutschland nicht eingeführt werden! Wer sagt noch, die Grünen seien nicht technikfeindlich!

Die Energiewendehälse sind gegen diese neue Exploration, weil dann ja – wie es heute schon in Amerika der Fall ist – der Preis für Erdöl und Gas fallen würde und damit die Produktion von erneuerbaren Energien noch unwirtschaftlicher wäre, als sie heute schon ist.

Die „ökologische Revolution" hat so viel Unheil gestiftet und wird – wie jede Revolution – am Ende ganz anders aussehen, als es die Revolutionäre einmal gedacht haben. Ein Argument gegen das Fracking ist die Sorge um das Grundwasser. Das ist berechtigt! Aber keiner von den Gegnern weiß, was überhaupt ins Grundwasser gelangt. Das ist nach meiner Information vorwiegend Wasser und Sand und darin sind ca. 0,49 % Chemie enthalten. Die gleichen Stoffe sind auch in unseren Wasch-, Putz- und Spülmitteln enthalten, die bedenkenlos in Abwasserkanäle geleitet werden.

Additiv ⇕	Realisierungen ⇕	Zweck ⇕
Gele	z. B. aus Guar oder MC	Erhöhung der Viskosität des Fracfluids zum besseren Sandtransport
Schäume	aus Schaumbildner und z. B. CO_2 oder N_2	Transport und Ablagerung des Sandes
Säuren	Salzsäure, Essigsäure, Ameisensäure, Borsäure	Auflösung von Mineralien
Korrosionsschutzmittel		Schutz der Anlagen bei Zugabe von Säuren
Brecher	Säuren, Oxidationsmittel, Enzyme	Verringerung der Viskosität des Fracfluids zur besseren Rückholung der Fluide
Biozide	Beispiel	Verhinderung von Bakterienwachstum an organischen Bestandteilen
Fluid-Loss-Additive	Sand, Lehm, ...	Verringerung des Ausflusses des Fracfluids in das umliegende Gestein
Reibungsminderer	Latexpolymere, Acrylamid-Copolymere	Verringerung der Reibung innerhalb der Fluide

Clean Fracking (s. u.) bezeichnet demgegenüber eine neue Methode des Frackings, in dem nur Wasser, Bauxit-Sand und Stärke verwendet werden sollen.

Quelle: Focus 9/2013

Mit den neuen Öl-/Gasquellen würden wir auch unabhängiger von teuren Importen. Letztendlich geht es nicht darum, wie wir uns die Welt wünschen, sondern wohin sie sich entwickelt. Deshalb ist die Politik gefordert, die Chancen der künftigen Wirklichkeit zu nutzen, anstand dem bröckelnden Status Quo zu vertrauen.

Notbremse gegen steigende Energiepreise

Es ist Winter (Januar 2013) und die Presse meldet „Ökostrom im Winterschlaf". Die Windräder stehen still weil nicht genügend Wind, insbesondere bei Inversionswetterlagen weht und die Solaranlagen sind mit Schnee bedeckt und produzieren kaum noch Energie. Nun sollen in einer solchen Situation konventionelle Kraftwerke einspringen, aber die rentieren sich immer öfter nicht mehr. Man kann kein herkömmliches Gaskraftwerk rentabel betreiben, wenn es ständig an- und ausgeschaltet werden muss. Was ist der Effekt? Die Stromversorger beantragen eine weitere Umlage um den Blackout zu vermeiden – und die Bürger müssen zahlen, weil für diese neue Umlage „Reservestrom" wieder ein neues Gesetz erlassen wird.

Interessant ist, dass Umweltminister Altmaier am Dienstag, dem 29.01.2013 überraschend angekündigt hat, dass Solaranlagenbesitzer mit einer Mindestumlage für bestehende Anlagen belegt werden sollen, einer Art Energiesoli. Was ist das für ein Subventionssystem, das erst hohe Einspeisevergütungen bezahlt und dann dem Investor wieder einen Soli abverlangt? Warum kürzt man nicht dramatisch die Einspeisevergütung und lässt den Wettbewerb entscheiden, wer Strom liefert? Nur so sind die Preise wieder in den Griff zu bekommen. Das gilt nicht nur für die Industrie, sondern auch für den Privatmann, denn wenn der immer mehr für Strom zahlen muss, kann er dieses Geld nicht für andere Dinge ausgeben. Es fehlt einfach im Portemonnaie.

Der Vorschlag von Umweltminister Altmaier ist meines Erachtens in Ordnung, denn keiner wagt es – weder aus der Regierung noch aus der Opposition – in dieses idiotische Subventionsgefüge auf dem Energiemarkt einzugreifen. Warum? Weil hunderttausende von Wählern, die in Solar- oder Windkraftanlagen investiert haben, und auch die in der Branche tätigen Firmen und Mitarbeiter, quasi süchtig auf diese Subventionen gemacht wurden und jemand, der diese abschaffen will, wird beim nächsten Wahltag abgestraft. Die wenigsten Politiker denken an die nächste Generation, sondern nur an die nächste Wahl.

So berechnet der Umweltminister die Kosten der Energiewende

1. Einspeisevergütung für Strom aus bestehenden
   Wind-, Solar- und Biomasse-Anlagen.
   Bereits ausgezahlt   67 Milliarden €
   Zahlungsverpflichtung bis 2022   250 Milliarden €

2. Neubau von Anlagen bis 2022, mit geringerer
   Einspeise-Vergütung. Voraussichtliche Zahlungsverpflichtung je 1,8 Milliarden € pro Jahr mit
   20-jähriger Vergütungsgarantie für die Anlagen
   (1,8 Milliarden € x 10 Jahre x 20 Jahre)   360 Milliarden €

3. Netzausbau, Reservekapazitäten, Forschung und
   Entwicklung, Elektromobilität, Gebäudesanierung   300 Milliarden €

Summe   980 Milliarden €

Quelle: Eigene Recherche

Quelle: WamS v. 24.2.2013

Mit seiner Aussage vom 21.2.2013, dass die Energiewende bis 2040 eine Billion EUR (1.000.000.000.000 EUR!!) kosten wird, hat Herr Altmaier die Bevölkerung aufgeschreckt – und er hat recht. Natürlich wird er von den Protagonisten der Energiewende attackiert, aber das sind die gleichen Leute, die behauptet haben, die Wende sei zum Nulltarif zu bekommen. Dieses Geld wäre sinnvoller in Maßnahmen wie z. B. den Küstenschutz gesteckt worden zur Beseitigung wirklicher Probleme, hervorgerufen durch den natürlichen Klimawandel; denn der kommt sowieso, weil er nicht vom Menschen zu beeinflussen ist.

Ich sehe schwarz für die Zukunft – was den Energiemarkt betrifft – denn der Geist, der aus der Flasche entkommen ist, kann nicht mehr darin verpackt werden. Die Entlastung des EEG bei der energieintensiven Industrie zurückzunehmen ist populistisch, obwohl die Leute, die nach dieser Rücknahme gieren, genau wissen, dass der private Kunde nur um 0,6 Ct/kWh entlastet werden würde. Viele Arbeitsplätze in solchen energieintensiven Betrieben wären dadurch gefährdet, denn wenn die dafür nötigen höheren Preise auf ihre Produkte nicht am Markt erzielt werden können, gehen sie unter oder wandern aus. Können sie die Preise auf ihre Produkte umlegen, ist letztendlich wieder der Endverbraucher der Dumme. Ich bin sicher, der Leser kann verstehen, dass ich diese Art von Energiewende, insbesondere das planwirtschaftliche Eingreifen des Staates ablehne.

Wie richtig Umweltminister Altmaier liegt, der den Anstieg der EEG-Umlage verhindern, zumindest aber auf dem heutigen Stand einfrieren will, sieht man an dieser Grafik.

Weil unsere Stromproduktion in Deutschland zu teuer ist, beziehen wir von den Kernkraftwerken aus Frankreich ca. 11 Mrd. Kilowattstunden Strom. Der in Frankreich produzierte Strom ist keine Überschuss-Energie und muss entsprechend bezahlt werden, was wiederum unsere Leistungsbilanz verschlechtert.

Im Gegenzug beziehen Österreich, Schweiz, Niederlande, Luxemburg und Polen jede Menge Strom aus deutschen Windkraft- und Solaranlagen, der als „grüne Energie" abgenommen werden muss. Er wird in das Ausland geliefert – nicht wie man meinen könnte – gegen eine Gebühr sondern

nein, die deutschen großen Stromproduzenten müssen eine Abnahmegebühr! an die jeweiligen Stromkunden in den aufgeführten Ländern zahlen.

Es treibt mir jedes Mal die Zornesröte ins Gesicht, wenn auf der einen
Seite jährlich ca. 20 Mrd. EUR in die Erzeugung der erneuerbaren Energie
gesteckt werden und die dann – weil keine Marktwirtschaft besteht –
noch gegen Gebühr in andere Länder geliefert werden muss, damit ein
Spannungsausgleich in den Netzen erfolgt.

Dass die Energie-Gutmenschen gegen Herrn Altmaier opponieren (sogar
aus den eigenen Reihen) ist nicht verwunderlich, denn wer von unseren
politischen Entscheidungsträgern will schon zugeben, dass das was er
entschieden hat, aus dem Ruder gelaufen ist und dringend einer Korrektur
bedarf.

Das Schlimme ist, dass wiederum niemand für diese Entscheidungen zur
Kasse gebeten wird; nein, es wird einfach auf die Bürger umgelegt. Der
ursprünglich liberale Strommarkt (was übrigens einmal eine gute Entscheidung der Politiker war!) ist zu einer krassen Planwirtschaft verkom-
men und dagegen müssen wir uns wehren.

Erneuerbare Energien als Pseudo-Religion

Die Grünen, die ich für das Desaster an unserer Energiepolitik und die
Energiewende verantwortlich mache, umgeben sich mit einem gewissen
Heiligenschein als Umweltretter und -schützer, aber in Wirklichkeit betreiben sie reine Machtpolitik. Sie wollen die Republik verändern – auch
wenn das abgestritten wird.

Herr Prof. Christoph Braunschweig hat der libertären Zeitschrift Espero Nr.
74/2012 ein Interview gegeben, das ich hier meinen Lesern zur Kenntnis
geben möchte, um sie zum Nachdenken zu bringen.

Wer ist Herr Christoph Braunschweig?
Der Wirtschaftswissenschaftler Christoph Braunschweig ist Prof. der
Staatl. Wirtschaftsuniversität Jekaterinenburg und hat mehrere Bücher,

Buchbeiträge und zahlreiche Fachartikel veröffentlicht.

Nach einer Bankausbildung und einem Studium sowie einer Dissertation im betriebswirtschaftlichen Bereich, liegen seine Themenschwerpunkte bereits seit Jahren auf den Gebieten der Wirtschaftspolitik und der Gesellschaftspolitik. Im Schnittfeld von Wirtschaft, Politik und Gesellschaft analysiert und kommentiert Christoph Braunschweig pointiert Fehlentwicklungen und Problemfelder in Wirtschaft und Gesellschaft.

Seine aktuelle Neuerscheinung: „Die demokratische Krankheit" behandelt die Euro- und Schuldenkrise aus verschiedenen Blickwinkeln und beschreibt systematisch die fatalen Konsequenzen.

Interview Espero mit Prof. Braunschweig - Espero Nr. 75

Espero:
Wie konnten Die GRÜNEN mit ihrer Anti-Atom-Kampagne derart tief in Politik und Gesellschaft eindringen?

Braunschweig:
Erstens haben die GRÜNEN ihre eigentlichen gesellschaftspolitischen Ziele aus taktischen Gründen bewusst auf die Themen Atomkraft und Umwelt beschränkt — damit allerdings zwei emotional aufgeladene Themen ausgewählt, die es ihnen ermöglichten, erfolgreich ins politische Geschäft zu kommen. Angstmache und Pseudomoral sind die erfolgreichen politischen Waffen der GRÜNEN. Zweitens fiel ihnen das Thema „Tschernobyl" genau zum richtigen Zeitpunkt wie ein großes Geschenk in den Schoß. Wer erinnert sich nicht an die damalige Berichterstattung in den Medien, die selbst kühlen Köpfen den Angstschweiß ins Gesicht trieb. Die Wahrheit über den Reaktorunfall in Tschernobyl haben die Menschen bis heute nicht erfahren.

Espero:
Was ist die Wahrheit über „Tschernobyl"?

Braunschweig:

Es wurde konsequent verschwiegen, dass es sich bei dem dortigen RBMK-Reaktortyp um ein völlig anderes Bau- und Funktionsprinzip handelt als bei praktisch allen übrigen weltweit existierenden Kernkraftwerken, speziell in der westlichen Welt.

RBMK-Reaktortypen dienten in erster Linie zur Plutoniumgewinnung für Atomwaffen und nur nebenbei zur Stromerzeugung, was die Sowjetunion natürlich geheim halten wollte, so dass zum Beispiel die damaligen Rettungsmaßnahmen erst viel zu spät ergriffen wurden. Neben dem bei russischen Reaktoren Fehlen jeglicher Art von Sicherheits-Containment nach westlichem Standard handelte es sich zudem in Tschernobyl um einen graphitmoderierten und mit leichtem Wasser gekühlten Reaktor, den in der gesamten westlichen Welt bis dahin noch niemand auch nur theoretisch konzipiert, geschweige denn konkret projektiert oder gar gebaut hatte. Der Grund hierfür wurde dann Fachleuten schnell klar, als ihnen das zu erwartende Verhalten dieses Reaktors bei einem möglichen Leistungsregelungs-Störfall oder auch Kühlungsausfall vor Augen geführt wurde: das relativ stark Neutronen absorbierende Kühlwasser würde rasch verdampfen, was unmittelbar zu einem Neutronenüberschuss und damit zu einem schnellen und nicht mehr kontrollierbaren Leistungsanstieg führen würde, das heißt, der Reaktor „geht durch". Wie ja dann leider geschehen. Selbst dieser ausgesprochen instabile Reaktor wurde von seiner Betriebsmannschaft immerhin mehrere Jahre ohne größere Zwischenfälle betrieben. Erst ein von total inkompetenter Instanz verordnetes und völlig missverstandenes „Sicherheitsexperiment" musste schließlich noch hinzukommen, um die Katastrophe endgültig auszulösen. Vergleicht man ein Kernkraftwerk westlicher Bauart mit einem Fahrrad, so entsprach der RBMK-Reaktortyp etwa einem Einrad, das zwar sehr viel instabiler, aber mit Geschick noch beherrschbar ist. Von der Tschernobyl-Mannschaft wurde dann aber praktisch eine Pirouette verlangt. Zu den technologischen Standards und Sicherheitskonzepten der Kernkraftwerke in Westeuropa verbietet sich also jeder Vergleich. Seit „Tschernobyl" verharren die Deutschen jedoch – ganz im Sinne der GRÜNEN – in einer regelrechten Nuklearphobie.

Nebenbei bemerkt: Auch ein „Fukushima" ist bei westeuropäischen Kernkraftwerken nicht möglich. Der „Super-GAU" in Japan resultierte aus dem Erd- bzw. Seebeben und einem völlig unzureichendem Sicherheits-Management. Es gab nie einen sachlogischen Grund, um nach „Fukushima" in Deutschland quasi über Nacht alle hiesigen Kernkraftwerke stillzulegen. Ganz zu schweigen davon, dass dabei bestehende Verträge einfach gebrochen wurden, d. h. rechtsstaatliche Prinzipien außer Kraft gesetzt wurden.

Espero:
Inwieweit geht es den GRÜNEN darum, über die Themen Atomkraft und Umwelt letztlich das „kapitalistische System" zu überwinden?

Braunschweig:
Der Kampf gegen die Kernkraft war von Anfang an in Wahrheit ein Kampf gegen das „kapitalistische System", gegen den „Staat", der übrigens von der Stasi mit initiiert und unterstützt wurde. Die Anti-Atomkraft-Parolen wurden wie eine Monstranz immergrüner (Schein-)Moral medienwirksam in die Öffentlichkeit getragen. Es gelang mit Hilfe der Medien überaus erfolgreich, in der Bevölkerung allgemeine Angst zu schüren und gleichzeitig jede sachkundige und fundierte Argumentation von vornherein zu unterbinden. Die massiv geschürte Atomangst war sozusagen das trojanische Pferd, mit dem die GRÜNEN bis weit in bürgerliche Kreise vorstoßen konnten. In einem zweiten Schritt wurde dann die Anti-Atom-Kampagne sehr geschickt mit einer scheinbaren „Umweltschutzpolitik" verbunden. Auch diesbezüglich gelang es mit Hilfe und Unterstützung der Massenmedien erfolgreich, jegliche sachkundige Argumentation auszuschalten. Mit dem Antritt der ersten rot-grünen Bundesregierung 1998 erhielt der ursprüngliche Straßenkampf gegen die „Atom-Lobby" neuen, vor allem institutionalisierten Schwung. Mittels EEG wurde ein Instrument geschaffen, das den Sieg der quasianarchistischen Technikressentiments über die mit dem „Staat" gleichgesetzte Hochtechnologie Kernkraft besiegeln sollte. Die Vordenker der GRÜNEN hatten ganz richtig erkannt, dass es taktisch klug war, ihre eigentlichen Ziele, nämlich die Überwindung der ihnen so verhassten bürgerlich kapitalistischen (Leistungs-)Gesellschaft, nicht offen auszusprechen. Stattdessen setzten sie geschickter weise auf das Prinzip

der systematischen Angstmache in Verbindung mit den emotional aufge-
ladenen Themen Atomkraft und Umwelt. Damit schufen sie sich ein mul-
tifunktionales Totschlagsargument gegen alle Kritiker: Wer auch nur an-
satzweise nachhakt bzw. Gegenargumente ins Feld führt, wird sofort als
„Umweltfeind" gebrandmarkt und kaltgestellt. Mit dieser machiavellisti-
schen Strategie konnten die GRÜNEN in breite Wählerschichten eindringen. Es gelang ihnen, Marktwirtschaft und Kapitalismus unter anderem für
Waldsterben, Krebs, tote Flüsse usw. verantwortlich zu machen. Dass jede
Erfahrung und Sachlogik gegen diese gezielte Denunziation spricht, wurde
erfolgreich totgeschwiegen.

Espero:
Die GRÜNEN haben also dafür gesorgt, dass viele Menschen die „kapitalistische Industriegesellschaft" generell als „umweltschädlich" empfinden?

Braunschweig:
Ja, ganz richtig. Dabei sterben die Menschen in Ländern ohne Industrie viel
früher als in hoch industrialisierten Ländern. In den Industrienationen
steigt die statistische Lebenserwartung immer schneller. Der Himmel über
dem Ruhrgebiet ist wieder blau geworden. Vor einem Jahrhundert noch
starb ein erheblicher Teil aller Menschen durch unsauberes Wasser. Heute
gibt es diese Fälle in den kapitalistischen Ländern nicht mehr. Tote Flüsse
sind nicht die Geißel des Wirtschaftswachstums. Dabei waren um die vor-
letzte Jahrhundertwende – also bei einem Bruchteil des heutigen Sozial-
produkts – in Deutschland mehr Flüsse tot als heute (Ruhr, Emscher,
Wupper, Niers). Die Schaumberge, die sich vor 80 Jahren in Bächen und
Flüssen häuften, sind verschwunden. Mit dem Waldsterben war es ähnlich. Man suchte die Schuld dort, wo man sie finden wollte – bei der Industrie und den Kraftwerken. Der „saure Regen" wurde bis zum Exzess
publiziert. Auf dem Titelbild vom SPIEGEL beispielsweise erschienen Fab-
rikschlote und abgestorbener Wald. Dabei wurde geflissentlich alles übersehen, was der Hypothese widerspricht: Schon in der älteren forstwissen-
schaftlichen Literatur finden sich regelmäßig Berichte über gleichartige
Waldepidemien; der Säuregehalt des Regens hat seit 100 Jahren überhaupt nicht zugenommen, und die Waldschäden treten ausgerechnet in

Reinluftgebieten massiert auf. Dann mussten die Stickoxide anstelle des Schwefeldioxids als Sündenböcke herhalten. Aber in Reinluftgebieten gibt auch wenig Stickoxide. Über die tatsächlichen Probleme der systematischen Überdüngung in der staatlich hoch subventionierten Landwirtschaft wird dagegen tunlichst geschwiegen. Selbstverständlich wird auch verschwiegen, dass nur durch Wirtschaftswachstum genau die innovativen Umwelttechniken entstehen können, die einen tatsächlichen Umweltschutz gewährleisten. Wer die Landschaften im Herzen Mitteldeutschlands nach der Wende mit eigenen Augen gesehen hat, der weiß, das ein geradezu unglaublicher Raubbau an der Natur und eine Umweltverschmutzung in unvorstellbarem Ausmaß die Konsequenz der sozialistischen Wirtschaft bzw. des sozialistischen Systems war – also genau dem System, dem die ungeteilte Sympathie der meisten grünen Führungsfiguren gehört.

Umweltverschmutzung wird also völlig unsinnig der marktwirtschaftlich-kapitalistischen Industrieproduktion angedichtet.

Espero:
Warum sind Zweifel der Klimaskeptiker alles andere als unberechtigt?

Braunschweig:
Erstens hat sich das globale Klima der Erde in den vergangenen Jahrtausenden mehrfach ganz gravierend verändert, auch ohne menschlichen Einfluss auf den Kohlendioxid-Kreislauf. Zweitens gibt es weitaus wirksamere Einflussgrößen auf das globale Klima als das Spurengas Kohlendioxid; allerdings ist an diesen weniger zu verdienen. Drittens macht der Anteil des vom Menschen heute verursachten Kohlendioxid-Anteils deutlich weniger als 10 % des natürlichen Kohlendioxid-Kreislaufs aus. Viertens liegt der deutsche Anteil an letzterem unter drei Prozent – sprich bei drei Promille! Umgekehrt gilt, dass Kohlendioxid überhaupt erst Leben auf der Erde möglich macht. Ohne Kohlendioxid würde die gesamte Pflanzenwelt ihre Lebensgrundlage verlieren – Tiere und Menschen gäbe es also gar nicht. Und nun soll auf einmal das Lebensgas Kohlendioxid schuld an der angeblichen „Klimakatastrophe" sein. Das ist reine Volksverdummung: Die Pflanze braucht Kohlendioxid und produziert als Abfallstoff Sauerstoff –

der Mensch braucht Sauerstoff und produziert als Abfallprodukt Kohlendioxid. Eine wundervolle Symbiose. Und dabei ist der Kohlendioxid-Ausstoß
des Menschen noch gering gegenüber dem Kohlendioxid-Ausstoß der Insekten. Man müsste also, der Ideologie der GRÜNEN folgend, alle Termiten, Ameisen, Heuschrecken, Blattläuse, Bienen, Fliegen, Schmetterlinge
Käfer usw. exterminieren. Hier wird der Irrsinn zur Methode – würde Me-
phisto sagen. Die so genannte" Klimakatastrophe" ist ein reines Hirnkonstrukt und der Vorschlag Klimaschutz per Kohlendioxid-Reduktion reinste
Ideologie und Utopie. Die Mainstream-Klimawissenschaft ist beherrscht
von vorgefassten Meinungen, die absolut dogmatisch und intolerant gegenüber anderen Meinungen vertreten werden. Fast schon ein Witz ist die
von den Massenmedien permanent verbreitete Vorstellung, dass durch
ein Abschmelzen der Pole der Meeresspiegel ansteigen würde. Jeder
Mittelstufen-Schüler weiß aus seinem Physikunterricht, dass schmelzende
Eisstücke in einem Wasserglas die Höhe des Wasserspiegels gar nicht beeinflussen. Dafür sind ganz andere Effekte verantwortlich.

Auch der immer wieder behauptete Anstieg von Krebsfällen im Umkreis
von Atomkraftwerken ist wissenschaftlich längst widerlegt, wird aber im
Bedarfsfall immer wieder gerne neu aufgekocht.

Espero:
Stichwort „Treibhauseffekt" – was hat es damit auf sich?

Braunschweig:
Die Vorstellung, dass Kohlendioxid für den Treibhauseffekt in 6.000 Me-
tern Höhe verantwortlich sei, ist glatter Unsinn. Wie soll eine solche Kohlendioxid-Hülle entstehen, wenn Kohlendioxid schwerer ist als Luft? Der
Wasserdampfanteil der Atmosphäre macht etwa 70 % des so genannten
Treibhausgases aus. Nur Wasserdampf ist leichter als Luft und steigt nach
oben – aber das ist ja kein „Schadgas". Schon aus physikalischen Gründen
kann eine Kohlendioxid-Hülle, die die Wärmestrahlung wieder auf die Erde
reflektiert, so nicht existieren. Den „Treibhauseffekt" gibt es schlicht und
ergreifend nicht, weil ein Treibhaus ein geschlossenes System voraussetzt
– im Gegensatz zur Erde, die gegenüber dem Weltall eben keine System-

grenze aufweist. Gäbe es den „Treibhauseffekt", die Erde hätte sich in ihrer Geschichte nie abkühlen und damit Leben ermöglichen können. Doch die Erde hat sich abgekühlt, obwohl die Uratmosphäre noch keinen Sauerstoff enthielt, dafür aber aus Unmengen angeblicher Treibhausgase (Wasserdampf, Kohlendioxid, Methan) bestand. Kohlendioxid konnte nur durch einen „volkspädagogischen Trick" zum Hauptverursacher des „Treibhauseffektes" abgestempelt werden: man setzte in der Klimadiskussion den Effekt des Wasserdampfes einfach mit Null (!) an und spricht von einem „zusätzlichen Treibhauseffekt". Die Lüge vom „Treibhauseffekt" ist demnach eine gekonnte Lüge, die Jahr für Jahr einen gigantischen Klimazirkus am Laufen hält. Der Klimawandel ist längst zu einer Art Ersatzreligion geworden und jeder, der seine Stimme dagegen erhebt, wird als „Klimafeind", „Umweltgegner" usw. diffamiert.

Espero:
Das Klima hat sich also auch ohne Menschen und ohne Kohlendioxid-Ausstoß immer schon gewandelt?

Braunschweig:
In der Tat, denn die Erde ist ein vergleichsweise unruhiger Planet mit dauernden Veränderungen. Das Klima, die Meeresströmungen, die Verteilung von Land und Meer, die Lage und Form von Inseln, ja selbst die Gebirge und Täler – nichts blieb im Laufe der 4,5 Milliarden Jahre dauernden Erdgeschichte so, wie es einmal war. Globale Veränderungen, selbst in extrem kurzen Zeiträumen, sind unvermeidbar und haben in der Vorzeit zu vielen Katastrophen geführt. Die jüngste dramatische Veränderung fand zum Ende der letzten Eiszeit auf der Nordhalbkugel vor rd. 12.000 Jahren statt, gerade mal ein Augenblick auf der geologischen Zeitachse. Wo sich heute Großstädte wie Stockholm, Moskau, Berlin, München oder Toronto befinden, bedeckte eine zum Teil mehrere Kilometer dicke Eisschicht das Land. Der Meeresspiegel lag fast 100 Meter unter dem heutigen Niveau. In der äußerst kurzen Zeitspanne von wenigen tausend Jahren änderte sich die pleistozäne Landschaft gründlich und wurde zur Erdoberfläche, wie wir sie heute kennen. Dieser Übergang von der Eiszeit zur gegenwärtigen Zwischenwarmzeit, vollzog sich nicht gleichmäßig und kontinuierlich. Immer

wieder kam es zu Klimaeinbrüchen, die Jahrzehnte oder Jahrhunderte dauerten. Kein Wissenschaftler hat bis heute eine allgemein akzeptierte Erklärung für dieses „Klimaflattern" gefunden, das sich völlig ohne das Zutun des Menschen ereignete. Selbst nachdem sich das Klima nach der Eiszeit endlich stabilisiert hatte, kam es zu deutlichen Klimaschwankungen. So durchlebten die Menschen nur wenige Generationen vor uns, vor etwa 300 Jahren die „Kleine Eiszeit". Um 1000 n. Chr. wiederum florierte am Niederrhein und in England der Weinanbau. Grönland war weitgehend eisfrei. Es ist ironisch, dass heute die schmelzenden Gletscher Grönlands als Vorboten einer Klimaapokalypse gelten, während die damalige Warmperiode von Forschern als „mittelalterliches Klimaoptimum" bezeichnet wird. Anstatt den sowieso stattfinden Klimawandel aufhalten zu wollen, sollten stattdessen vielmehr alle Ressourcen dafür eingesetzt werden, sich auf den Klimawandel einzustellen und vorzubereiten. Dies gilt zum Beispiel für entsprechende Infrastrukturschutzmaßnahmen in Küstennähe. Wer jedoch nur in Klimawandelvermeidung investiert, der reduziert die Anpassungsmöglichkeit und verspielt damit die wichtigste Chance, die die folgenden Generationen haben.

Espero:
Welche Ursachen sind bekannt, die die Klimaveränderungen auf der Erde tatsächlich beeinflussen?

Braunschweig:
Die wissenschaftliche Forschung beschäftigt sich diesbezüglich mit mehreren Theorieansätzen. Neben der Erforschung des vermuteten Einflusses von Sonnenflecken, Sonnenstürmen usw., spielt das Pendeln der Erdachse eine wichtige Rolle. Die Erde pendelt demnach in einem Jahrtausende dauernden Rhythmus wie ein Kreisel zwischen verschiedenen Schrägstellungen hin und her.

Dieser Ansatz erklärt die von der Schiefe der Erdachse abhängige Wärmeverteilung auf der Erde, z. B. wann es am Nordpol und am Südpol Eiskappen gibt und wann nicht. Wenn sich die Schrägstellung ändert, ändern sich die Dauer der Tageszeiten und die Dauer der Jahreszeiten und damit das Klima. Je schräger die Erdachse steht, desto länger dauern (abwechselnd auf der Nord- und der Südhalbkugel) die Nächte und desto länger dauert eine Polarnacht und desto näher rückt eine Eiszeit oder umso lebensfeindlicher wird dieser Kälteeinbruch. Je mehr sich die Erdachse aufrichtet, desto kürzer wird die Polarnacht und desto kleiner werden die Eiskappen an den Polen und desto näher rückt eine Warmzeit.

Espero:
Welche Schlussfolgerungen ergeben sich daraus?

Braunschweig:
Ohne den beständigen Klimawandel, ohne die unregelmäßige Folge von Eis- und Warmzeiten, ohne das unaufhörliche Pendeln der Erdachse der Erde gäbe es den Menschen gar nicht. Wie das Wetter, so ist das Klima eine höhere Gewalt. So wahr der Storch die Kinder bringt, so wahr kann der Mensch das Klima schützen. Nicht Kohlendioxid bestimmt das Klima, sondern das Klima bestimmt Kohlendioxid. Der Unsinn der Kohlendioxid-Reduktion verursacht lediglich gigantische Kosten und zieht die vorhandenen Ressourcen fatalerweise von sinnvoller Verwendung, sprich Anpassungsmaßnahmen an den sowieso stattfindenden normalen Klimawandel (Deichbau, Wasserversorgung in Dürregebieten, Umsiedlungen usw.) ab.

Espero:
Was kommt stattdessen mit der „Energiewende" jetzt auf die Bürger zu?

Braunschweig:
Die „Energiewende" hat vor allem vier Folgewirkungen: Erstens werden die Energiepreise für die Verbraucher ganz enorm ansteigen, zweitens wird sich dadurch keinerlei Klimaeffekt ergeben, drittens werden die steigenden Energiekosten bei gleichzeitig zunehmender Versorgungsunsicherheit die Wettbewerbsfähigkeit vor allem kleiner- und mittelständischer Unternehmen beeinträchtigen und viertens fehlen die gigantischen Subventionssummen für den Auf- und Ausbau der ineffektiven Alternativenergien später bei den notwendigen Infrastrukturmaßnahmen zur Be-

herrschung der natürlichen Klimaveränderung.

Espero:
Könnten Sie diese Konsequenzen auf die Verbraucher kostenmäßig etwas näher erläutern?

Braunschweig:
„Der Wind weht kostenlos, und die Sonne schickt keine Rechnung", so lautet die ebenso griffige wie falsche Propaganda der GRÜNEN. Dass Strom deutlich teurer wird, störte allerdings in Deutschland Wähler und Politiker bisher wenig; huldigt man doch mehrheitlich dem quasireligiösen Dogma, man könnte damit zur „Rettung" des Klimas beitragen, oder zumindest den Anstieg der globalen Temperatur auf weniger als zwei Grad Celsius begrenzen. Zweifel hieran sind politisch nicht korrekt. Kostenargumente gelten als unanständig und für die Akzeptanz der Politiker aller Parteien als unbrauchbar. Doch der emphatisch gefeierte Siegeszug von Energie aus regenerativen Quellen macht Strom zunehmend zu einem Luxusgut, den mancher Haushalt mit geringem Einkommen inzwischen schon rationieren muss. Subventionierter Ökostrom fließt dank Vorrangeinspeisung mit einer langfristig fixierten, extrem hohen Vergütung ins Netz. Durch die Erhöhung der Umlage zur Förderung erneuerbarer Energien steigen die Stromkosten von 2013 an um 1,7 Cent auf 5,3 Cent (ohne Mehrwertsteuer). Dadurch wird ein 3.500 Kilowattstunden im Jahr verbrauchender Drei-Personen-Haushalt also mit 60 EUR pro Jahr mehr belastet. Diese 60 EUR Mehrbelastung sind jedoch – ganz entgegen der öffentlichen Berichterstattung – nur die halbe Wahrheit, denn es wird nur die Stromzahlung an den eigenen Elektrizitätsversorger berücksichtigt. Die Belastung durch die indirekten Stromkosten in gleicher Höhe wird einfach unterschlagen. Wie stark die EEG-Umlage derzeit einen durchschnittlichen Haushalt belastet, kann man leicht abschätzen: Im Jahr 2013 muss die EEG-Umlage einen Verlust von über 20 Milliarden EUR ausgleichen. Dies ergibt eine Belastung von 250 EUR pro Einwohner und Jahr. Ein durchschnittlicher Drei-Personen-Haushalt ist im Jahr 2013 also mit 750 EUR dabei – nur für die EEG-Umlage. Weitere Kosten der „Energiewende" für Netzausbau, Haftung für Offshore-Windanlagen oder Standby-Betrieb

konventioneller Kraftwerke kommen noch hinzu. Aus Angst vor einem Strom-Blackout hantiert die Politik mit noch mehr Geboten und Verboten und treibt so die Interventionsspirale auf die Spitze. Am Ende steht die staatliche Energie-Planwirtschaft, aber unter dem sakrosankten Zeichen des Umweltengels. Die Geschichte lehrt, dass langfristig die Energiekosten die Wirtschaftskraft und die Bevölkerungszahl eines Landes bestimmen. Künstlich hochgetriebene Energiekosten schaden also dem Wirtschaftsstandort Deutschland langfristig nachhaltig. Über den angeblichen Exportcharakter der deutschen Energiewende befrage man bloß die deutschen Windkraft- und Photovoltaik-Hersteller, die gerade reihenweise gegen ihren Konkurs kämpfen, weil sie dem Kostendruck asiatischer Hersteller (trotz aller Subventionen, die sie vom Steuerzahler erhalten!) nicht gewachsen sind.

Espero:
Inwieweit liegt der Erfolg der GRÜNEN letztlich im allgemeinen Zustand unseres Wohlfahrtsstaates begründet?

Braunschweig:
In unserer träge gewordene Wohlfahrtsstaats-Gesellschaft ist es mit dynamischer, wachstumsbezogener Zukunftsorientierung nicht mehr weit her. Denn dafür sind Optimismus, Vertrauen in Zukunftstechnologien und Zutrauen in die eigenen Fähigkeiten nötig. Doch Deutschland wendet sich momentan von praktisch allen Zukunftstechnologien ab. Ob Biotechnologie, Gentechnologie, Kernkrafttechnologie, Magnetschwebebahn usw., überall klinkt man sich aus. Es herrscht allenthalben eine diffuse Zukunftsangst. Die von den GRÜNEN systematisch geschürte Angst vor der Kernenergie korreliert bei vielen Menschen mit der Unkenntnis elementarer Prinzipien der Physik. Wie aber ein Kohlekraftwerk funktioniert, glauben viele Menschen zu wissen und haben daher keine Angst davor. Dabei beschädigt die Kohleenergie Umwelt und Gesundheit um ein Vielfaches mehr als die friedliche Nutzung der Kernenergie. Übellaunigkeit, Skeptizismus, Wut und Irrationalität (Wutbürger!) beschreiben die Befindlichkeit der verunsicherten Bürger unseres schuldeninduzierten Wohlfahrtsstaates. Angst und Kleinmut sind die Antagonisten des Fortschritts. Es geht um die

Abwehr jeglicher Veränderungen, um die Sicherung und Bewahrung des Status quo und den Wunsch, sich in eine pseudo-biedermeierliche heile Welt zurückzuziehen (Cocooning). Die depressiv verstimmte, ängstliche und zugleich moralisch selbstgerechte Gesellschaft voller Empörungsrituale wendet sich von der Zukunft ab, um sich in Nostalgie und Innerlichkeit zu flüchten. Der moralingetränkte politische Auftritt der GRÜNEN ist in Wahrheit der banale Kampf um materielle Vorteile und beansprucht die ganze Kraft ihres bohémehaften Lebensstils. Nur kann sich keine Gesellschaft Technikfeindlichkeit und wirtschaftlichen Stillstand auf Dauer leisten. Die selbstgefällige, Rückwärtsgewandtheit der gut situierten, grün angehauchten Hedonisten mit schlechtem Gewissen mag den Fortschritt eine Zeit lang ausblenden, aber Zukunft und Fortschritt warten nicht. Den GRÜNEN ist es tatsächlich gelungen, auf dem von ihnen selbst erzeugten Zeitgeist zum politischen Erfolg zu surfen. Die GRÜNEN-Spitzenpolitiker (typischerweise großteils kinderlos) stehen allesamt für eine intellektuell überhebliche, materiell abgesicherte und moralisch selbstgerechte Generation, die keine eigenen Herausforderungen bestehen musste, und daher auch keine Beziehung zum Leistungs- und Wettbewerbsprinzip der Marktwirtschaft hat. Ihre Politik der reinen Wachstumskritik ist eine Politik der Wohlstandsgesättigten gegen die Aufstrebenden. Als Wachstumskritiker betrachten sie das Wohlstandsversprechen für sich als erreicht und streben nun nach einer höheren Lebensqualität. Den Menschen, die nicht wohlhabend sind, wird zwar ein umsorgender Staat in Aussicht gestellt, aber eine eigene, auch materielle Aufstiegs- und Wohlstandsperspektive wird ihnen verwehrt. Dass selbst das vorhandene Wohlstandsniveau, welches die moralisch so heftig kritisierte Nachkriegsgeneration in harter Arbeit geschaffen hat, nur durch weitere tägliche industrielle Produktion und Innovationen leistungsbereiter Arbeiter und wagemutiger Unternehmer aufrechterhalten werden kann, entzieht sich dem Verständnis der Grünen vollständig. Sie stellen eine habituell zutiefst konservative Kraft dar, die die rückwärtsgerichtete Romantik der deutschen Seele nahezu perfekt verkörpern. Sie sind lediglich das Spiegelbild einer systematisch verunsicherten, von Abstiegsängsten geplagten und in jeder Beziehung stagnierenden Gesellschaft. Ihr politischer Erfolg korreliert mit dem wirtschaftlichen und moralischen Niedergang des finanziell ausgepowerten

Wohlfahrtsstaates. Der Erfolg der GRÜNEN lässt deshalb nichts Gutes für die Zukunft erahnen. Das durch die „Energiewende" ohne Not kreierte Energieversorgungsproblem wird gemeinsam mit den noch teureren Euro-Rettungsmaßnahmen später einmal zu den großen Fehlern der Politik, wahrscheinlich den schlimmsten Fehlern der gesamten Nachkriegszeit, gezählt werden. (Ende des Interviews)

Windkraft

Mein Bekenntnis zu Atomkraftwerken (AKW) habe ich bereits erklärt. Aber auch ich betrachte diese Technologie als eine Brückentechnologie bis zu dem Zeitpunkt wo es gelingt, die Kernfusion – also die Verhältnisse wie auf der Sonne – bei uns auf der Erde zu schaffen. Man sollte die 20 Milliarden EUR, die derzeit jährlich als Subvention für erneuerbare Energie vom Staat ausgegeben werden, in die Entwicklung der Kernfusion investieren. Ich bin überzeugt, dass wir in den nächsten Dezennien riesige Fortschritte machen würden. Die derzeitigen Atomkraftwerke sind bei uns in Deutschland sicher und weltweit werden ständig neue Kraftwerke dazu gebaut. Leider aber nicht mit der deutschen Sicherheitstechnik.

Da die Windkraft nur kleine Leistungseinheiten erlaubt, benötigt der Ersatz eines Kernkraftwerkes (Kornwestheim) mit 1.400 MW etwa 700 Windräder à 2 MW und weil der Wind nur ca. 50 % im Jahr zur Verfügung steht, müssen noch einmal 700 Windräder gebaut werden. Das heißt für ein Atomkraftwerk 1.400 Windräder. Was bedeutet das unter anderem bei uns hier in Rheinhessen?

Wenn ich durch unsere Weinbergsgemarkung im „Äffchen" (westlich von Wöllstein) gehe, ist der Horizont vom Osten über den Süden bis zum Westen zugebaut mit hässlichen Windkraftanlagen. Die Landschaft ist im wahrsten Sinne des Wortes „verspargelt" und ich verstehe unsere Winzer und Tourismus-Manager nicht, dass man dagegen nicht opponiert. In einer solch verspargelten Gegend würde ich keinen Urlaub mehr machen. Dafür gibt es in Ländern, die nicht von den Grünen regiert werden, noch Flecken wo man in jeder Richtung Berge und Wälder sieht.

Windräder in der Verbandsgemeinde Wöllstein

Rheinland-Pfalz plant – durch unsere grüne Ministerin, Frau Ulrike Höfken – bis zum Jahr 2025 völlig autark zu sein. Der Strombedarf soll nur durch Naturstrom gedeckt werden. Was da noch auf uns zukommt, kann sich der Leser ausmalen. Ja, die Landesregierung hat sogar den regionalen Entwicklungsplan (LEP) der Gebiete für Windparks geändert, so dass jedem Bürgermeister erlaubt ist Windräder aufzustellen. Deshalb bilden sich in vielen Orten sogenannte „Anstalten des öffentlichen Rechts (AÖR)", um teilzuhaben an der dezentralen Stromversorgung.

An windstillen Tagen reicht der ganze Ökostrom nicht und wir müssen Atomstrom aus Frankreichs größtem Atomkraftwerk Cattenom, an der saarländisch-lothringischen Grenze – mit Aufschlag – beziehen. Die Franzosen verbessern ihre Exportbilanz und wir reduzieren die Unsrige.

Diese „neuen" Landschaften haben wir der öffentlichen Abstempelung des Gases Kohlendioxid (CO_2) als Schadgas zu verdanken. Verstärkt wird der Run zu erneuerbaren Energien durch den Atomausstieg. Der sozialistische Ministerpräsident in Frankreich will eine Reichensteuer bis 75 % einführen, hält aber dauerhaft fest am Ausbau der Atomenergie, denn er weiß nur mit diesen billigen Stromexporten kann er seine Außenhandelsbilanz einigermaßen im Griff behalten. Wir in Deutschland schalten unsere modernen AKW's ab und Frankreich baut an der Grenze, bei Cattenom das größte Atomkraftwerk Frankreichs auf. Ironie der Geschichte ist, dass uns bei einem GAU der Wind die radioaktive Wolke direkt vor die Haustür treiben würde, denn 80 % des Jahres haben wir Westwind – und der kommt aus Cattenom.

Wie ich schon in meinem „Plädoyer für das Molekül CO_2" prognostiziert habe, wird der Widerstand gegen erneuerbare Energien dann einsetzen, wenn der Verbraucher spürt, dass die Preise ins Uferlose steigen.

Vor dem Boom der erneuerbaren Energien hat man uns versprochen, dass der Strompreis nicht steigen werde, was sich heute als glatte Lüge herausstellt. Das ist auch kein Wunder, wenn durch die massiven Subventionen, die im Jahr 2012 20 Mrd. EUR betrugen, die Marktwirtschaft ausgehebelt und planlos in Solar- und Windenergie investiert wird.

Wen wundert das, wenn der Staat dem Solarparkbetreiber 2 – 3 mal so viel Erlös/kWh auf 20 Jahre garantiert. Kein Mensch, keine Gesellschaft nutzt ihren Solarstrom selbst, sondern speist ihn ein und bezieht billigeren Fremdstrom – eine verkehrte Welt! Trotz der Kürzung der Fördermittel sind 2012 so viele Solaranlagen gebaut worden, wie nie vorher. Insgesamt wurden 7.630 Megawatt installiert (7.500 Megawatt in 2011). Diese installierte Leistung entspricht fünf Atomkraftwerken – aber nur wenn die Sonne scheint. In der Nacht hört die Produktion auf und der Stromverbrauch ist gerade in den Morgen- und Abendstunden besonders hoch. Also müssen doch wieder Kraftwerke vorgehalten werden. Diese können Strom nur wirtschaftlich produzieren, wenn sie permanent am Netz hängen. Das wird den Betreibern aber verboten, weil Solar- und Windstrom vorrangig eingespeist werden muss. Dieser hat Einspeisegarantie und wird bei Überschüssen billigst – sogar gegen einen Abnahmegebühr! – ins Ausland geliefert, was wiederum der Volkswirtschaft schadet.

Glücklicherweise laufen die Naturschützer nun Sturm gegen die Pläne unserer rot-grünen Landesregierung, weite Landesteile für neue Windkraftanlagen freizugeben. Es gründen sich sogar die ersten Bürgerinitiativen, weil Finanzanleger von den Windparkbetreibern über den Tisch gezogen wurden.

Anlässlich der Messe „WindEnergy 2012" vom 18. – 22.09.2012 wurden viele Mängel in der Presse veröffentlicht mit der Überschrift: „Die Schattenseite des Windkraft-Booms – Sicher: Nicht bei jedem Projekt wurde betrogen, bei einigen aber wohl schon."

In vielen Werbeprospekten werden falsche Angaben gemacht und die Gewinnmöglichkeiten zu rosig dargestellt. Über die Hälfte der in der Boomphase 1997 – 2005 errichteten Windparks erfüllen die Prognosen nicht. Meistens stimme das Windaufkommen nicht, wie im Fall des Windparks Tewel/ Ilhorn/Söhlingen in Schleswig-Holstein. Anstelle der versprochenen 6 % jährliche Ausschüttung haben die Anleger nur 2 % erhalten und als die Anlagen nach wenigen Jahren an einen Großinvestor verkauft wurden, bekamen die Anleger nur 44 % des eingezahlten Kapitals zurück. In dem Zeitungsbericht wurden explizit renommierte Firmen genannt, wie Umwelt Management AG (UMaAG) aus Cuxhaven, Umweltbank aus Nürnberg und die Beratungsgesellschaft UDI. Jahrelang wurde der Mantel des Schweigens über die Missstände der Branche gelegt. (Zitatende)

Diese Informationen habe ich der TAZ entnommen, bzw. einem Artikel in der Rhein-Main-Presse, Ausgabe Alzey vom 17.9.2012 unter dem Titel „Wenn der Wind nicht weht".

Auch eine der größten Firmen der Branche, die sauberen Strom und tolle Renditen versprechen, Prokon, steckt nach Recherchen der „Welt am Sonntag" vom 14. April 2013 in Nöten. Staatsanwälte ermitteln und Schadenersatzklagen stehen an weil die Windparks weniger Geld einbringen als geplant. Bis Ende 2008 lagen 22 der 31 deutschen Prokon-Windparks unter der Gewinn-Prognose, mit der Prokon um Anleger geworben hat.

Am 9.1.2013 veröffentlichte die Rhein-Main-Presse, Ausgabe Alzey einen Ergebnisbericht der Energiegenossenschaft Alzey-Land eG unter dem Titel „Erfolgsstory vom Start weg". Ich kann der Genossenschaft zu ihrem Ergebnis für das Jahr 2012 nur gratulieren, es werden dort mindestens 4 % Zinsen an die Anleger ausgeschüttet. Das ist betriebswirtschaftlich auch in Ordnung und ich beglückwünsche jeden Investor, der dort sein Geld angelegt hat.

Betriebswirtschaftlich sind diese 4 % aber nur deswegen entstanden, weil der Staat – aufgrund seiner Energiepolitik – den Solarstrom hoch subventioniert, d. h. man schüttet Ergebnisse aus, die letztendlich der Steuerzahler (über die Subventionen) in die Kasse des Unternehmens eingebracht hat. Wenn die Zeitung so etwas als Erfolgsstory bezeichnet, ist das unter marktwirtschaftlichen Bedingungen reiner Hohn. Andere Projektentwickler müssen heute schon Kredite aufnehmen, um die versprochenen Ausschüttungen zu bedienen.

Dem Hype für Windkraftanlagen, die zurzeit in Rheinhessen erstellt werden, ist nur schwer beizukommen, denn viele der daran Beteiligten halten die Hände auf „so groß wie Rhabarberblätter".

Zum Betrieb eines Windrades kommt noch hinzu:

— Pachten für die Aufstellung eines Windrades
— Pachten für die Nachbargrundstücke (wegen Schlagschattens)
— Pacht für Sicherungsmaßnahmen
— Pacht für Kabel und Wege
— Wartungsverträge, deren Preis sich in 15 Jahren verdoppelt
— Technische Betriebsführung
— Kaufmännische Betriebsführung
— Versicherungen
— und eine Rückstellung für den Rückbau.

All dies wird in eine vielschichtige Gesellschafts- und Vertragsstruktur eingebunden. Dazu muss man noch das Kleingedruckte mit Sternchen lesen: „Die jährlichen Ausschüttungen können nicht garantiert werden."

Übers Ziel hinaus
Installierte Windkraft-Leistung
in Deutschland, in Gigawatt

Quelle: Der Spiegel 27/2013

Unter dem Titel „Aufstand in der Rotorsteppe" setzt sich der Spiegel Nr. 27 vom 1.7.2013 sehr kritisch mit dem Wildwuchs in Sachen Windenergie auseinander. Zu den heute bestehenden 30.000 Windrädern sind noch weitere 60.000 neue Windräder geplant: In Wäldern, auf Gipfeln der Voralpen und sogar in Schutzgebieten. Bürger laufen Sturm gegen die Verschandelung der Landschaft. Die Kosten explodieren.

Trotz dieses innerdeutschen Booms stagniert das Geschäft für die Windmühlen-Hersteller weil das Ausland, diesen ökonomischen Unsinn, dem Verbraucher 100 % erneuerbare Energie zu liefern, nicht mitmachen will. Viele Windanlagenbauer können die irrsinnig ausgebauten Kapazitäten nicht mehr auslasten und müssen Mitarbeiter entlassen. Erneuerbare Energie ist eben nicht der versprochene Wachstumsmotor. Darüber hinaus wird im Bericht bestätigt, dass praktisch alle Prognosen „Lug und Trug" seien, weil alle Werte von der Windhäufigkeit (Windaufkommen) und den Unterhaltungskosten viel zu günstig gerechnet seien. Die Auslastung der Windenergieanlagen sei katastrophal. Bei möglichen 8.760 Std/Jahr bringt es ein Rotor auf dem Meer auf 4.500 Volllaststunden, an der Küste sind es 3.000 Std. und im Binnenland sind nur 1.800 Std. möglich. (Zitatende)

Einer Zeitungsnotiz aus der Rhein-Main-Presse, Ausgabe Alzey vom 5.7.2013 kann man entnehmen, dass der süddeutsche Windpark-Entwickler, die Firma Windreich AG Anfang März vom Handel an der Stuttgarter Börse ausgesetzt wurde, nachdem die Zinsen für die in den Jahren 2010 und 2011 aufgenommenen Anleihen von insgesamt 125 Mio. EUR nicht mehr gezahlt wurden.

Diese Ereignisse und Berichterstattungen bestärken mich in meiner Kritik an der Windkraft; aber diese Kritik will man von politischer und ideologischer Sicht, sowie den Lobbyisten nicht hören. Umso mehr soll mein Buch den Leser sensibilisieren für die – das ist so sicher wie das Amen in der Kirche – zu erwartende Kostenexplosion für die Stromerzeugung.

Dem Hype für erneuerbare Energien möchte ich noch ein i-Tüpfelchen aufsetzen:

Im Internet finde ich am 20.06.2013 einen Bericht über ein neues Buch des Mitbegründers des Wörrstädter Projektentwicklers für Alternativenergien, Herrn Matthias Willenbacher, unter dem Titel „Mein unmoralisches Angebot an die Kanzlerin, denn die Energiewende darf nicht scheitern".

Mit diesem Buch setzt er die Kanzlerin, Frau Merkel, unter Druck, innerhalb von sieben Jahren, d. h. bis zum Jahre 2020, unsere gesamte Energieversorgung auf 100 % Alternativenergie umzustellen. Sollte das gelingen, will er seinen 50 %-Anteil an dem Unternehmen (1,1 Milliarden EUR Umsatz 2012) verschenken. Das hat mich veranlasst, an unsere beiden regionalen Zeitungen, die Rhein-Main-Presse Mainz und die Rheinzeitung Koblenz, den nachstehenden Leserbrief zu schreiben.

Dazu passen auch die Bemerkungen von zwei hohen Regierungsbeamten, die mir erzählten, dass Sie von „oben" angehalten sind, sich nicht negativ zur neuen Energiepolitik im Land Rheinland-Pfalz (rot-grün regiert) zu äußern. Wenn sie das tun, dürfen sie dieses nur als ihre persönliche Meinung äußern. Das zeigt mir wie diese Energiewende mit der Peitsche vorangetrieben wird!

Text meines Leserbriefes:

Das ist wahrlich ein Knüller! Der Mitbegründer des Wörrstädter Projektentwicklers für Alternativenergien, Herr Matthias Willenbacher, hat ein Buch geschrieben, in dem er der Kanzlerin Angela Merkel ein – wie er schreibt – „Unmoralisches Angebot" macht. Er will, dass jetzt schon die Weichen so gestellt werden, dass im Jahr 2020 – d. h. in sieben Jahren (!) 100 % erneuerbare Energien zum Einsatz kommen. Herr Willenbacher braucht sich keine Gedanken zu machen, dass er seine Geschäftsanteile verschenken muss, denn ein solches Ziel wird niemals – wenn überhaupt – in sieben Jahren zu erreichen sein. Es sei denn, dass der Bürger akzeptiert, dass er – wohin er auch schaut – von hässlichen Windrädern umgeben ist, so wie man es z. B. auf der Strecke von Mainz nach Alzey mit Schaudern sehen kann. Von rheinhessischer Kulturlandschaft keine Spur mehr und jetzt sollen auch noch die Höhen des Rheintals „verspargelt" werden. (Die Unesco wird hoffentlich dagegen halten). Wir ärgern uns über die verspargelte Natur und bezahlen dies auch noch durch höhere Strompreise. Laut neuestem Landesentwicklungsplan hat jetzt jeder Bürgermeister eine Genehmigungshoheit für Windräder und das nutzen diese unternehmerisch konsequent aus, weil schon im Vorfeld viel Geld zu verdienen ist bzw. in Aussicht gestellt wird, z. B. Pachten, Durchleitungsgebühren, Wartung usw. – bevor das Rad überhaupt Strom liefert. Dabei stehen diese Räder im windarmen Rheinhessen 50 % der Zeit.

Das Geschäftsmodell von juwi verdient höchsten Respekt, denn es nutzt die Rahmenbedingungen, die der Staat durch seine Subventionspolitik in erneuerbare Energien geschaffen hat. Es wird dabei vergessen, dass dieses Modell zusammenbricht, wenn keine oder geringere Subventionen fließen und die erneuerbaren Energien sich dem Wettbewerb stellen müssen. Bei PV-Anlagen wurde die Subventionierung gekürzt und schon musste das Unternehmen juwi 200 Mitarbeiter entlassen, weil das ganze Geschäftsfeld „Solarstrom" keinen Gewinn mehr abwarf.

Bei allem Respekt für die Aufbauleistung von Herrn Willenbacher und Herrn Jung muss aber klar und deutlich gesagt werden, dass ein großer Teil des Erfolges durch Beiträge eines jeden Energieverbrauchers (durch die EEG-Umlage) finanziert wird. Die meisten Bürger wollen nicht wahrhaben, dass mit jedem neuen Windrad, Biogasanlage oder PV-Anlage der Anteil der EEG-Umlage von Jahr zu Jahr steigt. Wenn man dann der Industrie die teilweise Befreiung (dafür müssen erhebliche energetische Auflagen erfüllt werden) wegnimmt, bedeutet das, dass Deutschland mittelfristig de-industrialisiert wird. Der arbeitsplatzschaffende Mittelstand wird aufgeben oder geht ins billigere Ausland. Die Grünen haben dann ihr Ziel erreicht, Deutschland zu einem Kurpark zu machen, wo man nur noch lustwandelt ... und der liebe Gott ernährt sie doch.

Auch ich werde im September ein Buch herausgeben mit dem Titel „Hurra wir sind noch da! Autobiografisches und was den Mittelstand bewegt" worin ich Mittelstandsprobleme in der Bauwirtschaft beschreibe, weil hier keine Subventionen fließen! (Stichwort: Eigenheimzulage und AfA gestrichen) In diesem Buch setze ich mich auch mit der derzeit praktizierten Energiewende kritisch auseinander und beschreibe die besonderen Positionen des deutschen Mittelstandes für die Volkswirtschaft.
(Ende Leserbrief)

Atomstrom

Ich weiß, dass ich als Befürworter der Atomenergie ein heißes Eisen anfasse; nichtsdestotrotz respektiere ich auch die Auffassung Andersdenkender. Warum hat man Angst vor der Atomenergie? Es ist die Strahlung. Geringe Strahlung aus dem Erdinneren (Radon) oder aus dem Weltall bombardiert uns tagtäglich. Es ist also die Dosis auf die es ankommt. Wir haben fünf Sinne: Riechen, Schmecken, Sehen, Fühlen und Hören. Aber wir haben keinen sechsten Sinn für Strahlung. Dieses nicht Greifbare, nicht Spürbare macht uns unsicher und wir wehren uns dagegen.

Es geht mir um das Abschalten deutscher Kernkraftwerke, die die sichersten auf der Welt sind, wohl wissend, dass noch 162 Atomkraftwerke in Europa betrieben werden und neue dazu kommen. Die Kernkraftwerke in

Tschernobyl und Fukushima setzen eine Technik ein, die bei uns in Deutschland nie zugelassen würde. Warum soll man etwas, das sich Jahrzehnte in Deutschland gut bewährt hat, so schnell aufgeben? Anmerkung: Alle 162 Atomkraftwerke in Europa haben den Stresstest bestanden.

Hollande baut aus und Merkel stellt ab. Die Hysterie nach dem Fukushima-Unfall war in Deutschland sehr ausgeprägt, während dieser in Frankreich nicht für so viel Aufregung gesorgt hat.

Das mir immer wieder entgegengehaltene Argument der ungelösten Endlagerung könnte man mit etwas gutem Willen auf der politischen Seite lösen. Aber das will man nicht, denn man will die angebliche Gefahr den Bürgern ständig vor Augen führen. Man hätte keine Argumente mehr für die Energiewende die „alternativlos" sei – Originalton unserer Bundeskanzlerin.

Ja, ich akzeptiere auch das Risiko, denn ich muss in jeder Sekunde mit vielen anderen Risiken leben, seien es Unfälle oder Krankheiten wie z. B. Krebs der jedes Jahr Millionen von Menschen dahin rafft, ohne dass Heilung in Aussicht ist. Allein in Europa sterben jährlich ca. 700.000 (!) Menschen an den Folgen des Rauchens.

Der Kompromiss vor der Energiewende, diese Energieerzeugung so lange aufrechtzuerhalten bis andere Techniken das Industrieland Deutschland mit der notwendigen Energie versorgen können, hatte meine Zustimmung. Der Begriff „Brücken-Technologie" passte in diesen Konsens, zumal die Atomtechnologie die einzig CO_2-freie Energieerzeugung darstellt – und das sollten sich die Klimaschützer immer vor Augen halten.

Der Super-GAU von Fukushima am 11.3.2011 ist nicht durch einen Fehler bei der Atomstromerzeugung passiert, sondern allein durch einen außergewöhnlichen Tsunami, der letztendlich auch an 19.000 Toten schuld war.

Verdämmt und zugeklebt

Ich gebe zu, dass die ständig erhöhten Anforderungen an den Wärmeschutz von Gebäuden auch ihre Vorteile für High-Tech-Produkte unseres Unternehmens haben. Die ganzen Wärmeschutzanforderungen reglementieren die Verminderung von Öl und Gas, was letztendlich auch zur Verminderung der CO_2-Emissionen führt. Aber da schütten die Deutschen anscheinend das Kind mit dem Bade aus.

Die Zeitschrift Capital Nr. 03 vom März 2013 widmet ihre Titelseite diesem Dämmwahn unter dem Titel „Die Dämm-Falle – warum ein ganzes Land seine Häuser in Sondermüll einpackt". Auch der Focus berichtet in Nr. 42 von 2012 über die Dämm-Maßnahmen „Unterdessen wurden Studien bekannt, die aufzeigen, dass in wärmegedämmten Häusern mehr und nicht weniger Energie verbraucht wird. Grund: Weil die Dämmstoffe im Gegensatz zu Mauern die Wärme der Wintersonne nicht aufnehmen, das gilt besonders im Frühjahr und im Herbst."

Ich selbst kenne ein nachträglich gedämmtes Projekt von zwei gleich konstruierten, mehrgeschossigen mit Luftschicht verklinkerten Mietshäusern, wo man in die Zwischenräume des einen Hauses Dämmstoff eingeblasen und die Verbrauchswerte anschließend mit dem nicht gedämmten Haus verglichen hat. Ergebnis: Das gedämmte Haus hat mehr Energie verbraucht als das ungedämmte!

Unsere Regierung hat Energieberater eingesetzt, die jedem Hausbesitzer eine Rechnung aufmachen, ob sich die Dämmung rentiert oder nicht. Meist sind diese Berechnungen zu optimistisch, weil man mit immer weiter steigenden Energiekosten rechnet. Von den 100 % Wärmeverbrauch eines Hauses gehen ca. 14 % durch die Wand verloren, allein durch die Lüftung sind aber viel größere Verluste zu beklagen, nämlich 40 – 50 %.

Unter dem Gesichtspunkt des Recyclings wird aus der zusätzlichen Dämmung – besonders mit Styropor, dem sogenannten Wärmedämmverbund-System (WDVS) – in ca. 25 Jahren Sondermüll. Und kein Mensch weiß bis heute, wie man diese Fassaden wieder recyceln soll. In Deutschland seien bisher 840 Mio. m² Dämmplatten verbaut worden. Der tatsächliche Einspareffekt beträgt weniger als 20 % und die mittlere, schadenfreie Lebensdauer nur 22 Jahre. Das alles könnte man bei einem Altbau noch akzeptieren, aber nicht wenn dieser eine historische Fassade hat.

Bei einem Neubau gibt es auf jeden Fall sinnvollere Alternativen, wie z. B. die monolithische Ziegelwand. Sie ist genauso dick wie eine Wand aus 24 cm Kalksandstein oder Beton plus 20 cm Styropor. Eine solche monolithische Wand mit voller Ausnutzung der Wärmespeicherung, besonders in der Übergangszeit, aus 100 % Ziegel ohne jegliche Dämmung genügt heute dem Passivhausstandard und kann es unter Berücksichtigung von verschiedenen Planungsparametern bis zum Energieplushaus bringen, d. h. einem Haus das mehr Wärme abgibt, als verbraucht wird.

Zu der vielfach zu beobachtenden Schimmelpilzbildung und Algenbefall bei WDVS-Systemen mit Styropor® kommt die extreme Brandgefährdung. Wenn ein Brandherd entsteht, ist das Feuer durch nichts mehr aufzuhalten. Der Brandschaden von ca. 20 Mio. EUR in einer Lagerhalle mit 5.000 to. Styropor in Ludwigshafen am 22.6.2013 hat dies erschreckend deutlich gemacht.

Privates

In einer Autobiografie soll auch – wie der Name schon sagt – über Privates berichtet werden. Mein Buch aus dem Jahr 1995 und das jetzige Buch sollen eine Dokumentation über 150-jähriges Unternehmertum und unsere Familie für die Nachkommen sein.

Zur Erinnerung: 1995 war Stefan 27 Jahre, Holger 25 Jahre und Cordula 22 Jahre alt, unverheiratet und alle in der Ausbildung bzw. im Studium.

Ahnentafel

Nachdem ich in meinem ersten Buch die Stammlinie der Familie Jungk mit 13 Generationen zurück bis in das Jahr 1542 dargestellt habe, ist es mir eine besondere Freude, dass ich als vierte Generation nach der Gründung der Ziegelei 1862 nun die Übergabe an die fünfte Generation, meinen Sohn Stefan, machen konnte. Der sechsten Generation – also meiner Enkelin Sophia und meinem Enkel Nicolas – wünsche ich, dass einer der beiden in die Fußstapfen der Vorfahren eintreten wird.

Stammlinie der Unternehmer-Familie Jungk (Ergänzung)

1.
Jungk, Sophia, geb. 4.9.1999 in Bad Kreuznach
Jungk, Nicolas, geb. 27.11.2002 in Bad Kreuznach

2.
Jungk, Stefan, Diplom-Kaufmann, geb. 14.5.1968 in Bad Kreuznach, verh. 24.7.1997 mit Yvonne geb. Starke, geb. 1.12.1969 in Bad Kreuznach, Tochter von Manfred Starke und Elvira geb. Enders

Jungk, Holger, Dr. Ing., geb. 29.4.1970 in Bad Kreuznach, verh. 23.8.2007 mit Carmen, geb. de Mota Mitivier, geb. 2.2.1984 in Santo Domingo, Dominikanische Republik,
Jungk, Edgar, geb. 12.04.2010 in Berlin

Berthes, geb. Jungk, Cordula, geb. 16.6.1973 in Bad Kreuznach, verh. 5.12.2008 mit Markus Berthes, geb. 3.5.1970,
Berthes, Luisa, geb. 12.3.2008 in Bad Kreuznach

3.
Jungk, Ernst Konrad, Ziegelei-Ingenieur, geb. 2.10.1938 in Bad Kreuznach, verh. 31.3.1967 mit Helgard, geb. Pröbsting, geb. 23.4.1941 in Essen, Tochter von Herbert Pröbsting und Gerda, geb. Fleig.

Familie 2011

Stefan

Stefan war schon frühzeitig als geeigneter Nachfolger und Unternehmensführer auserwählt, was auch von den beiden Geschwistern voll anerkannt wurde. Nach seinem Wehrdienst bei der Luftwaffe hat er eine Lehre zum Bankkaufmann gemacht. Er ist einer der wenigen Azubis, die in der Ausbildung auch einen Banküberfall erlebt haben.

Stefan kam nach seinem Studium mit dem Abschluss als Diplom-Kaufmann (Prädikatsexamen nach nur 9 Semestern) der Betriebswirtschaftslehre an der Uni Würzburg und einer Tätigkeit bei Aldi im Jahre 1996 als Assistent der Geschäftsleitung in das Unternehmen. Hier hat er sich schnell eingearbeitet und mit seiner Begeisterung für das Unternehmen und das Produkt schnell Anerkennung gefunden.

2000 wurde er Prokurist, 2003 mit mir zusammen Geschäftsführer und im Jahre 2007 alleiniger Geschäftsführer. Als Nachfolger hat er in all den Jahren bewiesen, dass er dieses Unternehmen – das ich fast 50 Jahre lang geführt habe – erfolgreich weiter entwickeln wird. Es macht mir Freude in meiner Funktion als Senior-Berater an seiner Seite zu stehen.

1997 hat er seine Jugendliebe Yvonne geb. Starke geheiratet, die heute im Unternehmen tätig ist, was ich als sehr gut ansehe, denn eine Unternehmerfrau muss wissen, was in dem Geschäft los ist. Den beiden wurde am 4.9.1998 die Tochter Sophia und am 27.11.2002 der Sohn, Nicolas geschenkt. Beide Kinder entwickeln sich prächtig und Nicolas hat im Juli 2013 als Schulbester ein reines Einser-Zeugnis bekommen (4. Klasse). Auch das Zeugnis von Sophia war sehr gut. Wenn ich meine alten Zeugnisse betrachte und die von meinem Sohn Stefan, fragen wir uns: „Wo haben sie das nur her?" Ob die Kinder später einmal in die Fußstapfen von Stefan treten werden, kann man heute noch nicht abschätzen, aber sie werden sicherlich von uns Erwachsenen (Eltern und Großeltern) dahingehend motiviert.

Stefan hat mir früher einmal vorgeworfen, dass ich zu viele Ehrenämter hätte. Heute muss ich befriedigt feststellen: Er hat sie auch. Stefans Stärken sind Marketing und Vertrieb. Neue Produkte zieren unsere Prospekte und begeistern unsere Kunden. Der Exportanteil ist auf über 20 % gestiegen. Er will durch Kooperation wachsen und ist ein glühender Repräsentant eines mittelständischen Familien-Unternehmens.

Zurzeit bauen Stefan und Yvonne in Wöllstein ein eigenes Haus weil wir Eltern uns entschieden haben, in unserem Stammhaus aus 1878 zu bleiben – bis dass der Tod uns scheidet.

Holger

Nach seinem Wehrdienst bei der Luftwaffe hat Holger in Kaiserslautern und Berlin Wirtschafts-Ingenieurwesen studiert und verschiedene Praktika bei Industrieunternehmen gemacht, darunter ein Praktikum bei der New York City, Commission for the United Nations, Division for International Business. Er war 5 Jahre Assistent an der TU in Berlin und hat 2007 zum Dr. Ing. promoviert mit dem Thema

„Informationsmanagement zur Planung und Verfolgung von Produktlebenszyklen."

Er ist in Berlin mit seiner Firma Picmeta Systems – Software-Entwicklung und Vertrieb für Digital-Fotografie selbständig. Er betreut Entwicklungsprojekte und berät im Bereich mobile Anwendungen, d. h. er übernimmt Aufträge von Internetfirmen und entwickelt Apps für deren Vernetzung mit Smartphones. Holger ist beseelt vom freien Unternehmertum, will selbständig bleiben und schlägt gut dotierte Angebote aus der IT-Branche aus. Das Aufwachsen in einem Unternehmerhaus hat letztendlich seine Lebensziele geprägt.

Er ist seit 23.8.2007 verheiratet mit der Dominikanerin Carmen, geb. de Mota Mitivier. Am 12.4.2010 wurde unser vierter Enkel, Edgar geboren.

Cordula

Cordula hat im Jahr 1995 ihre Ausbildung zur Industriekauffrau bei der Firma Begerow Filtertechnik in Langenlonsheim mit der Note 1,75 beendet.

Sie wollte ursprünglich eine Ausbildung im Hotelfach machen. Ich habe ihr davon abgeraten, was ich heute vielleicht als Fehler betrachte, denn sie hat einfach gern mit Menschen zu tun und war deshalb in Ihrem Studium für Betriebswirtschaft an der FH in Gießen nicht immer sehr glücklich.

Nach vielen Auslandsaufenthalten war sie 4 Jahre als Assistentin und Bezirksleiterin bei Glaxo SmithKline tätig. Bei Dale Carnegie hat sie sich weiter gebildet zum systemischen Business-Coach und auch dort einen sehr guten Abschluss erreicht. Diese Beratungstätigkeit ist ihr auf den Leib geschnitten. Sie ist bei einer Personalberatung in Bad Kreuznach tätig und wird von ihrer Chefin freigestellt, wenn sie eigene Beratungsdienstleistungen durchführt.

Cordula ist seit 5.12.2008 verheiratet mit Markus Berthes, einem Bezirksdirektor der Bausparkasse Wüstenrot mit 20 Mitarbeitern. Er hat drei Kinder mit in die Ehe gebracht und als am 12.3.2008 unsere dritte Enkelin Luisa geboren wurde, ist eine gut funktionierende Patchwork-Familie entstanden. Im Jahre 2010 haben sie ein neues Haus in Wöllstein gebaut.

Private Fehlinvestitionen

In einem Familienbetrieb lassen sich Unternehmen und Familie nur schwer trennen. Deshalb möchte ich dem Leser dieses Buches auch etwas über die Höhen und Tiefen preisgeben, die ich in der Zeit von 1995 – 2013 privat erlebt habe.

Im Jahre 2005 bin ich in eine Investition für eine Internet-Pokerfirma hineingerutscht. In der damaligen Zeit hatte das österreichische Portal Bet and Win außergewöhnliche Aktien-Kurssteigerungen und die neue Firma Betonusa wollte auf dem Gambling-Markt mitmischen. Die von der Firma herausgegebenen Genussscheine hatten über fast zwei Jahre einen hervorragenden monatlichen Ertrag erwirtschaftet, der weit über der Kapitalmarktrendite lag. Als dann mitgeteilt wurde, dass man wegen des Erfolgs an die Börse gehen wollte, war ich überzeugt, dass dies ein großer Coup wird.

Der Sprung an die Börse gelang, der Aktienpreis hat sich von 5,40 EUR auf 11,00 EUR verdoppelt. Der Emittent machte ein weiteres Angebot, indem die neuen Aktien – wenn sie innerhalb von zwei Jahren nicht verkauft werden um den Kurs zu stabilisieren – einen Bonus erhielten. Getreu dieser Devise habe ich die Papiere gehalten, obwohl sich der Kurs nach dem Börsengang innerhalb kürzester Zeit rasant verschlechterte. Die Gründe für den Kursrückgang wurden von der neuen Aktiengesellschaft immer plausibel erklärt, aber das alles half nichts. Die einen haben mit Profit Kasse gemacht und die alten Genussscheininhaber sind auf ihren Papieren sitzen geblieben.

Das Ende vom Lied war, dass die Aktiengesellschaft aufgrund der Umwandlung der Genussscheine in Aktien sowie auch alle Aktionäre einen hohen steuerlichen Buchgewinn verbuchen mussten (obwohl überhaupt keine Liquidität realisiert wurde), so dass die Gesellschaft, die diese Steuerlast nicht einkalkuliert hatte (weil das Gesetz umstritten war) dann im Jahre 2007 wegen einer Überschuldung von rund 73 Mio. EUR Insolvenz anmelden musste. Auch die übrigen Genussscheininhaber waren mit dieser Steuerschuld konfrontiert, aber auf Anraten meiner Steuerberatung wurde ein Teil der Papiere rechtzeitig mit Verlust verkauft, so dass der steuerliche Gewinn, der eigentlich nur auf dem Papier stand, durch meine realisierten Verluste ausgeglichen werden konnte. Ende vom Lied: Das Geld war futsch!

In der gleichen Zeit habe ich Anteile an einer neuen Gesellschaft „Ecomares" erworben, die sich mit Aquakultur beschäftigte. Aquakultur ist die Zucht von Fischen in Becken auf dem Land bis die Tiere schlachtreif sind. Diese Gesellschaft hatte Forschungsbetriebe in Husum und Kiel und wurde mit 1a von der schleswig-holsteinischen Regierung gerated. Auch mein Vertrauen in diese Firma war grenzenlos, denn als wir unsere Ziegelwerke I und II in die Ukraine und nach Russland verkauft hatten, wollte ich die Hallen nutzen, um professionelle Aquakultur zu betreiben unter Nutzung der Abwärme aus unseren Ziegeleianlagen.

Von diesem Projekt habe ich aber Abstand genommen, weil Fishfarming für mich ein zu neues Gebiet war und ich auch nicht den richtigen Fachmann dafür gefunden habe. Aber ich habe an den Erfolg von Ecomares geglaubt. Das Ende vom Lied war auch hier eine Insolvenz wegen schlampigen Managements und ich glaube, dass betrügerische Machenschaften zu diesem Ende geführt haben.

Bei all diesen persönlichen Niederlagen habe ich mich aber immer an die Worte von Schopenhauer erinnert, der sagte: „Kein Geld ist besser angelegt, als das Geld um welches wir uns haben prellen lassen, denn wir haben unmittelbar Klugheit eingehandelt."

Ein zweiter Spruch hat mich begleitet und motiviert von Johann Wolfgang von Goethe „Fallen darfst Du, aber Du musst immer wieder aufstehen."

Geschäftshaus Wilhelmstraße 6

Der Aktiencrash in den End-90er-Jahren hat – wie bei fast allen Aktienbesitzern – auch bei mir tiefe Spuren hinterlassen und ich war der Meinung, dass man sich stärker in Immobilien engagieren sollte.

So wurde mir das Geschäftshaus Wilhelmstraße 6 in Bad Kreuznach, ein Gebäude mit 2.700 m² Mietfläche incl. einem 1.200 m² großen Laden im Erdgeschoss angeboten. Das Erdgeschoss war von Edeka angemietet und die beiden oberen Stockwerke von der Telekom.

Aufgrund der guten Rentabilität der Anlage konnte ich eine fast 100 %ige Finanzierung erreichen. Der zuständige Prokurist der Bank meinte zu mir, dass er noch nie eine solche Gebäude-Finanzierung gemacht hätte, mit einer solchen Rentabilität von Anfang an.

Zwei Jahre später war der Traum dahin. Die Edeka gab den Laden auf (nach dem Trend „weg aus der Stadt") und ein Jahr später kündigte die Deutsche Telekom fast 1.000 m² im Zuge von Rationalisierungsbemühungen (die meisten Mitarbeiter wurden entlassen). Nur mit großen Liquiditätszuschüssen konnte ich das Objekt halten. Mit weiteren Investitionen wurden aus drei Mieteinheiten sechs gemacht, die glücklicherweise zum Teil wieder vermietet werden konnten.

Der Erdgeschossladen ist aber zurzeit sehr schwer in Bad Kreuznach zu vermieten, denn die Stadtpolitik fördert die Ansiedlung im Außenbereich und vernachlässigt die Innenstadt. Durch Verrechnung der Verluste mit

Gewinnen aus Vermietung und Verpachtung des Familienvermögens schaffe ich einen Ausgleich, aber es bleibt für die Gesellschafter der Familie Jungk Grundstücksverwaltungsgesellschaft bR mH derzeit nichts zur Ausschüttung übrig.

Bei einer evtl. geplanten Vermögenssteuer würden bei diesem Projekt erhebliche Steuern anfallen, obwohl Verluste erwirtschaftet werden! Die Substanz würde angegriffen!

60. Geburtstag

Im privaten wie im Unternehmerleben ist der 60. Geburtstag, den ich am 2. Okt. 1998 feiern konnte, ein besonderer Anlass. Mit 60 Jahren hört das Alter der Jugend auf und die Jugend des Alters beginnt. Mit 60 Jahren soll das Haus bestellt und die Weichen für eine zukünftige Nachfolge gestellt sein.

Der Rückblick auf ein erfolgreiches Arbeitsleben mit vielen verantwortlichen Ehrenämtern und eine intakte Familie, war für mich Anlass, diesen runden Geburtstag festlich zu begehen. Mit über 300 Gästen aus Politik, Verwaltung, Verbänden, Banken, Unternehmensberatern, Kunden, Lieferanten, Zieglerkollegen und Familienmitgliedern wurde ein fulminantes Fest in der Wöllsteiner Gemeindehalle gefeiert.

Ein Programmpunkt war eine Theateraufführung um Frau Angelika Howland aus Berlin, die Tochter von Chris Howland (Pumpernickel), einer Kultfigur in meiner Jugend. Die Theatertruppe führte mit 5 Personen eine Pantomime „Pantomia – ein Märchen aus längst vergangenen Tagen" auf, eine Familiengeschichte vom Gründer Philipp Jungk bis zu mir als 4. Generation. Ein wesentlicher Bestandteil der Aufführung waren die vier Grundelemente der Natur, Erde, Wasser, Luft und Feuer (mein Buch, das ich 1995 veröffentlicht habe, symbolisierend). Es war eine großartige Aufführung, die mir und meinen Gästen noch lange in Erinnerung geblieben ist.

Weiterer Punkt des Programmes war der Auftritt des Männergesangvereins 1845 von Wöllstein, die nicht nur mir ein Geburtstagsständchen brachten, sondern auch die Gäste mit schönsten Liedbeiträgen beglückten. Zu dem Gesangverein 1845, der von meinem Urgroßvater (er war hier in Wöllstein 35 Jahre lang Bürgermeister) wie auch die Freiwillige Feuerwehr 1882 mit gegründet wurde, pflege ich ein besonderes Verhältnis, weil unser ehemaliger Vertriebsleiter, Herr Fritz Metz, über 25 Jahre lang dessen Vorsitzender war.

Bei früheren Liederabenden der Gemeinde oder der Verbandsgemeinde ist mir aufgefallen, dass für die instrumentale Begleitung der Chöre immer nur ein einfaches Klavier zur Verfügung stand. Ich habe mir deshalb vorgenommen zu meinem 60. Geburtstag einen Flügel zu spenden, was auch ein paar Wochen später in die Tat umgesetzt wurde. Anlässlich einer Veranstaltung des Vereins organisierte ich für den Klavierabend einen österreichischen Pianisten aus Möding bei Wien, den ich während eines Kuraufenthaltes in Bad Hall (südlich von Linz) bei einem dortigen Konzert kennengelernt habe. Allgemein wird dieses Geschenk von den Bürgern als große Bereicherung für das kulturelle Leben in unserer Gemeinde betrachtet.

Diese konstruktive Zusammenarbeit zwischen Bürgern, Vereinen, Verwaltung und Unternehmen ist es, was den Mittelstand ausmacht: er unterstützt und fördert. Die in den letzten Jahren in Wöllstein angesiedelten Großbetriebe wie z. B. Lidl und Jomo sind zu anonym um mit den Menschen vor Ort Kontakt zu halten und zu pflegen. Für unseren mittelständischen Familienbetrieb und die gesamte Familie sind die Begegnungen und evtl. Hilfestellung vor Ort Ehrensache. Diese Aufgaben erfüllt meine Frau mit großer Leidenschaft und Freude. Sie besucht nicht nur zu Geburtstagen und Jubiläen die ehemaligen Mitarbeiter, sondern auch viele andere, die etwas mit der Familie oder dem Unternehmen zu tun haben.

Ich bin sicher, dass diese Aufgaben auch von meiner Schwiegertochter, die aus dem fröhlichen Rheinhessen kommt, später weiter fortgeführt werden.

Gesundheit

Gerade als ich 1995 mein erstes Buch beendet hatte, wurde bei mir eine Makula Degeneration auf dem linken Auge diagnostiziert. Die führte dazu, dass ich nach einer hoch komplizierten Operation an der Netzhaut – die leider erfolglos blieb – nur noch 5 % Sehkraft auf diesem Auge besitze. Glücklicherweise konnte ich durch eine ständige Vitaminbehandlung mit Lutein und Zeaxanthin die Sehkraft auf dem rechten Auge auf 75 % stabilisieren. Ich tröste mich mit dem Satz:

„Im Lande der Blinden, ist der Einäugige König."

Bei meinen jährlichen Checkups wurde ich von meinem Internisten darauf aufmerksam gemacht, dass die Prostata sich negativ entwickelt, bis zu dem Zeitpunkt wo der sogenannte PSA-Wert auf über 4 stieg. Der Urologe untersuchte mich, machte eine Probe und verkündete mir ein paar Tage später: „Alles sei in Ordnung". Zwei Tage später bestellte er mich noch einmal in seine Praxis und eröffnete mir, dass er dem Laborwert, den ein externes Labor angefertigt hatte, nicht getraut und daher noch einmal recherchiert habe. Dabei wurde im Labor festgestellt, dass ein Fehler passiert sei, und die Diagnose klar auf Krebs hinwies. Ich war erschüttert, habe aber letztendlich der Umsicht des Urologen vielleicht sogar mein Leben zu verdanken.

Nach einer Total-Operation war ich fünf Tage später wieder auf den Beinen, musste am 6. Tag für einen Mitarbeiter, der 50 Jahre bei uns tätig gewesen war, eine Beerdigungsrede halten und hatte am Bein noch eine Urinflasche hängen. Acht Tage später saß ich wieder im Büro und bin meiner regulären Arbeit nachgegangen – die beste Methode, um wieder auf gute Gedanken zu kommen.

Lebensregeln

Über meine Eltern (Vater, geb. 24.2.1898, verst. 29.6.1980, Mutter: geb. 18.7.1899, verst. 10.11.1994) habe ich ausführlich in meiner Autobiografie „Erde, Wasser, Luft und Feuer" berichtet. Die letzten Lebensjahre hat meine Mutter bei uns, im Stammhaus Jungk, in bester geistiger Frische verbracht. Vieles, was ich im ersten Buch beschrieben habe, stammt aus ihren Erinnerungen.

Eine sehr wichtige Aufgabe sah meine Mutter darin, mich mit vorselektiertem Lesestoff bzw. Zeitungsartikeln zu versorgen. Durch mein berufliches Engagement war ich ihr für solche Hinweise sehr dankbar. Sie war für mich ein professioneller „Ausschnittdienst", denn sie hat mir nur die Artikel vorgelegt, die für mich, die Familie oder das Unternehmen interessant waren. Darunter auch eines Tages eine Veröffentlichung in der „BUNTEN" mit dem Titel: DIE FORMEL DER ERFOLGREICHEN.

Wie viele andere Artikel habe ich auch diesen in meiner Hängeregistratur unter „Lebensregeln" abgelegt und immer wieder einmal durchgeblättert, um mir Motivation zu holen. Diesen BUNTE-Bericht hat sie handschriftlich markiert mit dem Wort: „Beherzigenswert!" Die Lebensregeln können für jeden, ob privat oder beruflich, dazu beitragen auf die Sonnenseite des Lebens zu kommen.

Jeder will im Leben Erfolg haben, etwas erreichen, auf sich stolz sein können. Wieso gelingt das dem einen, dem anderen aber nicht? Gibt es eine geheime Formel für Sieger? Oder ist alles nur Zufall, Laune des Schicksals?

Die Wahrheit ist: Erfolg funktioniert stets nach einem ähnlichen Muster – privat ebenso wie im Job. Man muss nur wissen, wie man das Beste aus sich herausholt. Mit Selbstmanagement, wie es die modernen Gurus der Lebensplanung nennen. Dabei spielt es keine Rolle, ob man eine Super-Karriere oder eine glückliche Ehe will. Oder beides. Man muss nur ein paar Regeln beherrschen.

Die Formel der Erfolgreichen

1. Entwickle Willenskraft
Erfolg kommt nur zu dem, der ihn will. Warte nicht, dass jemand dich entdeckt, entdecke dich selbst. Sag: „Ich will, ich kann, ich mache". Erfolg kommt nie von selbst. Er will begehrt, und mit Konzentration erarbeitet und erobert werden.

2. Gucke ab und lerne
Lerne von denen, die Erfolg haben. Was machen sie anders als du? Meist steckt dahinter weder ein Trick, noch ein Zufall, sondern etwas, das Mühe macht: Training, Fleiß, Ausdauer, Hingabe. Und Mut zu Verantwortung, zu Fehlern.

3. Verfolge deine Ziele
Jeder Erfolg beginnt mit einer Idee. Formuliere sie, träume nicht nur. Entwickle Zielvorstellungen, das stärkt deinen Willen. Beschreibe sie zuerst in deinen Gedanken ganz präzise. Danach schreibe auf, was du wann erreichen willst. Richte dich nach diesem Terminkalender, hake Erfolge Punkt für Punkt ab. Wenn du irgendwo steckenbleibst, stelle fest, woran es liegt. Mach einen neuen Anlauf, aber verliere dabei das Ziel nie aus den Augen.

4. Setze Prioritäten in deinem Privatleben
Jeder kann in verschiedenen Rollen erfolgreich sein: als Liebespartner, Berufsmensch, Sammler, Segler, Schönheit. Aber überall top – das geht nicht. Liste auf, was dir wirklich wichtig ist. Konzentriere dich auf das Wichtigste! Wer sich verzettelt, ist schon von Anfang an zum Misserfolg verurteilt.

5. Setze Prioritäten – auch in deinem Beruf
Sorge dafür, dass dein Chef/Partner effektiv ist, indem du ihn unterstützt. Wenn er gut ist, verfolge dieselben Ziele wie er. Wenn er nicht so gut ist, verfolge die Ziele, die er erreichen könnte, wenn er besser wäre. Dann löst du ihn bald ab.

6. Mach einen Plan
Und zwar profihaft. Abends notieren, was morgen erledigt werden muss. Für Langfristiges: auch notieren, wenn man sich Tage vorher vorbereiten muss. Für ein Gespräch, ein Fest, einen Termin.

7. Lerne nein zu sagen
Das ist oft unbequem und stressig. Aber nur in dem Augenblick, in dem man jemandem etwas abschlagen muss. „Immer nur nett sein" ist Extra-Arbeit, die niemand dauernd schafft. Und die keiner bezahlt.

8. Finde dich gut
Bewerte dich selbst: Was sind meine Stärken? Nutze ich sie eigentlich? Werbe ich genug für mich? Habe ich z. B. den Chef auf mich aufmerksam gemacht? Kennt er meine Qualitäten eigentlich? Dann über Schwächen nachdenken und mit einkalkulieren. Aber ehrlich. Wer sich selbst in die Tasche lügt, kommt nie zum Erfolg – aus lauter Angst.

9. Achte auf deine Zeit
Arbeite effektiv, nie Stunden schinden. Finde heraus, zu welcher Tageszeit du besonders produktiv und kreativ bist. Diese Glanzstunden nicht durch zu langes Essen, private Telefonate, unnötige Erledigungen oder Gelaber einfach verplempern. Erledige Routine stets nur dann, wenn du sowieso abschlaffst. Beobachte, wo du Zeit vergeudest – z. B. mit Suchen (Akten, Schlüssel, usw.). Nimm dir aber immer Zeit zum Denken, Abschalten und – zum Lieben.

10. Hinterfrage alles
Frage dich immer: Ist das und das wirklich in dieser Form nötig? Nicht glauben oder weismachen lassen, weil etwas immer so gemacht wurde, muss es weiter so sein. Habe deinen Stress fest im Griff. Versuche zu analysieren, was dir Stress macht: Zuviel Arbeit? Kollegen? Zuwenig Anerkennung vom Chef? Ganz wichtig: Selbstzweifel abbauen! Bloß keine Angst vor Blamage oder Streit. Lieber mal sagen: „Habe ich nicht geschafft, versuch ich noch mal".

12. Akzeptiere Stress, wenn du nichts gegen ihn tun kannst

Wenn du auf Hochtouren laufen musst, dann genieße den Zustand, gut zu sein. So was kann man trainieren: beim Sport (mentales Training) und bei der Arbeit. Selbst beim banalen Kreuzworträtselraten.

13. Bewege dich

Wer etwas Besonderes leisten will, muss fit sein. Turne, schwimme, halte Körper, Geist, Seele in Form.

14. Denke positiv

Ein Klischee, gewiss. Aber durch negatives Denken, ständige Sorgen und Pessimismus lässt sich die Lebensqualität nicht verbessern. Nimm Herausforderungen an, suche nach Lösungen und glaube an dich, sage: Ich will mehr.

15. Sei entschlossen

Man kann sich endlos verzetteln oder eine Entscheidung zu schnell, zu unüberlegt fällen. Also: 1. Kläre das Problem; mache dir klar, was dabei herauskommen soll. 2. Prüfe, was zur Verfügung steht. Brauchst du mehr Fakten, beschaffe sie dir sofort. 3. Konsultiere alle, die daran beteiligt sind. 4. Schreibe die Möglichkeiten auf. 5. Sortiere Pro und Contra. 6. Entscheide. 7. Kontrolliere, dass die Entscheidungen durchgeführt werden. Denn sonst war die Vorarbeit sinnlos. Tobe, wenn nötig.

16. Delegiere

Ob du Chef bist oder Partner: Gib Arbeit ab. Übertrage anderen Verantwortung und Autorität – umso leichter kannst du kontrollieren, wie die Dinge laufen. Auch wenn du scheinbar nichts zu delegieren hast: Übernimm das Prinzip. Nutze die Intelligenz und Energie anderer für dich.

17. Fördere andere

Ermutige deine Umgebung, bring Kollegen, Freunden, deinen Kindern etwas bei, verbreite gute Laune. Tu, was dem Ganzen nützt, das macht auch dich glücklicher.

18. Tu es jetzt

Schiebe nichts auf, was unangenehm ist. Lieber eine schlechte Lösung als unklare Verhältnisse. Beginne, was dir gut erscheint, sofort.

19. Höre anderen zu

Lerne, was andere wissen. Sei neugierig auf Meinungen, sammle Kontroverses. Höre anderen zu, bevor du selbst redest. Würge nie jemanden in seiner Rede ab. Wichtig: Höre besonders beim Chef genau hin, wie und wann er informiert werden will. Sehr ausführlich? Oder knapp? Nur morgens? Freitags nie schlechte Nachrichten? Merke dir alles.

20. Sei schlau und vorausschauend

Durchdenke, wie eine Sache verlaufen kann und soll, wie sie verlaufen wird und wo es möglicherweise haken könnte – das kann dir Wochen an Mühe, Zeit und Energie ersparen. Kalkuliere Risiken mit ein, gehe von der negativsten Möglichkeit aus. Dann kann dich so schnell nichts zurückwerfen.

21. Traue deinem Gefühl

Verstand ist nicht alles. Horch nach innen. Unterdrückte Gefühle blockieren dich. Sprich mal aus, was „spinnert" erscheint – große geniale Ideen waren oft zuerst Spinnereien.

22. Sei bescheiden

Die effektivsten Tat-Menschen sind immer die, die nicht zu stolz und zu feige sind, Fehler einzugestehen. Nimm Rat an, lerne aus Kritik. Erfolgreiche erkennt man daran, dass sie einstecken können.

23. Sei unbescheiden

Wie bitte? Ja. Sei anmaßend in Zielvorstellungen. Think big, denke alles eine Nummer größer. Lass dich nicht von anderen aus dem Konzept bringen, kämpfe!

24. Lobe andere – und fordere Lob für dich
Spare nie mit Bewunderung, wenn andere gut gearbeitet haben. Aber sage auch laut, wenn Erfolge dir zu verdanken sind.

25. Habe nie Angst, es wird dir zu viel
Bricht Chaos aus, cool bleiben. Die wahre Stärke des Erfolgreichen ist Ruhe, wenn alle anderen nervös werden.
(Zitatende)

Billig vs. Teuer

Eine weitere alte Lebensregel kommt heute wieder zur Geltung, wo jeder – verstärkt durch das Internet – versucht, billig (preiswert) einzukaufen. Der englische Sozialreformer John Rushkin (1819 – 1900) hat es auf den Punkt gebracht:

Es ist unklug, zu viel zu bezahlen, aber es ist noch schlechter, zu wenig zu bezahlen.

Wenn Sie zu viel bezahlen, verlieren Sie etwas Geld, das ist alles.

Wenn Sie dagegen zu wenig bezahlen, verlieren Sie manchmal alles, da der gekaufte Gegenstand die ihm zugedachten Aufgaben nicht erfüllen kann. Das Gesetz der Wirtschaft verbietet es, für wenig Geld viel Wert zu erhalten.

Nehmen Sie das niedrigste Angebot an, müssen Sie für das Risiko, das Sie eingehen, etwas hinzurechnen. Und wenn Sie das tun, dann haben Sie auch genug Geld, um für etwas Besseres zu bezahlen.

Wie entsteht ein Poroton-Ziegel?

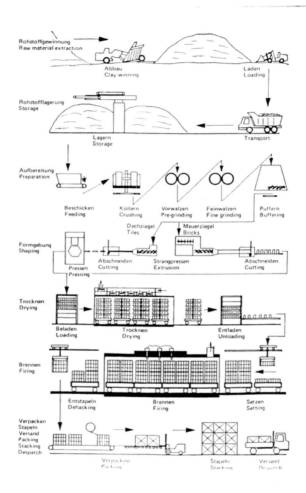

Fließschema

Tonlager

Hier werden die unterschiedlichen Materialien, die in der Tongrube an-fallen, gelagert. Der Abbau und Transport erfolgt mittels Raupe und Rad-lader mit 5 m³ Löffelinhalt. Bei unserem Ton handelt es sich um Tonmer-gel, der in einem Meer, welches den Oberrheingraben und das Mainzer Becken im Alttertiär vor etwa 35 Mio. Jahren überflutet hatte, abgelagert wurde. Das Rohstoffvorkommen ist nahezu unerschöpflich.

Materialaufgabe

In Kastenbeschickern mit unterschiedlicher Größe und Bandgeschwindig-keit werden die verschiedenen Rohstoffe dosiert.

Zusatzstoffe

Diese Materialien dienen zur technologischen Verbesserung der Ziegel wie z. B. Rohdichte und Druckfestigkeit. Ebenso helfen sie Trocken- und Brennprobleme durch Verringerung der Schwindung besser zu lösen.

Durch die Zugabe von Papierfangstoff (Papier kann nur ca. 7 mal recycelt werden, dann ist die Faser zu kurz geworden) erreichen wir die für die Wärmedämmung so wichtige Mikroporosierung.

Kollergang

Die Zerkleinerungs- und Mischmaschine wurde von JUWÖ Ingenieuren entwickelt und in Italien gebaut. Es ist der größte Kollergang der Welt mit einem Gesamtgewicht von 160 to. Damit übertrifft er alle bisher gebauten Anlagen. Die beiden inneren Läufer zermahlen zuerst den Ton, der dann nach außen auf eine Siebbahn geleitet wird, wo zwei weitere Läufer den Ton durch einen Rost drücken. Jeder Läufer hat ein Gewicht von 17 to., 200 to. Ton bearbeitet die Maschine in einer Stunde.

Tonsumpf

Der Rohstoff wird mittels eines quer- und längsverfahrbaren Abwurfban-des in hunderten von Schichten horizontal eingebracht. Mit einem Quer-bagger werden diese vielen Einzelschichten zusammen von unten nach oben abgeschält und der Aufbereitungsanlage zugeführt. Durch dieses

Verfahren erfolgt eine ausgezeichnete Homogensierung (Vergleichmäßigung) der Rohstoffe. Insgesamt können ca. 6.000 m³ Ton gelagert werden.

Grobaufbereitung
Diese Anlage wird nur nachts betrieben, um den Stromverbrauch über 24 Std. besser zu verteilen und um Stromspitzen zu vermeiden.

In einem Vorwalzwerk erfolgt eine Grobzerkleinerung auf ca. 3 mm und über zwei Feinwalzwerke eine Feinzerkleinerung auf ca. 1 mm. In einem Mischer werden die Rohstoffe gleichmäßig vermischt und mit Wasser entsprechend plastisch angemacht. Dieses aufbereitete Material wird in einem Tonsilo mit 350 m³ Inhalt nochmals zwischengelagert und je nach Bedarf von den Ziegelpressen abgerufen.

Maukturm I und II
Das ist ein Tonsilo mit 350 m³ (= 700 to.) Inhalt, welches die Ziegelpressen im Werk 2a und III versorgt. Mit einer Schnecke, die hydraulisch versetzt wird, wird der Ton abgeschält und über einen Drehteller auf ein Schuppenband aufgegeben.

Labor
In unserem neu errichteten Labor betreiben wir Forschung und Entwicklung (FuE), sowie überwachen die Produktion von der Grube bis zur Verpackung. Hier werden die Zuschlagstoffe kontrolliert und Rezepturen optimiert. In regelmäßigen Abständen werden tägl. gebrannte Ziegel auf die Einhaltung der DIN-Werte untersucht und die unterschiedlichen Zertifizierungen bedient.

Rundgang durch das Ziegelwerk III

In diesem Betrieb werden Planziegel aus Poroton hergestellt.

Um einen optimalen Energieverbund, sowie geringste Wartungs- und Verschleißkosten zu erreichen, läuft diese Fabrik in sehr langsamen Arbeitstakten, dafür aber 24 Stunden an 7 Tagen. Eine Schicht ist mit zwei Mitarbeitern besetzt.

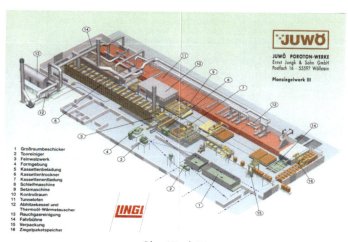

1 Großraumbeschicker
2 Tonreiniger
3 Feinwalzwerk
4 Formgebung
5 Kassettenbeladung
6 Kassettentrockner
7 Kassettenentladung
8 Schleifmaschine
9 Setzmaschine
10 Kontrollraum
11 Tunnelofen
12 Abhitzekessel und
    Thermoöl-Wärmetauscher
13 Rauchgasreinigung
14 Fahrbühne
15 Verpackung
16 Ziegelpaketspeicher

Plan Werk III

Feinaufbereitung
Großraumbeschicker
In ihnen wird das in der Grobaufbereitung nachts aufbereitete Material zwischengelagert, um es rund um die Uhr den weiteren Aufbereitungsmaschinen zuzuführen. Eine Nachtaufbereitung wird deshalb vorgenommen, um Stromspitzen, die sehr teuer sind, zu vermeiden.

Tonreiniger
Mit dieser Maschine werden Fremdkörper aus dem Ton herausgefiltert werden. Dadurch ist es möglich, die Stegdicken im Ziegel auf 3 mm zu verringern. Die dünnen Stege sind notwendig um eine möglichst hohe Wär-

225

medämmung des Ziegels zu erreichen. Trotzdem behält der Ziegel seine hohe Festigkeit.

Feinwalzwerk
In dieser High-Tech-Maschine wird der aufbereitete Ton auf 0,8 mm feinstgewalzt. Damit der Walzenspalt immer korrekt eingehalten wird, werden die Oberflächen der Walzen jeden Tag mit fest anmontierten Drehmaschinen abgedreht.

Formgebung
Die Formgebung besteht aus dem Siebrundbeschicker, einer Dosiermaschine in der zur Plastifizierung Dampf zugegeben wird, dem Doppelwellenmischer und der Strangpresse. Mittels einer Vakuumpumpe wird dem Ton die Luft entzogen, wodurch höchste Plastizität gewonnen wird.

In der Strangpresse werden mit Hilfe eines Mundstückes – welches die Form der Ziegel bestimmt – Ton und Styropor zu einem endlosen Strang verpresst. Dieser wird in einem Abschneider mittels eines 0,8 mm dicken Stahldrahtes auf die gewünschte Steinhöhe gebracht.

Kassetten-Beladung
Mit einem äußerst sensibel arbeitenden Greifer werden die frischen Formlinge in eine Trocknerkassette eingelegt, die nach kompletter Befüllung in den einlagigen Kassettentrockner eingeschoben wird.

Kassettentrockner
Dieser Trockner ist eine Neuentwicklung und stellt mit seiner schnellen Trockenzeit einen Quantensprung in der Technologie der Ziegelherstellung dar. Die noch nassen Formlinge durchlaufen einen Tunnel mit einer Fahrspur. Nach ca. zwei Stunden (in alten Anlagen bis ca. 48 Stunden) sind die Ziegel bei einer Temperatur von max. 140° C getrocknet, d. h. das eingebundene Wasser ist den Ziegeln entzogen. Dadurch entstehen auf natürlichem Weg kleinste Kapillare die den Stein „atmen" lassen. Dieser optimale Feuchteausgleich ist für den Wohnwert äußerst bedeutsam. Der Ziegel ist jetzt ca. 6 % kleiner geworden, aber so fest, dass er sich nicht mehr ver-

formen kann. Ein Trockenriss hat keine Auswirkung auf die Festigkeit des Ziegels.

Kassetten-Entladung

Die unter dem Trockner zurücklaufenden Kassetten werden an dieser Stelle wieder auf die Beladebahn angehoben. Ein Greifer hebt die trockenen Ziegel aus der Kassette heraus, dreht sie um 90° und setzt sie auf ein Plattenband. Jetzt werden die getrockneten Ziegel der Setzmaschine zugeführt.

Setzmaschine

Mittels einer exakten Gruppierung werden die Ziegel Zahn auf Zahn einzeln auf die Tunnelofenwagen gesetzt, damit sie allseitig von Brenngasen – gleichmäßig – umspült werden können.

Kontrollraum

Das ist das Hirn des gesamten Betriebes. Die Steuerung ist voll elektronisch und komplett vernetzt, d. h. Veränderungen der Produktionsmenge setzen einen Regelmechanismus beim Trockner, Ofen und der Rauchreinigungsanlage in Gang, so dass immer höchste Qualität gewährleistet ist. Alle Temperaturdaten, Klappenstellungen, Brennkurvenaufzeichnungen, usw. sind auf dem Bildschirm abrufbar und werden protokolliert. Ca. 60 km Kabel wurden verlegt um diese Anlage zu steuern und zu regeln.

Tunnelofen

Der Ofen ist eine Brennmaschine, die in der Mitte ein feststehendes Feuer besitzt, das von oben oder von der Seite befeuert wird. Periodisch – bei uns etwa alle 40 Minuten – wird am Ofenanfang ein Brennwagen mit getrockneten Formlingen in den Ofen hydraulisch eingeschoben. Gleichzeitig verlässt ein gebrannter Ofenwagen den Ofen.

Die Brenntemperatur beträgt ca. 900° C und wird in den 12 Temperaturbereichen automatisch überwacht. Der Ofen ist 24 Stunden, sieben Tage in der Woche in Betrieb.

Die gelbe JUWÖ-typische Brennfarbe entsteht durch den hohen, natürlichen Kalkanteil. Dieser ist ein besonderes Geschenk der Natur, denn während des Brennvorganges wird zusätzlicher Mikro-Porenraum gebildet. Deshalb sind die „Gelben aus Wöllstein" besonders leicht, druckfest und „atmungsaktiv". Beim Brennen verbinden sich die Tonmaterialien und die Silikate (Sande) unauflöslich. Dadurch erhält der Ziegel seine hohe Festigkeit.

Wenn der Ziegel den Ofen verlässt, ist er im wahrsten Sinn des Wortes „durchs Feuer" gegangen. Er enthält garantiert keine ausgasenden Rückstände und ist völlig volumenstabil, was spätere Rissigkeit am Bau verhindert.

Schleifmaschine
Mit Diamantscheiben bestückt, schleift diese Maschine die gebrannten Ziegel planparallel auf 249 mm herunter. Die exakte Steinhöhe wird mit modernster Messtechnik ständig überprüft und die Schleifscheiben automatisch nachgestellt. Dieses exakte Maß ist notwendig, damit der Ziegel mit Dünnbettmörtel „verklebt" werden kann. Nur durch diese Verarbeitungsweise entsteht das exakte, saubere und arbeitskostensparende Mauerwerk, mit sogar noch höheren Festigkeiten als vermörteltes Mauerwerk.

Abhitzekessel und Thermoöl-Wärmetauscher
Klimavorsorge ist auch ein Anliegen der deutschen Ziegelindustrie, die sich auf freiwilliger Basis bereit erklärt hat, den spezifischen Energieverbrauch und damit die CO_2-Emissionen bis zum Jahr 2020 – auf der Basis des Jahres 1990 – jährlich um 1,3 % zu verringern.

Mit dem in unserem Ziegelwerk verwirklichten Energiekonzept haben wir schon heute diese Selbstverpflichtung erreicht, da wir im Vergleich zu unseren bestehenden Anlagen hier mit etwa 25 % niedrigeren Energiekosten auskommen. Dies geschieht dadurch, dass wir Kühlwärme aus dem Tunnelofen in einem Abhitzekessel der auf dem Ofen montiert ist, zur Dampferzeugung verwenden. Darüber hinaus werden die aus der Rauchgasreinigung kommenden Rauchgase mittels Wärmetauscher auf unter 100° C abgekühlt.

Rauchgasreinigung (RNV – rekuperative Nachverbrennung)
Beim Aufheizprozess verbrennen die organischen, porenbildenden Stoffe nicht vollständig und es entstehen bis etwa 450° C Schwelgase, die besonders geruchsintensiv sind. Diese Gase werden zusammen mit den Brenngasen der rekuperativen Nachverbrennung zugeführt.

Dieses Wunderwerk der Technik besteht aus drei großen, mit keramischen Speicherkörpern gefüllten Behältern in denen wechselseitig das schadstoffbeladene Brenngas durchgesaugt wird. Im oberen Bereich werden mit Gasbrennern die Schadstoffe bei 800° C vollständig nachverbrannt. Ihre Wärme geben sie wieder an die keramischen Speichermassen ab, die für die Wiederaufheizung des schadstoffbeladenen Gases benutzt werden. Mit ca. 170° C, die in einem nachgeschalteten Wärmetauscher wieder auf unter 100° C abgekühlt werden, gehen die Rauchgase in den 45 m hohen Kamin. Die Abluft hat höchste Reinheit und übertrifft vielfach die derzeit geforderten Werte der TA-Luft.

Fahrbühne
Diese vollautomatisch fahrenden Bühnen – am Ofenanfang und -ende – führen dem Ofen die benötigten Brennwagen zu und ab.

Verpackung
Nach dem Brand werden die einzelnen Ziegel mittels eines Greifers zu transportgerechten Paketen auf Paletten zusammengesetzt und mit einer Plastikfolie überzogen. In einem Schrumpfofen wird diese Folie ca. 45 Sek. erhitzt, wobei sie stark einschrumpft und damit eine sichere Transportverpackung ergibt.

Ziegelpaketspeicher
Während der Nachtproduktion übernimmt ein vollautomatischer Palettenspeicher die Zwischenlagerung der Ziegelpaletten. Diese Anlage dient vorwiegend dem Lärmschutz, da der nächtliche Staplerverkehr entfällt.

Rundgang durch das Werk 2a

Schnellbrand mit TurboFiring

Die Anlage zur Produktion von Planziegeln besteht aus:

- Nasslinie
- Durchströmungstrockner
  (Trockenzeit 4 h)
- Rollenofen (Brennzeit 4 h)
- Ziegelentladung mittels Roboter
- Zuführung zur Schleifanlage mit nachfolgender Verpackung.

Das gesamte Werk wird durch zwei Anlagenfahrer je Schicht betrieben.

Beim Durchströmungstrockner werden die nassen Rohlinge einlagig auf Paletten abgesetzt. Beim Durchlaufen des Trockners werden die Ziegelrohlinge durch Umluftventilatoren wechselseitig von unten und oben angeblasen.

Die Temperaturen in den insgesamt 14 Regelzonen werden über Zumischung von Heißluft aus dem Wärmeverbund vom Ofen geregelt. Ab der Regelzone 8 kann über einen Wärmetauscher durch die aus dem Ofen abgesaugten Rauchgase erhitzte Frischluft zur Beheizung zugemischt werden.

Der spezifische thermische Energiebedarf des Trockners pro kg auszutrocknendem Wasser liegt bei < 900 kcal.

Der Ofen lässt sich in drei Zonen unterteilen: Schwel-, Brenn- und Kühlzone.

Die aus dem Ofen abgesaugten Rauchgase werden einer Thermischen Nachverbrennung zugeführt. Der Energieinhalt des vorliegenden Reingases wird entweder im Ofen zur Beheizung der Schwelzone genutzt oder über einen Wärmetauscher in Form von erhitzter Frischluft dem Trockner zugeführt.

Schwelzone

In der Schwelzone findet die Verschwelung der in die Masse eingemischten Ausbrennstoffe statt. Die Schwelzone besteht – einschließlich der Schleuse am Ofeneinlauf – aus insgesamt 8 voneinander unabhängig geregelten Umwälzkreisen. Durch eine gesonderte Luftführung in Verbindung mit einer eigenen Absaugung ist diese weitestgehend vom restlichen Ofen abgekoppelt.

Der stark exotherme Schwelvorgang wird im Ofen beherrschbar, da die hier normalerweise parallel zur Verschwelung ablaufenden, Energie freisetzenden Oxidationsvorgänge durch gezielte Einstellung der Zu- und Abluftmengen unterdrückt werden. Das mit unverbrannten Kohlenwasserstoffverbindungen angereicherte Schwelgas wird direkt am Ort seiner Entstehung dem Ofen entnommen und der Thermischen Nachverbrennung (TNV) zugeführt. Dort liefert es einen Großteil der zur Nachverbrennung der Rauchgase notwendigen Energie. Die Entstehung eines zündfähigen Gemisches wird somit im Schwelbereich verhindert.

Die gesamte, innerhalb der Schwelzone freigesetzte thermische oder chemisch gebundene Energie wird direkt im Bereich ihrer Entstehung dem Ofen durch Absaugung entnommen. Sie wird also nicht, wie bei einem Tunnelofen, weiter in Richtung Ofeneinfahrt gezogen, wo sie zu einem „Durchgehen" der Temperaturen führen würde. Der gesamte Aufheizprozess bleibt beherrschbar.

Durch die intensive Umluftführung in insgesamt 8 unabhängig voneinander geregelten Umwälzkreisen werden die Ziegel gezielt durchströmt. Die Temperaturunterschiede im Besatz werden minimiert und somit eine gleichmäßige Entschwelung sichergestellt. Die Bildung von zündfähigen „Schwelgasnestern" und somit undefinierter Aufheizgradienten im Besatz ist nicht möglich.

Brennzone

Daran schließt die mit HG-Brennern beheizte Brennzone an, die über eine separate Rauchgasabsaugung verfügt. Im vorderen Bereich der Brennzone (zwischen 600 °C und 800 °C) sind Hochtemperaturumwälzungen installiert – das sogenannte TurboFiring. Durch diese Umwälzkreise wird ein intensiver Wärmeübergang vom Rauchgas auf das Brenngut realisiert.

Der Ofenfeuerung überlagert ist eine Umluftführung. Mittels eines Radial-Ventilators werden die heißen Ofengase aus dem Brennraum unterhalb der Rollen angesaugt, durch das Brenngut geführt und über Ausblasöffnungen mit hoher Geschwindigkeit wieder gezielt durch den Ofenbesatz zurück in den Brennraum gedrückt. Dieses neuartige Heißgasumwälzverfahren bewirkt eine wesentlich schnellere Aufheizung und gleichzeitig eine gleichmäßige Temperaturverteilung im Brenngut.

Ziel ist es, das Brenngut schnellstmöglich und gleichmäßig über den Besatzquerschnitt auf eine für den Ausbrand der Verkokungsrückstände günstige Temperatur zu erwärmen. Damit wird erreicht, dass die beim Betreiber eingesetzte sehr kalkreiche, z. T. hochporosierte Arbeitsmasse (eingeziegelte Energiemenge 400...900 kJ/kg Brenngut) bei einer Ofenzeit von ca. 4 Stunden völlig ausgebrannt ist. Die Temperaturunterschiede über den Besatzquerschnitt betragen im Aufheizbereich nur 10 bis 20 Kelvin im Scherben. Das gesamte Brenngut fährt mit annähernd gleicher Temperatur in den Ausbrandbereich oberhalb 800° C ein. Die hier üblicherweise zum Temperaturausgleich im Besatz notwendige Zeit, kann stark verkürzt werden – ein weiterer wichtiger Punkt beim Schnellbrand.

Kühlzone

Nach insgesamt 9 Brennzonen laufen die Ziegel in die Kühlzone ein. Das Brenngut wird durch eine Kombination von Direkteinblasung und indirekter Kühlung im Bereich Sturzkühlung sowie durch Schlusseinblasung und 5 Heißluftabsaugungen einer gezielten Kühlkurve unterworfen.

Die Besonderheit eines Rollenofens im Bereich der Kühlung besteht darin, dass er praktisch keine Speicherwärme besitzt, wie es beim klassischen

Tunnelofen durch die Ofenwagen oder das höhere Besatzgewicht der Fall ist.

Der Ofen kann ohne größere qualitative Ausfälle leergefahren und wieder befüllt werden. Ist es erforderlich, die Temperaturen im Ofen zeitweise abzusenken oder den Ofen ganz herunterzufahren, so ist dieser nach kurzer Zeit wieder produktionsbereit. Ein vollständig abgekühlter Ofen produziert nach maximal 20 Stunden wieder mit voller Leistung.

Bei einer Durchsatzleistung von ca. 10 t gebrannt pro h beträgt der Primärenergieverbrauch des Ofens bei der vom Betreiber eingesetzten relativ kalkreichen Arbeitsmasse 138 kcal pro kg gebrannt und der TNV 97 kcal pro kg gebrannt. Von der in der TNV zur Aufheizung der Schwelgase auf 750 °C verbrauchten Primärenergiemenge werden ca. 55 % (entspricht ca. 54 kcal/kg) über einen Wärmetauscher indirekt dem Trockner zugeführt. Die restlichen 45 % bzw. 44 kcal/kg werden zur Beheizung der Schwelzone aufgebracht. Somit verbraucht der Ofen inklusive der vorgeschalteten Schwelzone 182 kcal pro kg gebrannter Ziegel.

Das im Rollenofen verwendete Transportsystem ist dadurch gekennzeichnet, dass die mit den Rollen in Kontakt kommende Auflageseite der Ziegel beim Ofendurchlauf mechanisch beansprucht wird. Läuft der Ziegel aufgrund eines ungünstig eingestellten Vortriebes an der Presse leicht ballig in den Ofen ein, „tanzt" er beim Transport auf den Rollen. Am Ofenauslauf besteht dann im Bereich der Ziegelsortierung das Problem, dass die Ziegel nicht in einer definierten Lage zur Entnahme bereitstehen, sondern erst geordnet werden müssen. Dies wird dadurch gelöst, dass das Umsetzen der Ziegel von der Rollenbahn auf Kettenbahnen von zwei Robotern übernommen wird. Diese sind mit einem Kamerasystem verbunden, welches die genaue Lage der Ziegel erkennt.

Vorteile einer monolithischen Wand mit JUWÖ Planziegel

Behagliches Wohnklima im Winter und im Sommer

Behagliches Wohnklima zeichnet sich aus durch:

*   Angenehme Raumtemperatur zu jeder Jahreszeit
*   Ideale Luftfeuchtigkeit
*   Trockene Wände
*   Gesunde Raumluft

Ziegel schaffen durch ihre hervorragende Wärmedämmung und die lange Wärmespeicherung ein angenehmes Wohnraumklima. In einem Ziegelhaus ist es immer schön warm und Sie fühlen sich wohl.

Das Zusammenspiel von Dämmung und Wärmespeicherung ist bei der monolithischen Ziegelwand einzigartig.

Immer wichtiger!! Angenehm kühl im Sommer.

Niedrigster Feuchtegehalt aller vergleichbaren Baustoffe

—   Je mehr Feuchtigkeit im Mauerwerk umso schlechter ist die Wärmedämmung. Das ist nichts anderes als wenn Sie im Winter einen nassen Mantel anziehen würden...nur der trockene Mantel schützt Sie vor der Kälte.
—   Als Faustformel gilt: Jedes Prozent mehr Feuchtigkeit mindert die Wärmedämmung um mindestens 10 %. Wenn ein Baustoff also feucht ist, dann weicht sein tatsächliches Wärmedämmvermögen erheblich von dem Soll-Wert ab.
—   Ziegel werden getrocknet und anschließend im Feuer gebrannt. Sie haben die schnellste Austrocknungszeit und die geringste Restfeuchte aller vergleichbaren Baustoffe. In allen Zulassungen ist ein Restfeuchtegehalt von maximal 0,5% festgelegt. Die tatsächliche Feuchte liegt in aller Regel aber deutlich darunter (0,1 - 0,3 %)

- Der Vorteil bei der Feuchte gilt insbesondere im Vergleich zu grauen (Bims/Leichtbeton) oder weißen (Porenbeton) Mauersteinen, deren endgültige Austrocknung bis zu 5 Jahren und darüber liegt.
- Der Ziegel garantiert also seine volle Wärmedämmung von Anfang an.
- Andere feuchte Baustoffe müssen Sie im wahrsten Sinne des Wortes erst trockenheizen...auf Ihre Kosten. Da kann in den ersten Jahren einige tausend EUR ausmachen. Ganz zu schweigen von Problemen mit Schimmelbefall und Rissbildung aufgrund des Schwindvorgangs beim Trocknen.
- Bei Ziegelmauerwerk fallen Ihnen die schimmeligen Tapeten nicht von der Wand..und das ist kein Witz.

Geldwerte Vorteile von Anfang an

- Hochwärmedämmende Ziegel sparen echtes Geld. Lassen Sie sich von vordergründig günstigeren Baustoffen nicht täuschen.
- Da der Ziegel trocken ist und nicht schwindet, kann die Wand ohne große Wartezeit verputzt werden. Hersteller bindemittelgebunder Baustoffe empfehlen dagegen eine Wartezeit von mind. 6 Monaten. Allein die Einsparung bei den Gerüstkosten liegt bei einem Einfamilienhaus bei ca. 1.500 EUR.
- Durch die trockenen Ziegel wirkt die Wärmedämmung von Anfang an. Das spart direkt eine Menge Heizkosten.
- Folgekosten durch Schimmel sind so gut wie ausgeschlossen.
- Durch die Formstabilität des Ziegels und in Verbindung mit den empfohlenen Putzen sinkt das Risiko von nachträglicher Rissbildung erheblich.
- Zusatzgedämmte Fassaden werden oft von Vögeln, insbesondere Spechten beschädigt. Die monolithische Wandkonstruktion aus Ziegeln kennt dieses Problem nicht.

Ökologischer Spitzenreiter

Ökologisch und nachhaltig bauen – am besten monolithisch (Putz innen, Ziegel, Putz außen – fertig!)

— Die Fassade aus monolithischem Mauerwerk ohne künstliche Dämmsysteme ist frei von schädlichen Bioziden. (die Behandlung mit Bioziden bei WDVS-Systemen gegen Pilz- und Algenbefall ist problematisch).

— Wärmedämmverbund-Systemen sind anfälliger als eine verputzte monolithische Wand und die Lebensdauer ist begrenzt (max. 30 – 40 Jahre). Danach ist die Fassade als Sondermüll zu entsorgen. Dies ist nicht nur ökologischer Unsinn, sondern auch sehr teuer. – Der Dämm-wahnsinn wird in diesem Zusammenhang in Zukunft große Probleme bringen!

— Das Abbruchmaterial eines Ziegelhauses kann auf herkömmlichen Bauschuttdeponien gelagert oder als Recyclingbaustoff wiederver-wendet werden.

— Produktion in den modernsten Werken Deutschlands (Bau wurde gefördert vom Bundesumweltministerium)

— Das Institut Fresenius bestätigt: JUWÖ Ton ist sogar als Heilerde ver-wendbar. Auszug aus der Analyse des Institut Fresenius unter www.juwoe.de.

— JUWÖ ist zertifiziert nach dem Öko-Label III durch das Institut Bauen und Umwelt e.V. Dieses legt alle Daten der Ziegel – von der Rohstoff-gewinnung über die Herstellung bis zum Recycling – offen dar und schafft Transparenz und Vergleichbarkeit am Markt.

Güteüberwacht durch den Güteschutz Ziegelindustrie Süd

Zertifiziert für Belgien Norm Benor

Zertifiziert für England durch die Zurich Building Assurance

Zertifiziert nach höchstem europäischem Standard

Zertifiziert nach dem Öko-Label III durch das Institut Bauen u. Umwelt e.V.

JUWÖ Ton ist unter balneologischen (bäderkundlichen) Kriterien sogar als Heilerde verwendbar. Bestätigt durch Institut Fresenius.

INSTITUT FRESENIUS

Perfekt in der Verarbeitung

Die einfache Verarbeitung des JUWÖ Planziegel-Bausystem bietet wesentliche Vorteile beim Rohbau

- Dübeln und Schlitzen überhaupt kein Problem.
- Hinweise und Produktempfehlungen zum Bohren und Dübeln im Merkblatt
- Tipp: Dass Dübeln und Schlitzen ein Problem sei, wird gerne vom Nicht-Ziegel-Wettbewerb in weiten Gebieten von Rheinland-Pfalz und NRW als Argument benutzt nach dem Motto "da geht doch kein Dübel rein".
- Diese Aussage ist schlichtweg falsch und im Übrigen einzigartig für diese Regionen. In Bayern, Baden-Württemberg oder in den neuen Ländern und erst recht im Ausland kennt man dieses Argument nicht. Gerade in Ziegelmauerwerk und erst recht in den Ziegeln der neuen Generation (S und MZ Reihe) halten Dübel besonders sicher.
- Die Ziegeloberfläche ist ein ausgesprochen guter Untergrund für Putze. Ein Grundieren vor dem Verputzen (Aufbrennsperre) ist nicht notwendig.
- Durch Verarbeitung mit VD-System und damit vollgedeckelter Mörtelfuge ist eine Luftzirkulation durch Steckdosen oder sonstige Öffnungen ausgeschlossen.

Hohe Wärmedämmung – hoher Klimaschutz

Der hervorragende Wärmeschutz (von Anfang an) Ihres Hauses wird gewährleistet durch:

- Massive und trockene Ziegelbauweise
- ständige Innovation in höchstwärmedämmende Ziegel
- JUWÖ Ziegel erfüllen heutige und zukünftige Anforderungen an höchste Wärmedämmung.
- JUWÖ Ziegel für EnEV 2009
- EnEV 2010, KFW 70, KFW 55 oder Passiv-Haus? Welches Energiesparziel haben Sie?

Tatsächliche Wärmedämmung noch höher:

- Die durch die hohe Rohdichte der relativ schweren Ziegel speichern diese die Wärmestrahlen der Sonne länger als alle anderen Baustoffe und sparen dadurch zusätzlich Heizenergie.
- Dieser Effekt wurde beispielsweise von Prof. Fehrenberg anhand der Untersuchung zweier Mietobjekte mit Klinkerwänden wissenschaftlich nachgewiesen: Ein Gebäude wurde zusätzlich gedämmt, das andere nicht. Vorher waren die Heizkosten beider Gebäude weitgehend identisch. Seither sind sie im modernisierten Gebäude pro Jahr um ca. 13 % höher als im unsanierten Haus. Erklärung: Die Ziegelsteine speichern die Sonnenstrahlen und verhindern damit Heizenergieverluste. Durch eine zusätzliche äußere Dämmung geht dieser Effekt verloren. (Quelle: Welt am Sonntag, 27.09.2009)

ThermoPlan S8

Firmenchronik

1862   Gründung des Unternehmens

1891   Bau eines Hoffmann'schen Ringofens

1899   Einbau einer Dampfmaschine als zentraler Antrieb

1913   Erweiterung des Ringofens
Trocken- und Brennzeit 240 Stunden

1925   Bau der ersten künstlichen Trocknerei
und damit Beschäftigung der Mitarbeiter auch im Winter

1950   Wiederaufbau nach dem Krieg

1952   Neue Aufbereitung und Formgebung

1954   Eigenstromerzeugung

1967   Inbetriebnahme von Werk I
Trocken- und Brennzeit 100 Stunden

1968   Aufnahme der POROTON-Produktion

1972   Modernisierung von Werk I mit Setzmaschine und
Verpackungsanlage

1977   Inbetriebnahme Werk II
Trocken- und Brennzeit 72 Stunden

1982   Bau einer neuen Aufbereitungs- und einer Tonsumpf-
Anlage

1983   Aufnahme der Produktion von JUWÖ Ziegel-Fertigdecken

1984   Aufnahme der Produktion von JUWÖ Ziegel-Montage
decken

1985   Im Rahmen des Innovationspreises der Deutschen Wirtschaft:

Verleihung des Sonderpreises für innovatives Produkt
management

1990 Anlage eines Arboretums (Baumgarten)

1991 Vollständige Erneuerung und Modernisierung von Werk I
mit mikroprozessor-gesteuerter Transport- und Trocknungsanlage

1993 Rechnergestützte Ofenwagen-Umfahranlage;

Einführung flexibler Arbeitszeit;

Thermische Nachverbrennung zur Luftreinhaltung;

Neues Labor für Forschung und Entwicklung, sowie
Güteüberwachung.

1994 Neue gemeinsame Verpackungsanlage für Werk I und II.

Der Ziegelmontagebau wird aufgegeben.

1995 Der erste und weltgrößte Kollergang mit 4 Läufern setzt neue
Maßstäbe in der Aufbereitungstechnologie; (eine Idee der JUWÖ-
Ingenieure!)

Trockner II wird um 30 % vergrößert.

Aufnahme der Produktion von Planziegeln.

Planung für Werk III beginnt.

Gründung der Familie Jungk Grundstücksverwaltungs-Gesellschaft
bR mit Haftungsbeschränkung.

höchster Stand des Wohnungsbaus in Deutschland mit 610.000
Fertigstellungen.

1997 Bau von Werk III für Planziegel
Trocken- und Brennzeit 17 Stunden

Bundesverdienstkreuz für Ernst K. Jungk

1999 Eta-Preis für innovatives Energiesparkonzept bei der Herstellung
von Mauerziegeln

2001 Bau von Werk 2a (Ersatz für Werk II) mit Schnelltrockner und
Rollenofen – weltweite Neuheit!
Trocken- und Brennzeit 8 Stunden

2002	Wegen Problemen bei der Inbetriebnahme größter Verlust in der Firmengeschichte
	Kapazitätsabbau durch Verkauf Werk I nach Horrodok/Lemberg, Ukraine
2003	Stefan Jungk wird Geschäftsführer (1.5.) Übertragung meiner Gesellschaftsanteile an Kinder (28.12.)
	Kapazitätsabbau durch Verkauf von Werk II nach Tschita, Sibirien, Russland (8.000 km von Wöllstein).
2004	Ehrenpräsidentschaft nach 36 Jahren Führung des Poroton-Verbandes
2010	Tiefster Stand des Wohnungsbaues mit 160.000 Einheiten
2012	Stefan übernimmt Gesellschaftsanteile der JUWÖ GmbH seiner Geschwister im Tausch seiner Anteile der Familie Jungk Grundstücksverwaltungs-Gesellschaft bR mH
	JUWÖ erzielt das beste Umsatzergebnis in der Firmengeschichte nach Anziehen der Baukonjunktur
	150 Jahre Ziegelei Jungk, große, akademische Feier am 28.09. im Gemeindezentrum Wöllstein
	RWE Klimaschutzpreis für die Öffentlichkeitsarbeit des Arboretums JUWÖ

Seine Welt zeige der Fabrikant

Briefköpfe als Dokumente der Industrialisierung – von Dr. Wolfgang Bickel

Der Autor, Kulturwissenschaftler und Sachbuchautor aus Rheinhessen hat diesen Artikel für das Heimatjahrbuch Alzey-Worms 2014 geschrieben. Mit freundlicher Genehmigung des Herausgebers des Buches, der Landkreis Alzey-Worms, möchte ich dessen Interpretation der Briefköpfe wiedergeben. Seinen Artikel betrachte ich als Bereicherung für dieses Buch, spiegelt sich doch darin auch die industrielle Entwicklung der Gründerzeit, insbesondere der meiner Familie.

Zu den aussagekräftigen Dokumenten der Wirtschafts- und der Kulturgeschichte gehören die Briefköpfe mit Darstellungen des Betriebsgeländes. Der Empfänger des Briefes soll mit dem Namen der Firma eine Vorstellung von ihr verbinden. Er sieht eine Abbildung des Werks, die zweierlei zeigt: zum einen den Betrieb, wie er ist, zum anderen, wie er gesehen werden soll. Im Industrialisierungsprozess wandeln sich die Verhältnisse so schnell wie die Vorstellungen. Wenn wir mehrere Briefköpfe einer Firma neben einander legen, sehen wir, wie sich sowohl das Betriebsgelände verändert wie das Bild, das man vermitteln möchte. Nehmen wir als Beispiele drei Briefköpfe einer Ziegelei.

Der Briefkopf von 1916
Der Briefkopf zeigt außer dem Firmennamen und den üblichen Angaben ein Panorama des Werksgeländes. Da wir gewohnt sind, Bilder von links nach rechts zu betrachten, beginnt das Panorama mit einer Gruppe von

242

Wohnhäusern außerhalb des eigentlichen Betriebsgeländes und einem Lagerplatz mit hohen Backsteinstapeln. Es schließt mit der Baugruppe von Fabrikantenvilla und Verwaltungsgebäuden. Den Mittelpunkt bildet der große Baukomplex der Ziegelei.

Eine von Personen und Fuhrwerken belebte Straße führt diagonal durch das Bild. An sie grenzt die große Halle eines Ringofens mit seinem Schornstein. Fünf Trockenschuppen sind dem Ofen zugeordnet, dazu eine große Halle für die Herstellung aller auf dem Briefkopf angegebenen Produkte. Hier ist ein zweiter hoher Schornstein; es ist eine moderne „Dampfziegelei", eine Backsteinfabrik. Der Briefkopf wurde bis in die 1940er Jahre verwendet.

Lebenswelt
Große Fabrikhallen, rauchende Schornsteine, hohe Stapel mit Produkten, Menschen und Fuhrwerke auf den Straßen sind als Hinweise zu verstehen, und so ist das Bild wohl ein Abbild der Ziegelei, vor allem aber ein Sinnbild; denn alle diese Dinge sind auch Zeichen für etwas. Dies gilt für die Art, wie etwas dargestellt wird, aber vor allem auch für das, was dargestellt ist.

Wenn das Panorama mit den Wohnhäusern für die Ziegeleiarbeiter beginnt, dann war das topografisch richtig und grundbuchmäßig korrekt, enthielt aber für den Kunden einen wichtigen Hinweis auf das soziale Engagement des Betriebseigentümers und auf die Identifizierung der Mitarbeiter mit ihrer Ziegelei – was die Qualität der Produkte und die Einhaltung der Liefertermine garantierte. Angesichts der Häuser für Betriebsangehörige ist daran zu erinnern, dass zur Industrialisierung Unternehmerreichtum und Arbeiterelend gehört hatten, Ausnutzung der Arbeitskräfte einerseits, andererseits Sabotage und Streik. Auch die Lage der Fabrikantenvilla konnte in dieser Hinsicht zeichenhaft verstanden werden. Sie lag, wie es zur Zeit ihrer Erbauung 1879 üblich war, im Werksgelände – aber sie befand sich 1916 immer noch dort und dokumentierte die Identifikation der Eigentümerfamilie mit dem Werk und ihre Präsenz im Geschehen. Beides war nicht mehr selbstverständlich; längst hatte eine Abwanderung der Eigentümer in große Parkvillen eingesetzt.

Zur Qualität als Sinnbild gehört auch die künstlerische Gestaltung des Briefkopfes, die eine große Sensibilität für die ästhetischen Aspekte einer solchen Selbstdarstellung verrät. Für diese Kultivierung aller Lebensbereiche war die Residenz Darmstadt der Impulsgeber, und so darf es nicht wundern, wenn wir die dort entwickelten Vorstellungen einer Versöhnung von Arbeitsleben und Kunst, von Fabrikation und Kultur auf dem Briefkopf einer Backsteinfabrik wiederfinden. So betrachtet, ist ein Hauch Utopie in der Darstellung zu spüren. Dass dies nicht selbstverständlich ist, macht der Vergleich mit dem vorausgehenden und einem nachfolgenden Briefkopf deutlich.

Fabrikation
Der Kopf des Briefbogens zeigt die Ansicht einer eindrucksvollen Fabrikanlage. Sie ist über Eck gestellt, so dass der Blick zunächst auf die mächtige Ringofenhalle mit ihrem hohen Schornstein stößt. Drei lange Trockenschuppen bilden den nördlich anschließenden Baukomplex vor der Tongrube. Villa und Verwaltungsgebäude werden als Teile des Werks betrachtet.

In der Tongrube und auf der Straße herrscht reges Treiben. Der Rauch quillt aus den Schloten. Auf dem Freiplatz vor der Fabrik türmen sich Ziegelstapel.

244

Die gesamte Anlage erscheint mächtiger, kräftiger als die von 1916. Hart ist sie in den Hang gesetzt. Der Zeichner legte Wert auf die genaue Darstellung der einzelnen großdimensionierten Gebäude und verstärkte ihre Bedeutsamkeit durch Überhöhung.

Dass diese Welt der industriellen Produktion anderen Gesetzen folgt als der Ackerbau ringsum, zeigen nicht nur die Bauten selbst, sondern auch die Abgrenzungen durch Allee, Feldwege und Steilkante der Tongrube.

Die Liste der Produkte, von den Spezialitäten bis zum klassischen Backstein hin, beginnt mit dem Wort „Fabrikation". Es ist das Schlüsselwort und wird mitsamt der Aufzählung auf den Briefkopf von 1916 übernommen. Verwendet wurde der Briefkopf am Anfang des 20. Jahrhunderts, mindestens bis 1911.

Das Werk – der Briefkopf von 1966
Die Firma „Ernst Jungk & Sohn / Dampfziegelei – Drainröhrenfabrik – Baustoffhandel" scheint, der allgemeinen Gepflogenheit folgend, in den Fünfziger Jahren auf eine eindrucksvolle Selbstdarstellung auf dem Briefkopf verzichtet zu haben. Gegen 1960 tauchen auf dem Feld der Gebrauchsgrafik wieder Werksansichten auf. Auch die Firma „Ernst Jungk & Sohn" lässt

*einen solchen Briefbogen gestalten. Wieder wissen wir nicht, welchen An-
teil an der Gestaltung der Grafiker, die Druckerei und die Firmenleitung
hatte. Aber im Grunde gewinnen wir mit der genaueren Kenntnis nicht viel,
denn auch dieser Briefkopf ist ein Dokument seiner Epoche, wie die einzelnen Entscheidungen, die ihm zu Grunde liegen, Äußerungen der Epoche
waren. Die Ansicht, wieder von Südwesten her, aus mäßiger Höhe, zieht
sich über den ganzen Briefbogen hin und zählt auf, aus welchen Gebäuden
die Baugruppe besteht. Zu ihr gehört nun auch ein Trafoturm. Die neue
Ringofenhalle ist niedriger als die frühere, die beiden folgenden Werksge-
bäude bilden den optischen Schwerpunkt. Villa und Verwaltung werden
selbstverständlich als Teile des Werkes angesehen. Die Tongrube reicht
deutlich weiter in den Hang hinein, man sieht, dass maschinell abgebaut
wird. Neu ist auch der Name der Firma in der Ziegeldeckung des Hauptge-
bäudes „E JUNGK + SOHN".*

*Alles ist bestimmt durch Sachlichkeit, Klarheit, Entschiedenheit, wie sie
einen Bauentwurf auszeichnen. Das heißt hier: Verzicht auf Baum und
Strauch; selbst die längst von Eichen überragte Villa steht wie ein Neubau
auf kahlem Gelände. Man sieht keinen Menschen, aus den Schornsteinen
steigt kein Rauch. Man stellte Fabriken so dar, die Briefbögen anderer Firmen zeigen es. Man wies auf die Gebäude für die unterschiedlichen
Produktionsprozesse hin. Man hatte nicht im Sinn, Schauplätze des Lebens
zu gestalten.*

*Auch diese Darstellungen sind zugleich Abbilder und Sinnbilder, nur hatten
sich die Vorstellungen, was ein Fabrikbild zu zeigen hat, verschoben. Im
Rückblick erscheint die Ansicht wie die Vorwegnahme vollautomatisierter
Produktionsprozesse, in denen Menschen Störfaktoren sind.*

*Überspitzt könnte man sagen, dass man hinsichtlich der Verlässlichkeit der
Produktion und der Qualität der Produkte 1916 auf das Zusammenspiel
von Fabrikant und Belegschaft gesetzt hatte, 1966 auf die technische und
wirtschaftliche Kompetenz einer Firmenleitung.*

Es hatte, wieder dem Zug der Zeit folgend, offensichtlich keinen Anlass gegeben, die Siedlung der Betriebsangehörigen in die Darstellung aufzunehmen, eben so wenig wie die Einbettung des Betriebsgeländes in die Landschaft.

Diese Feststellungen sind wichtig für uns im Hinblick auf die Sinnbildqualität der Darstellung. Was die Abbildqualität angeht, so ist sie weiter von der Realität entfernt, wie man sie vor Augen hatte, als die beiden vorausgehenden Briefkopf-Darstellungen.
(Zitatende)

Anmerkung
Angesichts der anspruchsvollen Gestaltung des Briefkopfes von 1916 soll der Titel des Aufsatzes an den Aufruf Hermann Bahrs am Ernst-Ludwig-Haus auf der Darmstädter Mathildenhöhe anschließen. Dort sollte der Künstler seine Welt zeigen, „die niemals war noch jemals sein wird".

Vita Ernst K. Jungk

Ernst K. Jungk,
Dipl.-Ing. (FH)
Ziegelhüttenstraße 42
55597 Wöllstein
06703 910-110 (geschäftl.)
06703 910-111 (privat)
Email: ernst.jungk@juwoe.de

Persönliche Angaben

Familienstand:	verheiratet, 3 Kinder
Staatsangehörigkeit:	deutsch
Geburtstag:	2. Oktober 1938
Geburtsort:	Bad Kreuznach

AUSBILDUNG

Mittlere Reife am Staatl. Gymnasium, Alzey	1955
engl. Studium (2 Semester) am The Polytechnic, London Studium an der Staatl. Zieglerschule in Landshut,	1956
Abschluss als Ziegelei-Ingenieur Dipl.-Ing. (FH)	1959
Praktika in namhaften Ziegelwerken in Deutschland, England, Frankreich und Jugoslawien	

BERUFLICHER WERDEGANG

Eintritt in das elterliche Unternehmen	1959
Übernahme des Betriebes als geschäftsführender Gesellschafter	1973
Aufbau von komplett neuen Ziegelwerken am Standort Wöllstein 1967, 1977, 1991, 1997, 2001 mit neuen, innovativen Techniken (Schnellbrand, Schnelltrocknung).	
Aufnahme der Produktion von POROTON	1968

Entwicklung und Produktion von

JUWÖ Ziegel-Fertigdecken (1994 eingestellt)	1983
Erste Pflanzung für ein JUWÖ Arboretum (Baumgarten)	1990
Aufnahme der Produktion von Planziegel	1995
Buchautor „Erde, Wasser, Luft und Feuer"	1995
Der 1. JUWÖ Planziegel mit λ_R = 0,14 W/m·K	1998
Der 1. JUWÖ Planziegel mit λ_R = 0,10 W/m·K	2002
Der 1. JUWÖ Planziegel mit λ_R = 0,09 W/m·K	2005
Der 1. JUWÖ Planziegel mit λ_R = 0,08 W/m·K	2008
Der 1. JUWÖ Planziegel mit λ_R = 0,075 W/m·K (Weltrekord)	2012
150 Jahrfeier von JUWÖ	2012

Geschäftsführender Gesellschafter der Firmen:

JUWÖ Poroton-Werke, Ernst Jungk & Sohn GmbH	1973 - 2006
JUWÖ Engineering GmbH, Lizenzen und Know-how für die Bauindustrie, Wöllstein	seit 1979
Ernst K. Jungk, Dipl.-Ing. (FH) Keramik, Consultant	seit 2007

Ehrenamtliche Tätigkeiten

Präsident des Verbandes der Poroton-Hersteller e.V., Königswinter (Gründungsmitglied)	1969 - 2004
Ehrenpräsident des Verbandes der Poroton-Hersteller	seit 2004
Vizepräsident des Bundesverbandes der Deutschen Ziegelindustrie, Bonn	1991 - 2007
Vizepräsident und Vorstandsmitglied des Fachverbandes Ziegelindustrie Südwest e.V., Neustadt/W.	1974 - 2005
Vizepräsident des Institutes für Ziegelforschung e.V., Essen	1975 - 2008
Vorsitzender des Fachverbandes Ziegelindustrie Südrhld./Rhh. e. V., Birkenfeld, bis Fusion	1968 - 1973
Vorsitzender des Kuratoriums des Institutes für Ziegelforschung e.V., Essen	1973 - 1984

Vizepräsident des Güteschutzes Ziegelmontagebau e.V., Essen	1989 - 1993
Vorsitzender der Tarifkommission Ziegelindustrie, für Rheinland-Pfalz	1975 - 2003
Vorstandsmitglied der Arbeitsgemeinschaft Mauerziegel e.V., Bonn (Gründungsmitglied)	1990 - 2004
Mitglied im Ausschuß D-A-CH der TBE-Tuilles et Brique Europeenne (Gründungsmitglied)	1990 - 2007
Mitglied in der Vollversammlung der Industrie- und Handelskammer für Rheinhessen, Mainz	1991 - 2003
Mitglied im Aufsichtsrat der Kreuznacher Volksbank eG, Bad Kreuznach	1992 - 2004
Ehrenamtlicher Richter am Finanzgericht Rhld.-Pfalz	2002 - 2011

AUSZEICHNUNGEN

Im Rahmen des Innovationspreises der deutschen Wirtschaft: Verleihung des Sonderpreises für innovatives Produktmanagement (Ziegel-Fertigdecke)	1985
Wirtschaftsmedaille des Landes Rheinland-Pfalz	1997
Verdienstkreuz am Bande des Verdienstordens der Bundesrepublik Deutschland	1997
Verdienstorden in Gold der Verbandsgemeinde Wöllstein	1998
1. Preis im eta-Wettbewerb der rheinland-pfälzischen Stromwirtschaft	1999
Kammermedaille der IHK Rheinhessen	2004
Mainzer Wirtschaftspreis Kategorie „Bestes Nachfolgekonzept"	2008
RWE Klimaschutzpreis für das Arboretum JUWÖ	2012

Dank

Mein besonderer Dank gilt meiner Sekretärin, Frau Bärbel Stemmler-Langguth, die seit über 36 Jahren für mich und meinen Sohn tätig ist.

Sie ist eine Expertin in der Anwendung diverser Software und herausragend in der Textverarbeitung. Schon für mein erstes Buch von 1995 hat sie den Text druckreif der Druckerei übergeben können, was nun auch mit diesem neuen Buch so geschieht. Durch ihr gutes Sprachverständnis hat sie auch Lektoriatsarbeiten übernommen.

Meiner Cousine, Frau Dr. Doris Schuhmann und ihrem Mann, Prof. Dr. Kuno Schuhmann aus Berlin, bin ich dankbar, dass sie meine Texte hier und da korrigiert haben, damit sie für den Leser verständlicher sind.

Dank möchte ich auch Herrn Uwe Timm, Herausgeber der libertären Zeitschrift Espero sagen, dem ich auch den Textbeitrag von Prof. Braunschweig und die Diskussionsbeiträge von Robert Nef und Edith Puster zu verdanken habe.

Quellen

Bachmann, Hartmut „Die Lüge der Klimakatastrophe"
Berner, U. und Streif, H. J. „Klimafakten"
Blüchel, Kurt G. „Der Klimaschwindel"
Chiwitt, Ulrich: Kapitalismus – eine Liebeserklärung
Henkel, Hans-Olaf: „Die Abwracker"
Maxeiner, D. u. Miersch, M. „Lexikon der Irrtümer"
Sarrazin, Thilo: „Deutschland schafft sich ab"
Thüne, Wolfgang „Freispruch für CO_2"

bbs – Bundesverband Baustoffe, Steine und Erden
Bethmann, v.: Beitrag in der FAZ 1978
Bickel, Dr. Wolfgang,
Bundesverband der deutschen Ziegelindustrie e. V.
Bunte
Capital 03/2013
Der Spiegel Nr. 27 v. 1.7.2013
Espero Nr. 74/2013 und Nr. 75/2013
FAZ
Horx, Matthias PM 3/2013
MittelstandMagazin Nr. 3 u. 5/2008
Welt am Sonntag
Wirtschaftswoche 14.5.2009

Eigene Quellen:
Das Arboretum JUWÖ
Erde, Wasser, Luft und Feuer – Autobiografie und Familienchronik
Plädoyer für das Molekül CO_2